Bastian Kresser

Die andere Seite

Roman

BASTIAN KRESSER

DIE ANDERE SEITE

ROMAN

braumüller

Bibliografische Information der Deutschen Nationalbibliothek
Die Deutsche Nationalbibliothek verzeichnet diese Publikation in der Deutschen Nationalbibliografie; detaillierte bibliografische Daten sind im Internet über http://dnb.d-nb.de abrufbar.

1. Auflage 2019

Servitengasse 5, A-1090 Wien
www.braumueller.at

Lektorat: Johann Auer
Coverbild: © shutterstock_alphaspirit
Druck: CPI books GmbH, Eberhard-Finckh-Straße 61, 89075 Ulm
ISBN 978-3-99200-232-0

Für Eva Maria

Spanien, Aliantes del Mar
September 2018

Francisco Garcia Pérez alias „Curro“

Curro trat aus der Haustür, blieb einen Moment lang stehen, kniff seine Augen zusammen und blinzelte in Richtung der über den Bergen aufgehenden Sonne. Der Himmel war blau, wolkenlos. Es würde wieder ein heißer Tag werden, viel zu heiß. Laut Wettervorhersage vielleicht sogar der heißeste Tag in diesem Monat. Er lockerte den Knoten seiner Krawatte, holte sein Mobiltelefon aus der Jacketttasche und machte sich einen Eintrag in sein digitales Notizbuch, der ihn daran erinnern sollte, den Knoten in dreißig Minuten, wenn er in der Firma angekommen war, wieder anzuziehen. In diesem Moment klingelte sein Telefon. Eine unbekannte Nummer mit ausländischer Vorwahl. Curro hob ab, niemand meldete sich, und so legte er wieder auf. Er schüttelte etwas genervt den Kopf und kontrollierte, ob seine Notiz von eben abgespeichert war. Früher, als er noch nachlässiger gewesen war und nicht mit der Erinnerungsfunktion seines Mobiltelefons gearbeitet hatte, waren ihm derartige Kleinigkeiten hie und da entfallen, und jedes Mal hatte er sich darüber geärgert. Manchmal, an so warmen Tagen, hatte er sogar schon darauf vergessen, im Büro die obersten zwei Knöpfe seines Hemdes wieder zuzuknöpfen. Als er es schließlich bemerkt hatte, war es ihm furchtbar peinlich gewesen. Es hatte sich angefühlt, als wäre nicht sein Kragen, sondern sein Hosenschlitz den halben Tag offen gestanden. Das letzte Mal lag schon etliche Jahre zurück, doch Curro erinnerte sich daran, als wäre es gestern gewesen. Damals war er noch einer unter vielen gewesen, ein Rädchen, das es sich nicht leisten konnte, unrund zu laufen. Inzwischen war er in der Hierarchie aufgestiegen, so weit, dass ihm möglich gewesen wäre, in Unterwäsche ins Büro zu spazieren, ohne dass jemand den Mut aufgebracht hätte, ihn darauf anzusprechen. Der Gedanke brachte ihn zum Schmunzeln. Natürlich war das völliger Blödsinn. Niemand konnte sich so etwas leisten. Weder der Señor noch sonst jemand. Dennoch, derartige Kleinigkeiten würden nie wieder an seiner Stellung rütteln. Und trotz allem tippte er eine Erinnerung in sein Handy. Er wollte nichts für eine kleine Schlamperei aufs Spiel setzen. „Never get cocky" – werde nie arrogant –, hatte ihm Christian Delgado Gomez, ehemaliges Mitglied des Vorstands und derjenige, der ab der ersten Sekunde einen Narren an Curro gefressen und ihn unter seinen Flügel genommen hatte, immer wieder in seinem katalanischen Akzent eingetrichtert. Christian hatte es geliebt, englische Floskeln zu verwenden. Sei dankbar, arbeite hart and never get cocky! Obwohl er bereits vor fünf Jahren an einem Herzinfarkt gestorben war – eine Folge seines exzessiven Lebensstils, gutes Essen, guter Wein und beides reichlich –, hatte Curro immer noch seine Stimme im Ohr. Und er würde Christians Worte beherzigen. Das hatte er sich fest vorgenommen. Er würde vorsichtig sein, dankbar und nicht cocky, ganz besonders jetzt, da endlich, endlich alles lief, wie er es sich immer erträumt hatte. Endlich konnte er seiner Familie das bieten, was sie verdiente: ein schönes und sicheres Leben für ihn und Maria, unendliche Möglichkeiten für seine Tochter Pippa, aus der eine positive, intelligente junge Frau geworden war. Aufgeweckt, erfolgreich.

Und Maria, seine wunderbare Frau Maria, die nach all den Jahren immer noch umwerfend aussah und die er verwöhnte, so sehr er nur konnte. Alles lief perfekt, seine Ehe war harmonisch, Maria und er ein eingespieltes Team, die Zeit der Affären mit der einen oder anderen Praktikantin vorbei, beschlossene Sache. Und er selbst, gesund, fit, nicht mehr jung, aber an manchen Tagen immer noch jugendlich, ein gepflegter Bart, einige graue Stellen, natürlich, doch man merkte immer wieder an, dass ihn das interessant machte, wie ein spanischer George Clooney, und dazu noch ein Kopf voller dichter, dunkler Haare, die nicht ans Ausfallen dachten. Seine Stellung in der Firma in Stein gemeißelt. Endlich, nach den Jahren der Unsicherheit, des Aufbaus, des Kämpfens um den sich so rapide wandelnden Markt, nach all der Hektik und Rivalität, endlich der Sieger, er im Team der Gewinner. Nun war es an der Zeit, die Früchte der Arbeit der letzten Jahre zu ernten.

„Dein Verdienst, Curro!"

Diese Worte hatte der Chef, Señor Alexandro Sanchez, verwendet. Er hatte ihn in sein dunkles und eiskalt klimatisiertes Büro zitieren lassen, das nur die wenigsten Mitarbeiter betreten durften. Dieses Treffen in seinem Refugium war vor fast genau zwei Jahren gewesen, an dem Tag, an dem I.P.S. den Zuschuss bekommen hatte, an dem Tag, an dem die Konkurrenten das Geschäft ihres Lebens verloren hatten.

„Dein Verdienst“, hatte der Señor gesagt.

„Unsere Firma“, hatte Francisco Garcia Pérez, den alle stets nur Curro nannten, begonnen.

„Die Firma, ja“, hatte ihn der Señor mit seiner tiefen Stimme unterbrochen. „Unser Angebot ist sehr gut. Die Preise auch. Die Qualität auch. Aber das ist nicht alles.“

Daraufhin hatte der Señor eine dramatische Pause eingelegt, den Blick auf die rotschwarze Platte seines Schreibtisches gerichtet. Afrikanisches Ebenholz. Der Señor war mit seinen Handflächen über das glatte Holz gefahren. Selbst beim Zusehen hatte Curro sich die angenehme Kühle der dunklen Oberfläche vorstellen, sie richtiggehend auf seiner eigenen Haut spüren können.

„Die Firma ist besser als die anderen“, hatte Curro irgendwann zugestimmt.

Seine eigene Nervosität war ihm gleichzeitig peinlich und unverständlich gewesen. Er hatte gewusst, dass er nichts zu befürchten hatte. Doch Curros Handflächen hatten Logik und Rationalität völlig kalt gelassen. Sie hatten autonom gearbeitet und trotz der eisigen Kälte im Raum geschwitzt, Curro hatte sie hinter seinem Rücken verstecken müssen. Sein Herz hatte gehämmert, als hätte man ihn gerade in der Schule beim Schummeln ertappt. Als würde sein sorgsam aufgebautes Kartenhaus jeden Moment zusammenfallen.

„Das Team …“, hatte Curro gemurmelt.

Die lange Pause hatte ihn nur noch nervöser gemacht.

„Du!“, hatte der Señor plötzlich laut und bestimmend gerufen und Curro ins Gesicht geblickt. „Du bist schuld!“

Er hatte das Wort eine Zeit lang im Raum schweben lassen. Die Luft hatte vibriert. „Deine Schuld!“ Der Señor hatte laut aufgelacht und mit der flachen Hand auf die dunkelrote Tischplatte geklopft. „Schuld! Ha! Ich spaße! Curro! Ich spaße doch nur! Dein Verdienst, Curro!“ Der Señor war aufgestanden, hatte seinen Arm vorschnellen lassen und Curro seine Handfläche angeboten. Dieser hatte rasch den Schweiß an der Hose abgewischt und seinem Gegenüber die Hand geschüttelt. „Ich habe dich beobachtet, Curro. Wir alle haben das. Ich habe gesehen, wie du gearbeitet hast, und weiß es zu schätzen, Curro“, hatte der Señor lächelnd gesagt. „Ich weiß es sehr zu schätzen. Curro! Das war gut.“ Er atmete laut aus. „Sehr, sehr gut.“
Dieses „gut“ prägte sich in Curros Kopf ein und fand, ohne dass er es geplant hätte, den Weg in seine Sprache. Denn dieses „gut“ hatte Auswirkungen gehabt. Nach dem Gespräch mit dem Señor hatte sich Curros Leben verändert: Er bekam ein größeres Büro mit Blick auf die grün bewachsenen Berge, einen jungen, agilen Assistenten, der ihm seine Arbeit ungemein erleichterte, und zusätzlich eine unanständige Gehaltserhöhung, die er sich nie hätte träumen lassen. Er hatte in den Jahren davor bereits ein gutes Gehalt, die meisten hätten gesagt, ein äußerst stattliches, begann, zur Elite zu gehören, bereits damals, als er vor nun schon sechs Jahren die ersten großen Verhandlungen geführt hatte – das war mit Melilla gewesen – und seine Firma den Zuschuss ebenfalls bekam. Doch die neue Zahl auf seinem Konto raubte ihm im ersten Moment den Atem. Kurz war es ihm sogar richtiggehend unangenehm. Als Curro sich aber durch den

Kopf gehen ließ, wie viel die Firma mit dem neuen Auftrag bisher schon verdient hatte und in den nächsten Jahren verdienen würde, wie viel Arbeit, wie viele Stunden er in diese Verhandlungen gesteckt hatte, wie sehr das „Ja" der Regierungen an *seinem* Einsatz, *seinem* Engagement und *seiner* Überzeugungsarbeit gelegen hatte, wurde dieses unangenehme Gefühl schnell durch Stolz verdrängt. Dies war die letzte und größte Verhandlung gewesen, der Scheideweg, der ihn und seine Firma von den anderen abhob, und den *er* entschieden hatte. Sein Leben änderte sich daraufhin, doch Curro wurde nicht cocky. Er arbeitete weiterhin hart und genau. Gerade noch vor wenigen Wochen war er in der Türkei gewesen, an der Grenze zu Syrien, um genau zu sein, wo er ein weiteres Großprojekt an Land ziehen konnte. Der Präsident, dieser Recep Tayyip Erdoğan, mochte ein Verrückter sein, doch er hatte Geld und wollte es einsetzen. Offiziell hieß es, es handle sich um Flüchtlingslager. Hinter vorgehaltener Hand verriet man ihm jedoch, dass es Gefängnisse werden sollten, Haftanstalten für politische Gegner, Staatsfeinde, Putschunterstützer. Wie auch immer, diese Information spielte für Curro keine Rolle. Er war stolz auf seinen Erfolg. Richtig stolz.

Er stand also vor dem Haus, löste seinen Krawattenknoten, streckte sich, zog seine Schultern nach hinten, hörte, wie es in seinem Brustkorb leise knackte, blinzelte ein weiteres Mal in Richtung der Berge, über denen die Sonne eben aufging, und ging die paar Schritte über die im Rasen eingelassenen, edlen Natursteinplatten in Richtung Garage. Er überquerte den Garten, ging zur Einfahrt, holte die kleine Garagenfernbedienung aus seiner Hosentasche und spürte die Aufregung, die Ungeduld, die Spannung in seinem ganzen Körper. Sein Finger schwebte über dem schwarzen Knopf. Er zitterte leicht, ein mulmiges, flaues und gleichzeitig erregendes Gefühl. Es erinnerte ihn an eine Empfindung, die er als Kind immer wieder mal gehabt hatte. Der Morgen des letzten Schultages, der Abend vor dem Familienurlaub in Aliantes del Mar, Valencia oder Barcelona. Unbeschwertheit, eine innere Sicherheit, das Gefühl, dass gleich etwas Gutes, etwas Spannendes beginnen würde. Ein Umbruch. Inzwischen wohnte er bereits seit mehr als zehn Jahren in Aliantes, dem Urlaubsort von früher, und der Strand, das Meer, der Hafen, alles war schon längst zur Normalität geworden. Natürlich waren da einige Momente in seinem Erwachsenenleben gewesen, die ihn an dieses kindliche Gefühl erinnert hatten. Die Geburt seiner Tochter zum Beispiel. Vielleicht auch seine Hochzeit? Doch die war schon so lange her, dass er Fotos brauchte, um sich daran zu erinnern. Und wer schaute nach dreiundzwanzig Jahren Ehe noch Hochzeitsfotos an? Er wusste nicht einmal, wo Maria das Album verstaut hatte. Sie würde es wissen, das reichte vollkommen. Ihre Zuständigkeitsbereiche waren klar definiert. Fotos und Alben – Maria. Geld fürs Essen – er. Apropos Fotos: Wo waren wohl die Fotos von Pippas Geburt? Gab es da überhaupt ein Album? Ihre Geburt und die Zeit danach waren schwierig gewesen. Sehr. Sie war zu früh gekommen, sieben Wochen zu früh. Viel zu klein, zu kleine Hände, zu kleine Beine, eine zu kleine Lunge, ein zu kleiner Kopf. Beinahe hätte sie es nicht geschafft. Die ersten Wochen verbrachte sie verkabelt und an Schläuchen im Brutkasten. Ein hässliches Wort, als wäre sie ein Tier. Sicher gab es Fotos, auch ein Album. Bestimmt. Plötzlich fragte er sich, ob er sie überhaupt jemals gesehen hatte. Wohl eher nicht. Vermutlich würde er sich daran erinnern.

„Da ist sie", hatte man gesagt, als er am Tag von Pippas Geburt ins Krankenhaus gekommen war. Die Entbindung selbst hatte er verpasst. „Da ist sie", hatte eine Krankenschwester gesagt und mit dem Finger auf die kleine Kammer aus Plexiglas gedeutet. Darin hatte Pippa gelegen, seine Tochter, ein winziges Häufchen Mensch. Er hatte gelächelt, sein Herz hatte gerast, er hatte Stolz gespürt, und leicht, ganz leicht, hatte diese Kindheitsempfindung, dieses spannende Jetzt-kommt-was-anderes-, dieses Gleich-sind-Ferien-, Morgen-fahren-wir-in-den-Urlaub-Gefühl hervorgelugt. Doch die Leichtigkeit, die immer mit diesem Gefühl einhergegangen war, hatte sich nicht eingestellt. Auch nicht einige Wochen später, als Pippa das Schlimmste überstanden hatte. Sie hatte gefüttert, gewickelt, umsorgt, am Leben gehalten werden müssen. Ein neuer Zuständigkeitsbereich, der Maria und ihm gleichermaßen zugefallen war. Zumindest in der Theorie. Grandios und erfüllend einerseits, zeitraubend und ermüdend andererseits. Es war vor zwanzig Jahren gewesen, in der Zeit, als er sich in der Firma hatte behaupten müssen, noch mehr als sonst, als er sich Schritt für Schritt, Sprosse um Sprosse Richtung Spitze hatte kämpfen wollen. Als er ein Einzelkämpfer in einer Gruppe aus Rivalen gewesen war, ein Wolf unter Wölfen, Konkurrenten, die alle nur nach oben gestrebt hatten, Ellbogentechnik, in einem Kampf ohne Bandagen. Man hatte auffallen, herausstechen müssen, anders sein als die anderen und natürlich der Erste am Morgen und der Letzte am Abend. Alle hatten es gewollt, doch Curro hatte es mehr gewollt. Zu Hause dann, in der engen Stadtwohnung – fünfzig Quadratmeter für drei – Marias Neuigkeit: „Heute hat Pippa gelächelt." Zum ersten Mal. An einem anderen Tag: „Sie kann krabbeln." Dann: „Sie ist aufgestanden." Der erste Zahn. Kurz darauf der erste ausgefallene Zahn. Curro hatte die Zahnmaus, el Ratoncito Pérez, gespielt und in der Nacht den unter dem Kopfkissen liegenden Zahn gegen ein kleines Geschenk gewechselt; was es genau gewesen war, hatte er längst vergessen. Am nächsten Morgen, als Pippa das Wunder bemerkt hatte, war er schon längst wieder im Büro gewesen. Dann ihr erster Schultag, das erste Zeugnis, Pippas erster Freund. Curro hatte sämtliche Meilensteine verpasst. Damit sollte jetzt Schluss sein! Diese Entscheidung hatte er getroffen. In eineinhalb Jahren würde Pippa, seine inzwischen einundzwanzigjährige Pippa, ihr Diplom in Psychologie erhalten. Sie würde auf der Bühne des Hauptsaals der ehrwürdigen Universitat de Barcelona stehen, auf derselben Bühne, auf der er vor einunddreißig Jahren sein Diplom – Internationale Wirtschaftswissenschaften – in Empfang genommen hatte, würde sich stolz, mit geradem Rücken und einem Lächeln auf den Lippen dem Publikum zuwenden, und sie würde ihn sehen, wie er neben Maria stand und sich die Hände wund klatschte. Nie wieder wollte er einen Meilenstein verpassen. Er würde ihr ein Auto kaufen, ein gutes, zuverlässiges Auto. Nicht zu teuer, denn das erste Auto durfte nicht teuer sein. Vielleicht einen Volvo. Oder einen VW. Und er würde ihr die Möglichkeit geben, eine Auszeit zu machen, die Welt zu bereisen. Sie sprach oft davon. Ein Wunsch, den er ihr erfüllen würde.

Er blieb vor der Garage stehen und blickte auf die kleine Fernbedienung in seiner Hand. Bestimmt hatte Maria ihn durchs Fenster beobachtet, denn im selben Moment öffnete sie die Haustür und kam – in ihrem blassblauen Morgenmantel, barfuß, ungeschminkt, bezaubernd – aus dem Haus, tappte über die Natursteinplatten in seine Richtung, stellte sich neben ihn und legte ihren Arm um seine Hüfte.

„Nervös?", sagte sie leise und blickte auf die Fernbedienung in Curros Hand.

Er zuckte mit den Schultern.

„Aufgeregt", sagte er und schluckte.

Maria nickte.

Curros Telefon klingelte erneut. Wieder dieselbe unbekannte Nummer. Er drückte sie weg. Dieser Moment war wichtiger.

„Darf ich?", fragte Maria.

Curro gab ihr die Fernbedienung und trat einen Schritt zurück. Als hätte sie einen Zauberstab in der Hand, wedelte Maria mit dem kleinen Kästchen in der Luft, drückte auf den Knopf und die Garagentür hob sich langsam. Und da war er. Endlich. So lange hatte er auf ihn gewartet. Sein neuer, viel zu teurer Sportwagen, sein Traum, den er sich endlich erfüllt hatte. Ein Maserati GranCabrio MC in Blau, nicht irgendein Blau jedoch. Es war Blu

Inchiostro. Tintenblau. Sogar die Farbe klang verführerisch. Der silberne Dreizack auf dem schwarzen Kühlergrill, die schmalen, spitz zulaufenden LED-Scheinwerfer, als würde ihm das Auto einen prüfenden Blick zuwerfen, die edel geschwungene Kühlerhaube, die aggressiven Frontspoiler an den Seiten. Curro hielt die Luft an. Immer schon hatte er von so einem Auto geträumt. Als Jugendlicher war er in den Sommerferien seinem Onkel Antonio in der Kfz-Werkstatt zur Hand gegangen. Dort durfte er zum ersten Mal in einen Porsche 911 steigen, den Wagen starten und das Gaspedal durchdrücken. Natürlich nur im Leergang. Curro erschrak, weil das dumpfe Brüllen des Motors ihn so viel mehr an ein wildes Tier als an eine Maschine erinnerte. Er spürte, wie sein Körper im Takt des über vierhundert PS starken Motors vibrierte, und bemerkte, wie ihm buchstäblich die Haare zu Berge standen. Ab diesem Moment wollte er so einen Sportwagen besitzen. Als Praktikant bei *Seguridad Ambiente* bewunderte er die schwarzen Limousinen und SUVs der Chefetage, BMW, Mercedes, Audi und natürlich den einen oder anderen Porsche. Und dann, vor sieben Jahren, selbst schon Mitglied der Führungsebene, selbst Besitzer eines Audi A6, erblickte er zum ersten Mal einen Maserati GranCabrio in Gelb. Er war mit Maria und Pippa im Tessin auf Urlaub, als er ihn sah. Der Wagen parkte vor einem kleinen Restaurant, immer wieder verlangsamten vorbei spazierende Passanten ihren Schritt, spähten in das Innere des Autos und bewunderten dieses Meisterwerk an Ingenieurskunst. Und Curro wollte ihn. Von der ersten Sekunde an. Wollte ihn besitzen, wollte das Leder des Lenkrads auf seinen Handflächen spüren, wollte den Geruch des Wagens einatmen, einsteigen, vom Sportsitz aufgenommen werden, das Verdeck öffnen und durch die mediterrane Landschaft brausen. Er bewunderte und beneidete den Besitzer. Dieses Gefühl, diese Mischung aus Neid und Bewunderung, war seitdem nicht mehr verschwunden. Das war vor sieben Jahren gewesen. Und nun war sein Traum in Erfüllung gegangen.

Curro stand neben Maria und betrachtete sein neues Auto. Am Nachmittag zuvor war es geliefert worden. Er war in der Arbeit gewesen. Man hatte den Maserati in seine Garage gestellt und das Tor geschlossen. Curro war erst spätabends nach Hause gekommen, hatte sich vor das Tor gestellt und gewartet, hatte es nicht geöffnet, keinen Blick auf den Wagen geworfen. Es war schon dunkel und er wollte nicht, dass er das GranCabrio zum ersten Mal im hässlichen Licht einer Neonlampe sah. Im Bett hatte Maria sich zu ihm gedreht, sachte seinen Hals geküsst und ihm das Wort „Verzögerungsgenießer" ins Ohr geflüstert. Nun stand sie neben ihm, strahlte ihn an, klopfte ihm mit der Handfläche auf den Hintern und fragte: „Worauf wartest du?"

Curro ging entlang des Wagens, fuhr mit dem Finger über das kühle Metall, holte den Schlüssel aus seiner Hosentasche, öffnete die Fahrertür und setzte sich in den tiefen Sportsitz, der ihm das Gefühl gab, als würde er ihn von hinten umarmen. Wie damals, mit siebzehn Jahren, in der Werkstatt seines Onkels, steckte er den Schlüssel ins Zündschloss, atmete ein und startete den Wagen. Und genau wie damals standen ihm auch nun die Haare zu Berge. Ein souveräner Gesichtsausdruck wäre ihm lieber gewesen, doch er grinste nur dämlich bis über beide Ohren. Durch die Frontscheibe sah er Maria lächeln, als das tiefe Brummen des Motors erklang. Anfangs war sie dagegen gewesen. Zu teuer, zu dekadent. Sie hatte mit beidem recht. Der Wagen hatte knapp einhundertfünfzigtausend Euro gekostet. Und er war dekadent, Curro konnte dem nichts entgegenhalten. Und doch, als er Maria die Maserati-Webseite gezeigt hatte, als er den Wagen online zusammenstellte, eine Aufnahme des Motorengeräusches erklang, als Maria seine Begeisterung, seine kindliche Freude erkannte und begriff, dass für Curro mit diesem Auto ein Lebenstraum in Erfüllung ging, willigte sie ein. Und nun freute sie sich mit ihm, ihr Lächeln war ehrlich, ihre Augen strahlten. Er liebte sie in diesem Moment noch mehr als sonst. Curro schaltete auf Drive – ein Automatikgetriebe, zum ersten Mal in seinem Leben, ungewohnt – und fuhr langsam aus der Garage. Als er neben Maria stand, ließ er das Fenster nach unten.

„Das Verdeck muss weg, mi Corazón“, sagte sie.

Curros Herz pochte, mit zittrigen Fingern suchte er nach dem entsprechenden Knopf, fand ihn jedoch nicht auf Anhieb. Es spielte keine Rolle.

„Beim Nachhausefahren dann“, sagte er.

Maria nickte lächelnd, spitzte ihre Lippen zu einem Kuss und rief mit einem Augenzwinkern: „Viel Spaß bei der Arbeit!“

Curro drückte das Gaspedal nach unten und schoss aus der Ausfahrt.

Er genoss die Fahrt in die Firma, die paar Minuten entlang der schmalen Bergstraße, die Kurve, von der aus man einen wunderbaren Blick auf Aliantes del Mar und das türkise Meer hatte, die engen Straßen durch das Städtchen Fuerenza und dann die lange Gerade der A-6049. Dort ließ er den Motor aufheulen, beschleunigte in wenigen Sekunden auf hundertfünfzig, hundertsechzig, hundertsiebzig, genoss, wie die Landschaft und die entgegenkommenden Autos an ihm vorbeirasten. Von nun an würden die dreißig Minuten Fahrt, die ihm sonst so oft wie vergeudete Zeit vorgekommen waren, zum Highlight des Tages werden. Er fuhr die wohlbekannte Strecke durch La Alba, einen Vorort von Aliantes del Mar, und bog schließlich links in die Camino de San Pedros ab. Er verlangsamte, als er die zwanzig oder dreißig Demonstranten vor dem blauen Tor der Firma stehen sah. Ihre Anwesenheit ärgerte Curro, war jedoch schon lange keine Überraschung mehr. Angefangen hatte es im Jahr 2005, als die Sache mit Melilla für einen Aufschrei gesorgt hatte. Doch die Menschen vergaßen schnell und so wurde es bald darauf wieder ruhig. Dann, vor einigen Jahren, als die Flüchtlingskrise begann, fing es langsam wieder an. Zuerst waren es nur wenige gewesen, vereinzelte Grüppchen, die hie und da erschienen, etwas Radau machten und dann wieder verschwanden. Der Höhepunkt war vor etwas weniger als zwei Jahren gewesen, als I.P.S. den Zuschlag für die Zäune in Griechenland, Italien und der Türkei bekam – für *sämtliche* Zäune! –, kurz nachdem Curro ins Büro des Señors gerufen worden war. Zu dieser Zeit häuften sich die Demonstrationen und Menschenansammlungen vor der Firma. Es hatte Vandalismus, Gebrüll, Gewalt und Sachbeschädigungen gegeben, brennende Mülltonnen und einmal sogar einen

Molotowcocktail, der beinahe einen Waldbrand ausgelöst hätte. Die Polizei und die Medien standen sofort zur Stelle, untersuchten, berichteten. Es war eine hektische Zeit. Doch auch das ebbte irgendwann wieder ab. Inzwischen kamen immer wieder mal Grüppchen von Demonstranten zusammen, hielten Schilder hoch, riefen Parolen und beschimpften die Mitarbeiter von I.P.S. Man gewöhnte sich daran, wie man sich an alles gewöhnte.

Curro fuhr langsam auf die Menschenansammlung zu, hätte sich gewünscht, unauffällig an ihnen vorbeifahren zu können, doch das war mit so einem Wagen unmöglich. Als die Demonstranten ihn sahen, stellten sie sich mitten auf die Straße, brüllten unverständliche Parolen, hielten Schilder in die Höhe und versperrten ihm den Weg. Eine junge Frau, Mitte zwanzig, irgendwie erinnerte sie ihn an Pippa, stand direkt vor seinem Auto und drückte ihr Plakat auf seine Windschutzscheibe. Darauf sah man einen mit kurzer Hose und T-Shirt bekleideten, blutverschmierten Mann mit schmerzverzerrtem Gesicht in einer Rolle NATO-Draht liegen. Vermutlich war das Bild eine Fälschung, denn niemand, auch nicht der verzweifeltste Mensch auf Erden, würde ohne lange Kleidung versuchen, an diesem Stacheldraht vorbeizukommen. Ein anderer Demonstrant, ein vielleicht zwanzigjähriger Mann mit dunklen, lockigen Haaren, stellte sich neben die Fahrerseite des Autos, klopfte gegen das Seitenfenster, zuerst vorsichtig mit den Fingerknöcheln, dann, als Curro ihn ignorierte, mit der geballten Faust. Curro wurde wütend und fürchtete, der Mann würde seinen neuen Wagen beschädigen.

„Was?“, rief er schließlich laut und scharf durch das geschlossene Fenster dem Mann entgegen.

Dieser blickte intensiv mit seinen dunklen Augen ins Innere des Autos, sagte nichts, sondern formte lediglich mit seinen Lippen immer wieder ein und dasselbe Wort. Trotz der fehlenden Laute war deutlich zu erkennen, was der Mann sagen wollte. Curro konnte es hören, es schallte ihm richtiggehend in den Ohren: Mör-der. Mör-der. Der Mann zog seine Augenbrauen nach oben, riss die Augen weit auf, hob sein Kinn und fuhr mit dem Daumen langsam seinen entblößten Hals entlang.

In diesem Moment kamen drei uniformierte Securitas-Angestellte, zwei von ihnen hatten einen schwarzen Schlagstock, der dritte eine Dose Pfefferspray in der Hand, auf Curros Wagen zu und wiesen die Demonstranten laut an, den Weg frei zu machen. Der Mob schrie wütend weiter, doch alle traten zur Seite. Sie wussten, dass die Securitys ihre Waffen einsetzen würden und dass die örtliche Polizei die Anzeigen durch Demonstranten ignorierte. Das blaue Schiebetor öffnete sich und Curro fuhr im Schritttempo auf das Firmengelände. Er ärgerte sich, dass gerade an diesem Tag so ein Radau gemacht werden musste, da er sich so darauf gefreut hatte, stolz, langsam, ein wenig angeberisch vorzufahren, vielleicht unter dem einen oder anderen bewundernden Blick, eventuell sogar von Eleonora, der Praktikantin, vielleicht ein Kompliment eines Kollegen entgegennehmend. Doch wenn Demonstranten da waren, gingen alle schnurstracks ins Gebäude. Zusätzlich hatte die aggressive Geste des dunkelhaarigen Mannes Curro sowieso, zumindest kurzzeitig, den Wind aus den Segeln genommen. Er stellte den Wagen auf seinem Parkplatz ab, schloss die Augen, atmete drei Mal tief ein und aus, öffnete die Augen wieder und stieg dann aus. Er machte einen Schritt zurück, betrachtete noch einmal seinen – *seinen* – Maserati, ließ gerade den Schlüssel in die Hosentasche gleiten, als plötzlich zwei Hände von hinten nach seinen Schultern griffen, ihn packten, an ihm rissen und Curros Körper schüttelten. Curro schrie, kurz aber laut, sprang nach vor und drehte sich in Abwehrhaltung, die Fäuste geballt, dem Angreifer entgegen.

„Was für ein Geschoss!“, brüllte Roberto Ruiz Alvarez, der Chief Marketing Officer von I.P.S. „Wunderbar!“ Curros Herz pochte so laut, dass er das Blut in seinen Ohren rauschen hörte. Die Geste des jungen Demonstranten hatte ihn ziemlich verunsichert. „Haben dir diese Wilden da draußen schon einen Kratzer in den Lack gemacht?“ Curro hielt den Atem an. Roberto umkreiste den Wagen, fuhr, wie Curro es am Morgen gemacht hatte, sachte mit dem Finger über das Metall, überprüfte den tintenblauen Lack. „Nichts“, sagte er schließlich. „Glück gehabt!“

Curro atmete aus, nickte und schaute zum blauen Schiebetor. Die ungesagten Worte des Mannes mit den dunklen Augen schallten nach wie vor in seinem Kopf: Mör-der. Mör-der.

„Wunderbar“, rief Roberto noch einmal und klopfte Curro freundschaftlich auf die Schulter.

Curros Handy vibrierte in seiner Tasche. Mit zitternden Fingern griff er danach, stoppte den Erinnerungsalarm und zog den Knoten seiner Krawatte fest. Noch einmal schloss er die Augen, noch einmal atmete er tief ein und aus. Dann nickte Curro erneut, lächelte Roberto zu, warf einen letzten Blick auf den Maserati, wiederholte seine Worte – „Wunderbar!" – und gemeinsam betraten sie das Gebäude, auf dem früher der spanische Name *Mundo Seguro* – Sichere Welt – und nun seit einigen Jahren in großen gelben Lettern die Worte „*International Passive Security*" standen.

„Neuer Name, neues Glück", hatte der Señor damals in Presseaussendungen offiziell verlautbaren lassen. Das war im Jahr 2002 gewesen. Er hatte recht behalten. Bis zum Namenswechsel hatte die Firma das meiste Geld mit passiven Sicherheitselementen für spanische Kernkraftwerke, Flughäfen und größere Firmen gemacht. Mit dem neuen Namen kam ihr erster, riesiger, monumentaler Auftrag: die Umzäunung von Ceuta und Melilla, den beiden spanischen Enklaven in Marokko. Die zwei Städte, die seit hunderten von Jahren auf afrikanischem Grund und Boden standen und nach wie vor an die ehemalige koloniale Größe Spaniens erinnerten. Die Tatsache, dass International Passive Security, I.P.S., damals diesen Auftrag bekommen hatte, katapultierte die Firma in eine Liga, in die es nur wenige Sicherheitsunternehmen schafften. Anders als die Hauruckaktionen an den europäischen Grenzen in den Jahren 2014 und 2015 scheuten diese zwei Städte von vornherein keine Kosten und Mühen, um ihr Staatsgebiet vor Angreifern zu schützen. Doppelstahlzäune von zuerst drei, später dann sechs Metern Höhe, mehrere Zaunreihen, messerscharfer NATO-Draht an der Oberkante, Wachtürme, Scheinwerfer, Bewegungsmelder, Stolperdrähte, Infrarotkameras. Über hundert Millionen Euro hatten Spanien und die EU in den Ausbau dieser zwanzig Kilometer langen Anlage investiert. Das ergab einen Kilometerpreis von knapp fünf Millionen Euro. Eine weitaus harmlosere Umzäunung um diese zwei Städte hatte auch schon davor existiert, Teile davon ebenfalls von Curros Firma installiert. Das hatte es natürlich auch gebraucht. Die beiden Städte waren spanisches Hoheitsgebiet und durften nicht von jedem betreten werden. Ausschlaggebend für die umfassenden Investitionen waren die Fluchtbewegungen im Jahr 2005 gewesen, als mehrere tausend afrikanische Flüchtlinge, die meisten aus Nigeria, Kamerun oder Mali, gleichzeitig versuchten, die Absperrung zu durchbrechen, um auf EU-Territorium zu gelangen und dort Asyl zu beantragen. Die Menschen kamen in der Nacht, in Massen stürzten sie wie aus dem Nichts auf die Zäune zu, warfen sich dagegen, zerrten an ihnen, versuchten sie umzuschmeißen. Beinahe wäre es ihnen gelungen. Viele kletterten an den Maschendrahtzäunen nach oben und verletzten sich an den messerscharfen Klingen des Stacheldrahts, einige Menschen starben. Die Bilder der verwundeten Flüchtlinge, ihrer blutverschmierten Kleidung, T-Shirts, Jacken und Schuhe, die sich im NATO-Klingendraht verhangen hatten, gingen um die Welt. Das war schlechte Publicity für die zwei wunderschönen, historischen und touristisch wertvollen Städte – und die Enklaven reagierten. Sie verstärkten ihre Schutzvorrichtungen, beziehungsweise ließen die Zäune von Curros Firma verstärken und erhöhen und machten ihre Festung so dicht, dass es nicht nochmals zu einer derartigen

Tragödie kommen konnte. Die schrecklichen Bilder der verletzten Flüchtlinge, die Meldung, dass I.P.S. die Zäune und den Stacheldraht geliefert hatte und die Sicherheitsvorkehrungen sogar noch verstärken würde, brachten die ersten Demonstranten vor das blaue Schiebetor. Aus einem Sicherheitsmann wurden zwei, später drei, zu den gefährlichsten Zeiten sogar sechs. Alle bekamen Schlagstöcke und Pfefferspray, alle wurden darauf geschult, diese auch einzusetzen. Die Menschen protestierten, sowohl die spanischen als auch internationale Medien prangerten die Enklaven und I.P.S. an und einige Jahre später fasste die spanische Regierung den Beschluss, die Stacheldrahtzäune, die Melilla und Ceuta beschützten, wieder zu entfernen. Zu viel Aufsehen, zu viel negative Publicity, zu viele Verletzte, hieß es. Es machte den Anschein, als hätten die Gegner gewonnen. Bei I.P.S. wurden Sitzungen einberufen, es wurde viel diskutiert, über weitere Vorgehensweisen, über Maßnahmen, die es zu treffen galt. Demonstranten fanden sich ab diesem Zeitpunkt keine mehr ein. Man konnte wieder ohne Probleme durch das blaue Tor fahren. Im Jahr 2013 dann die Entwarnung. Ein neuer Regierungsbeschluss, der den alten nichtig machte. Dieses Mal in die entgegengesetzte Richtung: Melilla und Ceuta würden ihren Stacheldraht behalten, mehr noch, die Sicherheitsvorkehrungen in beiden Städten würden sogar erhöht werden. Die spanische Regierung beschloss den Bau einer dritten Zaunreihe auf marokkanischem Territorium, ebenfalls mit NATO-Draht. Und wieder bekam I.P.S. den Auftrag. Schnell kamen die Demonstranten zurück.

Zwei Jahre später, im Jahr 2015, als die große Flüchtlingswelle über Mitteleuropa zusammenbrach, gab es von der EU die erste von vielen offiziellen Ausschreibungen zum Schutz der europäischen Grenzen. Ein Millionengeschäft. Derjenige, der den Fuß in die Tür kriegte, wäre der neue Ansprechpartner für ganz Europa. Nun war Curros Zeit endlich gekommen. Er hatte sich auf ein derartiges Riesenprojekt vorbereitet, hatte die Flüchtlingsbewegung als einer von wenigen kommen sehen, hatte mit dem Señor bereits zwei Jahre zuvor darüber gesprochen, und man hatte ihm versichert, dass, würde seine Prognose stimmen, er der Mann sei, die Gespräche zu führen. Griechenland hatte bereits 2012, da immer mehr Flüchtlinge über den Landweg aus der Türkei in die EU kamen, einen etwa zehn Kilometer langen, doppelten Stacheldrahtzaun an einem Grenzabschnitt errichten lassen. Eine lächerliche Geschichte eigentlich. Damals erkannte die EU-Kommission noch nicht die Notwendigkeit derartiger Schutzmaßnahmen. Griechenland war pleite und so beteiligte sich die Türkei mit etlichen Millionen Euro an der Finanzierung. Den Auftrag vergab man an eine griechische Sicherheitsfirma, die nicht wirklich wusste, was sie tat. I.P.S. versuchte damals, sich ins Spiel zu bringen, doch die Geldgeber bissen nicht an. Letztendlich brachte der Zaun nichts.

Dann, als der Krieg in Syrien in die Gänge kam, beschloss Ungarn, sich vor dem Ansturm der Flüchtlinge zu schützen. Im Gegensatz zu Griechenland wollte es jedoch keinen zehn Kilometer, sondern einen hundertfünfundsiebzig Kilometer langen Zaun zu Serbien, für den sie ursprünglich 21 Millionen Euro budgetiert hatten. Über diese Zahl hatte Curro nur den Kopf geschüttelt. „Illusorisch“, murmelte er, und holte die Herren am Verhandlungstisch auf den Boden der Tatsachen. Es gab viel Murren, doch Curro war der Experte. Und er sollte recht behalten. Nach dem Bau beliefen sich die Kosten letztendlich auf vierundneunzig Millionen Euro, was einen Kilometerpreis von über fünfhundertdreißigtausend Euro ergab. Um dieses Geld bekam Ungarn natürlich auch keine Standard-, sondern eine Luxusausführung, einen vier Meter hohen Maschendrahtzaun mit Betonfundament, Stahlgestänge und Klingendraht an der oberen Kante wie auch am Fuß des Zauns. I.P.S. verdiente prächtig. Und doch war Curro bei diesen Verhandlungen nur bedingt erfolgreich gewesen. Ungarn bestellte zwar das Material bei I.P.S., der Aufbau selbst wurde dann aber an eine andere, lokale Firma vergeben. Es gab damals noch viele Mitbewerber, einige erkannten das Potenzial, kämpften verbissen und versuchten, die Preise zu drücken, wo es nur ging. Nach dem teuren Ungarn-Deal musste I.P.S. beziehungsweise Curro – als Vertreter, als Aushängeschild, als Gesicht der Firma – hart darum kämpfen, den Ruf als reiner Luxusanbieter wieder loszuwerden. Viele Gegner von Grenzzäunen wollten sich über die Kosten informieren, durchforsteten ein paar Minuten lang das Internet und stießen auf die beiden spanischen Enklaven Melilla und Ceuta. Dann überschlugen sie kurz die Zahlen und gaben in Interviews an, dass Zäune viel zu teuer seien, dass Spanien und die EU über hundert Millionen Euro investiert hatten, um diese gerade mal zwanzig Kilometer lange Anlage zu bauen. Und kamen so zu dem Trugschluss, dass Grenzzäune fünf Millionen Euro pro Kilometer kosteten. Ein völliger Blödsinn, natürlich. Curros Aufgabe war, die Entscheidungsträger von der Wahrheit zu überzeugen. Entschied man sich für die billigste Variante, kam der Laufmeter gerade mal auf fünf Euro. Doch andererseits hielt die billigste Variante natürlich langfristig niemanden davon ab, eine Grenze zu überqueren, das war klar.

Die Grenzgegner wurden immer mehr. Plötzlich gab es Mitbewerber, wie zum Beispiel den deutschen Drahtgroßhändler Mutanox – er hatte bis dahin Justizanstalten mit NATO-Draht ausgestattet –, die nun nichts mehr mit Grenzschutz zu tun haben wollten. Sie gaben an, im Gegensatz zu anderen Firmen nicht über ihre starken moralischen Bedenken hinwegsehen zu können. Das kam bei vielen gut an. In Wahrheit wären diese Firmen jedoch nicht in der Lage gewesen, die monumentalen Anforderungen der Grenzsicherung zu stemmen. Sie hatten nicht die Ressourcen, hunderte Kilometer oft unwegsamen Geländes mit Zäunen abzuriegeln. Doch wen interessierte schon die Wahrheit? Derartige Aussagen über moralische Bedenken, die schnell ihren Weg auf soziale Netzwerke fanden, wo sie dann geteilt, kommentiert und geliked wurden, kratzten gehörig am Ruf von International Passive Security und erschwerten Curros Arbeit ungemein. Er bat die damalige Praktikantin, die dreiundzwanzigjährige Blanca aus Madrid mit den wunderbar runden Hüften, ihm diese sozialen Netzwerke näherzubringen, und sie zeigte Curro, wie viel Macht Facebook, Twitter und all die anderen Plattformen besaßen. Sie legte gemeinsam mit Curro einen gefakten Account für ihn an, veranschaulichte ihm, wie sehr der Ruf der Firma online unter den Anschuldigungen litt, doch auf der anderen Seite auch, wie schnell solche Nachrichten wieder von anderen, schlimmeren Meldungen, Aussagen und Hetzkampagnen von Politikern oder aktuellen Tagesgeschehnissen verdrängt wurden.

„Hast du kein schlechtes Gewissen?", hatte ihn Blanca einmal gefragt, nachdem er die kurze Affäre mit ihr bereits beendet hatte. Es war keine große Sache, weder die Affäre noch die Trennung, wenn man es überhaupt so nennen konnte. Schnell und unkompliziert, für beide nur ein Spiel. Sie, die sich beweisen wollte, dass sie einen erfahrenen und einflussreichen Mann verführen konnte, er, der sich durch den schnellen und leidenschaftlichen Sex mit der attraktiven Praktikantin um Jahre verjüngt fühlte. Blanca war an ihrem letzten Arbeitstag in seinem Büro gestanden, um sich zu verabschieden. Ihre Frage stellte sie so leise, dass es Curros Assistent im Vorzimmer nicht hören konnte.

„Ein schlechtes Gewissen", hatte Curro ihre Worte wiederholt, ebenfalls flüsternd, und an das gemeinsame Geheimnis gedacht.

„Eure Zäune töten Menschen", sagte sie leise.

Curro atmete erleichtert auf. Das hatte sie gemeint. Über sein simples Gegenargument musste er keine Sekunde lang nachdenken: Die Länder brauchten Schutz. Und würden sie, sprich I.P.S., diesen Schutz nicht bieten, würde es eine andere Firma tun.

Blanca schien halbwegs überzeugt und zuckte mit den Schultern. Einige Stunden später war ihr Praktikum beendet, und sie ging wieder zurück nach Madrid. Ein Jahr danach sah er auf seinem gefälschten Facebook-Account die Fotos ihrer Sponsion. Er hatte erwartet, dass sie sich wieder bei I.P.S. bewerben würde. Oder zumindest, dass sie sich bei ihm meldete, damit er für sie ein gutes Wort einlegen oder ein Empfehlungsschreiben ausstellen könnte. Beides war nicht der Fall gewesen. Inzwischen dachte er fast nicht mehr an sie.

Damals, zu der Zeit, als Blanca ihm diese Frage gestellt hatte, reiste Curro viel, besichtigte die potenziellen Gebiete, die I.P.S. beliefern konnte, die Türkei, Bulgarien, Mazedonien, Kroatien, Slowenien, Deutschland, Österreich, wurde ständig von Journalisten belagert, gab kurze, manchmal auch etwas längere Interviews, wenn ein möglicher Auftraggeber darum bat; verhandelte mit den Repräsentanten dieser Auftraggeber, mit Vertretern der Bundesbeschaffungsgesellschaften, rechnete ihnen vor, präsentierte die Firmenstruktur, die unterschiedlichen Produkte, erklärte, zu welchen Konditionen sie liefern konnten, überzeugte, beruhigte, beunruhigte, versicherte, verunsicherte, zeigte auf, dass es keine Alternativen gab, dass International Passive Security Erfahrung mitbrachte, dass sie schnell, solide und genau seien, sofort handeln und produzieren konnten, schneller als andere, zuverlässiger, und dass sie in der Lage waren, hunderte von Kilometern innerhalb kürzester Zeit mit Stacheldrahtzaun zu sichern. Er überzeugte Politiker, indem er ihnen aufzeigte, dass sie durch den sofortigen Aufbau der Zäune ihre

Versprechen halten konnten. Die Menschen würden das Resultat sofort sehen und sich bei der nächsten Wahl dafür bedanken. Er stellte Einkaufslisten für die verschiedenen Länder zusammen: Soundso viele tausend Laufmeter Maschengeflecht, Gittermatten, Metallpfosten … Und, natürlich, das wichtigste und stärkste Produkt der Firma, das auf keiner Liste fehlen durfte, der Dauerbrenner: NATO-Klingendraht, genannt „*Cuchilla 25*". Der Draht, der auch Melilla und Ceuta vor Angriffen schützte. Die Zahl Fünfundzwanzig gab die Länge der rasiermesserscharfen Klingen in Millimetern an. I.P.S. war der einzige Anbieter in Europa, der diesen besonderen Stacheldraht herstellte. Diese Tatsache, die harten Fakten und Curros Verhandlungsgeschick waren Gründe, weshalb I.P.S. Anfang 2017 auch den Zuschuss bekommen hatte, der die Stellung von International Passive Security ein für alle Mal in Stein meißelte. Obwohl Angela Merkel nach wie vor predigte, dass Zäune keine Lösung seien, sahen das die restlichen Staaten anders und nahmen Curros Angebot an. Zuerst Griechenland mit seinen lächerlichen zehn Kilometern, dann Bulgarien – zweiundzwanzig Kilometer gesichert durch Nato-Draht –, die gesamte Grenze zur Türkei, dann Ungarn, danach Österreich, das dem Beispiel des Nachbarn folgte und Ende 2015 einen Grenzzaun zu Slowenien errichten ließ. I.P.S. übernahm die Lieferung und die Installation. Nach und nach zogen andere Staaten nach. Zunächst vorsichtig. Mazedonien wollte zuerst eine geregelte Durchreise, später, als der politische Druck stärker wurde, entschied es sich anders. Grenzen zu, „geregelte Durchreise" gehörte der Vergangenheit an. Die Länder

der Ost- sowie der Westbalkanroute, Serbien, Rumänien. Alle machten sie dicht. I.P.S. übernahm die meisten Lieferungen und größtenteils auch den Aufbau. Das Geld floss, doch die Konkurrenz mischte mit und kassierte ebenfalls. Bis zu dem Tag, an dem die Verhandlungen über die Regulierung des Flüchtlingsstroms zwischen EU und Türkei zu einem erfolgreichen Ende kamen, als die EU stolze 3,2 Milliarden Euro lockermachte und die Türkei daraufhin versicherte, sie würde sich um das „Problem" kümmern. Kein Durchwinken mehr. Bis hierhin und nicht weiter. Zurück ja, aber nicht weiter. Und das mithilfe des Militärs, mit scharfen Kontrollen an den Grenzen, zu Land und zu Wasser, mit Rückführungen, einer Zero-Tolerance-Politik gegenüber Schleppern, mit Abschiebelagern, die an Gefängnisse erinnerten. Und natürlich ein Zaun. Ein langer, undurchdringlicher Zaun zwischen der Türkei, Bulgarien, Griechenland und Syrien, an türkischen Hotspots, in Çesme, Bademli und Ayvalık. Zäune und eine ewig lange Mauer an der südlichen Grenze zu Syrien, hunderte Kilometer, zigtausende Rollen *Cuchilla 25*, an Land, entlang der Küste, zum Teil sogar durchs Wasser. Kein Vorbeikommen zu Fuß, kein Vorbeikommen mit einem Schlauchboot. Am Ende der Verhandlungen, als I.P.S. – anders: als Curro – schließlich den Zuschlag bekam, zeigten ihm die Verhandlungspartner Bilder: Flüchtlinge, die unter den Zäunen durchrobbten, Väter, die ihre Kinder über den Stacheldraht hoben, Familien, die Teppiche über die Zäune warfen, um sich so vor den messerscharfen Klingen zu schützen, Männer, die den Zaun mit Handschuhen anhoben. „Genau das wollen wir nicht mehr", erklärte man Curro. „Damit muss Schluss sein." Curro hatte ernst genickt und zugestimmt. Da hatten sie schon recht. Das war schlampige Arbeit und kam davon, wenn zwar das Material stimmte, der Aufbau jedoch von Amateuren übernommen wurde. Er versicherte: Wenn I.P.S. sämtliche Schritte übernehmen würde, gehörten derartige Bilder der Vergangenheit an.

„Ein Zaun symbolisiert eine Grenze", sagte Curro gerne. Zwei Seiten, die voneinander getrennt werden. Bis man sie wieder öffnete, gäbe es nur Nord oder Süd, Ost oder West. Ein illegales Überqueren sei inakzeptabel.

Curro hatte geschickt argumentiert, zeigte auf, dass ein guter Zaun sich rechne. Er bedeutete weniger Illegale, mehr Geld für die Steuerzahler und weniger Kosten für Versorgung, Flüchtlingsheime, Integrationskurse und was sonst noch alles. Ein guter Zaun half dem Staat zu sparen. Das sahen letztendlich alle ein. Sowohl die Türkei als auch die EU.

I.P.S. hatte gewonnen. Curro hatte gewonnen. Und sein Erfolg wurde belohnt.

Curro ging über die Treppe in den zweiten Stock, verabschiedete sich von Roberto, dessen Büro am anderen Ende des langen Gangs lag, und passierte den Schreibtisch seines siebenundzwanzigjährigen Assistenten Paulo, der gewissenhaft sämtliche Telefonate und Gesprächspartner abfing, sie filterte und letztendlich nur einen Bruchteil davon zu ihm durchließ. Trotz seines jungen Alters machte er seine Arbeit hervorragend, und Curro war unglaublich froh ob seines Helfers. Beim Vorbeigehen nickte er Paulo zu, dieser wandte seinen Blick vom Bildschirm ab, richtete sich auf und lächelte seinen Chef an.

„Ist er da?“, fragte Paulo. Curro deutete mit dem Kinn aus dem Fenster. Paulo sprang auf und schaute hinaus auf den Parkplatz. „Wow!“, rief er bewundernd. Jetzt war es Curro, der lächelte. „Wie viel PS?“

„Vierhundertfünfzig.“

Paulo pfiff anerkennend durch die Zähne.

„Der nächste Termin?“, fragte Curro.

Paulo kannte den Tagesplan stets auswendig. „Erst um zehn“, sagte er.

„Gut“, sagte Curro leise, „Gut, gut“, ging in sein Büro, fuhr seinen Computer hoch und begann, seine E-Mails zu checken.

Nach zehn Minuten klopfte Eleonora vorsichtig an seiner einen Spalt breit geöffneten Tür. Die vierundzwanzigjährige Praktikantin aus Mailand hatte ihren Lebenslauf aufpolieren und über den Sommer bei I.P.S. Erfahrungen für ihr Studium sammeln wollen. Letztendlich hatte sie in den letzten sieben Wochen nichts anderes getan, als Dokumente zu kopieren, Unterlagen zu schreddern und bei Sitzungen Kaffee zu servieren. Sie trat leise an den Schreibtisch und stellte eine Tasse Kaffee – schwarz, ohne Milch, mit Zucker – neben Curros Tastatur. Er blickte auf, Eleonora schenkte ihm ein breites Lächeln und zeigte ihre perfekten weißen Zähne, ihre riesigen, rehbraunen Augen und die zwei kindlichen Grübchen in ihren Wangen. Am Anfang ihres Praktikums hatte Curro eine Zeit lang ein wenig mit ihr geflirtet. Er konnte sich einfach nicht zurückhalten, es lag in seiner Natur. Er kam gut bei den

Frauen an, ganz besonders bei jungen Frauen. Seine eigene, Maria, wusste das und hatte es ihm mehr als einmal verzeihen müssen. Inzwischen hatten sie eine Abmachung: „Appetit holen ist erlaubt, mi Corazón", sagte sie immer wieder einmal. „Doch gegessen wird zu Hause!"

Curro stimmte ihr jedes Mal zu. Die Affäre mit Blanca vor drei Jahren sollte die letzte gewesen sein. Und sowieso schien Eleonora immun gegen seinen Charme und seine Annäherungsversuche zu sein. Lediglich einmal hatte sie – ein Versehen, wie er sich schnell eingestehen musste – das Foto von Maria, das auf seinem Schreibtisch neben seinem Bildschirm stand, auf den Boden geschmissen. Als er darauf wartete, dass sie es aufhob, lächelte sie nur frech und zog ihre schmalen Schultern nach oben.

Curro griff nach seiner Kaffeetasse, nahm einen vorsichtigen Schluck und stellte sie wieder ab. Eleonora stützte sich mit einer Hand auf der Tischplatte ab, schaute aus dem Fenster und machte keine Anstalten, das Büro zu verlassen.

„Gut", sagte er und meinte den Kaffee. „Gut, gut." Immer noch lächelte sie.

„Ist das Ihr neues Auto, Curro?", fragte Eleonora schließlich mit ihrem starken italienischen Akzent.

Es war seltsam, diese Mischung aus seinem Spitznamen und dem höflichen Sie. Doch da alle ihn Curro nannten, hatte er es der jungen Frau durchgehen lassen, und nun war es zu spät, sie darauf hinzuweisen.

„Ja", sagte er. „Mein neues Auto."

In diesem Moment klingelte zum dritten Mal an diesem Tag Curros Telefon. Es war sein Privathandy, nur wenige kannten die Nummer. Wieder war es der ausländische Anschluss mit unbekannter Vorwahl. Er würde später zurückrufen, dachte er, blickte Eleonora um Verzeihung bittend an und wies den Anrufer ab. Die Praktikantin schien den Anruf gar nicht bemerkt zu haben und blickte immer noch aus dem Fenster nach draußen.

„Ein Maserati", sagte sie, an seinem Schreibtisch lehnend. „Ein italienisches Auto." Curro nickte. „Wild und temperamentvoll", fügte sie hinzu und blickte ihn an. Curro räusperte sich. „Vielleicht darf ich ja mal mitfahren", fragte sie keck. Curro grinste, suchte nach einer geistreichen Antwort, als Eleonora auflachte. Ein Scherz, meinte sie. Dazu würde es wohl nicht kommen. Übermorgen sei schon ihr letzter Tag.

„Das Studium", sagte Curro. Sie nickte. „Gut, gut."

Schade, dachte er.

Eleonora zog ihre Hand langsam von seiner Tischplatte und streckte sie ihm entgegen. Er ergriff sie und schüttelte sie lächelnd.

„Falls wir uns nicht mehr sehen", sagte sie.

„Danke, für …"

„Den Kaffee?", unterbrach sie ihn.

Er nickte.

„Gerne."

Ein letztes Mal zeigte sie perfekte Zähne und kindliche Grübchen, drehte sich um und verließ sein Büro. Zum dritten Mal an diesem Tag schloss Curro gezielt seine Augen und atmete drei Mal tief ein und aus.

Besser so, ging es ihm durch den Kopf, und kurz dachte er an Blanca aus Madrid mit ihren schönen runden Hüften. Dann ging er wieder seiner Arbeit nach.

Zu Mittag hatte er eigentlich vorgehabt, mit Roberto nach Cártama in die Stadt zu fahren, um dort eine Kleinigkeit zu essen. Es hätte ihn gereizt, ihm seinen Wagen vorzuführen, zu sehen, wie es den Freund – konnte er ihn denn Freund nennen, vermutlich schon, irgendwie zumindest – in den Sportsitz drückte. Ein Blick aus dem Fenster verriet jedoch, dass die Demonstranten noch da waren. Sie saßen in kleinen Grüppchen auf dem Boden, manche auf der Straße, manche an die Mauer gelehnt, ihre Plakate und Schilder lagen wie Waffen neben ihnen. Die hochstehende Sonne brannte ihnen gnadenlos auf die Köpfe. Schattenspendende Bäume gab es keine. Bestimmt würden sie es nicht mehr lange aushalten. Curro dachte an den jungen Mann mit den dunklen Augen. Ihn sah er nicht. Aber das bedeutete nichts. Er könnte direkt hinter dem Tor sitzen, außerhalb seines Blickfelds. Der Gedanke ließ es ihm kalt den Rücken runterlaufen. Er hätte ihn eigentlich bei der Polizei melden und anzeigen sollen. Die Geste des Mannes war doch eine Drohung gewesen. Und Drohungen waren nichts anderes als noch nicht ausgeführte Taten. Vielleicht versteckte sich der Dunkelhaarige und lauerte Curro auf. Er hatte keine Lust, über Mittag das Firmengelände zu verlassen und noch einmal an diesem Mann vorbei zu müssen. So rief er Roberto an und schlug vor, eine Pizza zu bestellen.

„Eine gute Idee“, rief Roberto ins Telefon.

Dreißig Minuten später saßen Roberto, Curro und Roger Wilson, der hundertzwanzig Kilo schwere Finanzchef, ein Brite mit Doppelkinn und derbem Humor, in Robertos Büro. Vor jedem der drei Männer eine nicht mehr ganz heiße Pizza. Man sprach über die Firma, über

Curros neuen Wagen, über die ersten Autos, die man besessen hatte, und kam dann irgendwann auf ein aktuelles Thema: Ein mit Flüchtlingen vollbesetztes Rettungsschiff lag vor Malta und erhielt keine Erlaubnis anzulegen. Aufgrund irgendwelcher rechtlicher Ungenauigkeiten verlangte Malta, dass man die Menschen an Bord wieder zurück nach Libyen brachte. Der deutsche Kapitän wiederum weigerte sich und hoffte darauf, dass Malta klein beigeben würde.

„Das wird nie aufhören“, sagte Roberto. „Es wird immer Menschen geben, die das Leben in Afrika satthaben und irgendwie nach Europa wollen. Und es wird immer Leute geben wie diesen Kapitän hier, der die Flüchtlinge vor dem Ersaufen rettet. Und gleichzeitig wird es immer Politiker geben, die genau das verhindern wollen.“

„Malta und Lampedusa haben aber auch die Arschkarte gezogen“, sagte Roger lachend. „Zu nah an Afrika. Pech für sie, dass es keinen Gaddafi mehr gibt. Der hat sich immer gerne um die Flüchtlinge ‚gekümmert‘, wenn ihr wisst, was ich meine.“ Er lachte, verschluckte sich und begann zu husten.

Er hat schon irgendwie Recht, dachte Curro. Es versuchten nicht mehr so viele wie noch vor zwei Jahren, nach Europa zu kommen. Aber immer noch genug, dass I.P.S. und sein Dienst für Europa erkennbar waren.

„Schade eigentlich, dass wir Libyen und Tunesien noch nicht beliefern“, sagte Roberto. „Da wäre noch was zu holen. Ich meine, da gibt es tausende Kilometer Küste, an denen man Zäune aufstellen könnte. Das würde den Schleppern das Leben gewaltig erschweren.“

„Vielleicht geht da sogar irgendwas", sagte Curro. „Ich bin da dran. Die EU hat vor, einen Pakt mit Libyen zu schließen. Es geht um Gelder für die Küstenwache und das Militär, für bewaffnete Patrouillenboote, Auffanglager und Gefängnisse. Vielleicht auch für Zäune. Ich bin in der ersten Verhandlungsphase. Mal sehen, was rauskommt."

Dann erzählte Curro von seinen Erfahrungen in den Grenzgebieten, die er in den letzten Jahren für I.P.S. besichtigt hatte, von seinen Eindrücken, von den vor den Schranken wartenden Flüchtlingen. Er übertrieb ein bisschen, da er, wenn er ehrlich war, selbst nur äußerst selten mit Flüchtlingen in Kontakt gekommen war. Die Vertreter der Länder hatten stets darauf geachtet, ihn von derartigen Erlebnissen und Eindrücken fernzuhalten. Roberto sagte, er habe gelesen, dass die Lage momentan zwar ruhig aussah, in Wahrheit jedoch anscheinend noch brenzliger wurde, dass es ganz besonders in der Türkei immer wieder zu kleineren und größeren Aufständen von Flüchtlingen kam.

„Stimmt das, Curro?", fragte er. „Dass die Stimmung am Überkochen ist?"

Es stimmte. Ganz besonders mit denjenigen, die mit großer Wahrscheinlichkeit nur darauf warteten, wieder abgeschoben zu werden, war nicht zu spaßen.

„Es ist gefährlich", sagte er schließlich ernst, schüttelte den Kopf und blickte aus dem Fenster. „Eine sehr ernste Situation. In diesen Zeiten ist es ganz besonders wichtig, dass es uns gibt."

Roberto erzählte von einer deutschen Journalistin, die gerade einen Bericht über ein Lager in Lesbos machen wollte, als Chaos ausbrach und hunderte Flüchtlinge gleichzeitig versuchten, die Zäune niederzureißen und das Lager abzufackeln.

„Unsere Zäune?", fragte Roger.

„Deswegen habe ich davon erfahren", antwortete Roberto.

„Und?"

Roberto grinste. „Sinnlos. Ein Kampf gegen Windmühlen. Gegen unsere Zäune kommt niemand an."

„Und die Journalistin?", fragte Roger lachend.

„Verschwunden", sagte Roberto und imitierte die Geste eines Zauberers. „Puff."

„Das stimmt doch gar nicht", unterbrach ihn Curro. Er wusste, von welcher Journalistin Roberto sprach. Eine Deutsch-Ägypterin, die vor knapp einem Jahr ein Porträt über ihn gemacht hatte. „*Der Advokat des Stacheldrahts*" war der holprige Titel gewesen, der in einer deutschen Zeitschrift erschienen war und über den auch eine Zeit lang im deutschen Fernsehen berichtet wurde. Bis nach Spanien hatte es das Profil aber dann doch nicht geschafft. Die Journalistin hatte zwar gut recherchiert, wusste, was Curros Aufgabe war, mit wem er sprach und verhandelte, hatte sich ausgerechnet, wie enorm viel Gewinn I.P.S. gemacht hatte. Das war aber auch kein Geheimnis, wenngleich I.P.S. damit nicht hausieren ging. Das Porträt über Curro tat seinem und auch dem Ruf der Firma nicht sonderlich gut, doch letztendlich hatte dem Bericht etwas gefehlt. Nämlich genau das Quäntchen, das eine gute Story mit brisantem Inhalt zu einem Shitstorm machte, der sich dann verselbstständigte. Die Bevölkerung hatte dieser Lara

Said – Curro hatte sich ihren Namen gemerkt – zugehört, aber dann nicht angebissen. Zum Glück. Vielleicht war es ja genau sein fehlendes Statement gewesen. Die Journalistin hatte es trotz vieler Bemühungen nicht geschafft, ihn persönlich zu treffen, um ein Interview zu ergattern. Nicht dass sie es nicht versucht hätte, doch Curro hatte sich im Vorfeld über sie schlau gemacht und erfahren, dass sie skrupellos sein konnte und nur über das berichtete, was Wellen verursachte. Und Wellen konnte er nicht ausstehen. Über Umwege und über Dritte hatte sie Curro gedroht, dass sie, wenn er nicht bereit sei, ein Interview zu geben, die Fakten von woanders bekomme. Und das würde ihm bestimmt nicht gefallen. Doch Curro blieb hart, mied sie und traf sich nie mit ihr. Irgendwann akzeptierte sie es, schrieb den Bericht, saugte sich letztendlich vieles aus den Fingern und versuchte krampfhaft, Curro als den Mastermind hinter I.P.S. darzustellen, als denjenigen, der die Fäden in der Hand hielt, der sich nach mittelalterlicher Manier nach Stadtmauern und Burggräben sehnte, dem es nichts ausmachte, wenn die EU wieder in Einzelstaaten zerfiel und die Flüchtlinge sich in den Klingen der Stacheldrähte verhedderten und dort elendiglich verbluteten. Etwas, das in Wahrheit so gut wie nie vorkam.

„Sie ist nicht verschwunden“, sagte Curro in die Runde. „Ganz im Gegenteil. Die reist durch die Krisenländer und bloggt darüber.“

„Woher weißt du das?“, fragte Roberto.

Curro winkelte den rechten Arm an, führte Daumen und Mittelfinger zusammen, zog die Mundwinkel nach unten und imitierte mit krächzender Stimme Marlon

Brando: „My father taught me many things. He taught me: keep your friends close but your enemies closer."

Curro erntete ein Lachen von Roger. Roberto hingegen, der alle drei Teile des Paten beinahe auswendig konnte, schenkte ihm einen etwas abwertenden Blick, da er wusste, dass nicht Marlon Brando, sondern Al Pacino im zweiten Teil der Trilogie diesen Satz gesagt hatte. Curro ignorierte ihn.

„Nein, ernsthaft. Die Frau ist momentan unglaublich angesagt. Immer wieder greifen verschiedenste Medien ihre Story auf. Es wundert mich, dass ihr das nicht mitbekommen habt. Ich weiß über sie Bescheid und folge ihrem Blog, weil sie mich vor einigen Monaten als *den* Profiteur der Flüchtlingskrise darstellen wollte. Ihre Artikel erscheinen in fünf Sprachen. Freiwillige übersetzen die Texte für sie. Kostenlos! Die Frau hat einen Nerv getroffen und die Medien lieben sie. Und nun verdient sie sich selbst eine goldene Nase mit dem Schicksal der Flüchtlinge."

„Bloody hypocrite", sagte der fette Roger und stopfte sich das letzte Stück Pizza in den Rachen.

Der übergewichtige Brite hatte gerne das letzte Wort und versuchte, Curros Geschichte zu toppen. Er erzählte von seinem Bruder Francis, der für das britische Konsulat in Damaskus gearbeitet hatte. Curro hatte Francis vor einigen Jahren bei einer Grillparty in Rogers Garten kennengelernt. Er war das genaue Gegenteil seines drei Jahre jüngeren Bruders. Ein angenehmer Mann, intelligent, höflich und aufgeschlossen. Francis, geborener Brite, sprach fließend Spanisch, Französisch, Arabisch und Türkisch. Curro hatte ihn als eine beeindruckende Person kennengelernt, jemand, der einem das Gefühl gab, gehört zu werden, und mit dem man sich über verschiedenste Themen unterhalten konnte. Die beiden Männer waren sich auf Anhieb sympathisch gewesen. Am Ende des Abends hatten sie damals Visitenkarten und Privatnummern ausgetauscht. „Wenn du irgendwann in der Nähe bist, gebe ich dir eine Tour“, hatte er zu Curro gesagt und ihm freundschaftlich auf die Schulter geklopft. Mit „in der Nähe“ hatte Francis Syrien gemeint, damals noch ein beliebtes Reiseziel. Damaskus war bekannt für seine Geschichte, für die vielen Sehenswürdigkeiten und natürlich die unzähligen hervorragenden Restaurants. Francis hatte ihm dermaßen vom syrischen Essen vorgeschwärmt, dass Curro sogar der Appetit auf das Fleisch und die Burger vom Grill verging. Er nahm sich vor, bald einmal gemeinsam mit Maria und Pippa das gar nicht mal so weit entfernte Land zu bereisen. Doch schon kurz darauf war der Bürgerkrieg ausgebrochen und Curro die Lust auf einen Besuch schnell vergangen.

Roger erzählte, dass sein Bruder Francis und sämtliche Mitarbeiter des britischen Konsulats im Jahr 2012 das Feld geräumt hatten. Sein Bruder sei einer der letzten gewesen, die Damaskus verließen. In diesem Jahr entfernten sich beinahe alle Ausländer aus dem Land, da die Einheimischen bereits unruhig geworden seien. Wie eingesperrte Tiere. Immer wieder Demonstrationen, Schießereien und Aufstände. Am Tag vor seiner Abreise sei Francis sogar noch überfallen worden. Passiert sei ihm letztendlich nichts, doch man habe ihm seinen Pass und seine Geldbörse gestohlen.

Roger war berüchtigt für seinen Wunsch, im Mittelpunkt zu stehen, und Curro wusste nicht, ob er diese Geschichte glauben sollte. Der fette Brite schwor jedoch und führte immer wieder zwei Finger an seine Brust. Er war sich dabei nicht bewusst, dass er Tomatensauce und Fettflecken auf sein Hemd drückte. „Die Wahrheit und nichts als die Wahrheit“, beteuerte er.

„Überfallen“, wiederholte Roberto, der ebenfalls am Wahrheitsgehalt der Erzählung zweifelte.

„Ja, ja!“, rief Roger atemlos. „Mit Waffe und allem, was dazugehört.“

„Dein Bruder ist einen Tag vor seiner Abreise, einen Tag bevor das gesamte britische Konsulat das Land wegen des Kriegs verließ, noch alleine durch die Straßen marschiert und wurde überfallen.“

Auf Rogers Stirn traten kleine Schweißperlen. Das hieß jedoch nichts, da der Brite das spanische Wetter nicht vertrug und bei jeder auch noch so winzigen Kleinigkeit zu schwitzen begann.

„Genau“, sagte er. „Und in seiner Geldbörse hatte er unter anderem auch meine Visitenkarte!“

Curro zuckte mit den Schultern.

„So what?“, sagte er.

„So what?“, wiederholte Roger. „Ha! Das habe ich mir auch immer gedacht. Aber ich beweise euch, dass die Geschichte stimmt. Gestern hat mich ein Mann von Syrien aus angerufen und wollte Zäune und NATO-Draht bestellen. Er sei Zwischenhändler, sagte er, und er brauche viel Material. Mobile, passive Sicherheitselemente. Weiß Allah, woher er diese Begriffe hat.“

Roger kicherte über seine geistreiche Bemerkung.

„Blödsinn", sagte Roberto.

„Doch, doch!", beteuerte Roger und hob die Hände in die Höhe. „‚You sell fence? – We pay good, we pay good', schreit er immer ins Telefon." Roger lachte grunzend, seine fetten Wagen flatterten. Er griff nach einem Stück Pizza, das Curro übriggelassen hatte, und schob es sich in den Mund. „Und dann hat er doch tatsächlich gesagt: ‚I know Francis Wilson!' Ich garantiere euch, dass er es war, der Francis ausgeraubt hat und immer noch seine Geldbörse besitzt. Jetzt hat er meine Visitenkarte entdeckt und will mit mir Geschäfte machen. Das ist doch bizarr!"

Wieder grunzte Roger lachend.

„Und?", fragte Curro.

„Und? Ich habe ihnen gesagt, dass ich meinen Assistenten vorbeischicke", lachte Roger, zog die Luft durch die aufgeblähten Nasenlöcher und grunzte wie ein Schwein. „Der soll sich das mal anschauen, habe ich gesagt. Ich gebe ihm einen Schal, den er sich um den Kopf binden kann, so ein Beduinenkleid und eine Kalaschnikow. Dann fällt er wenigstens nicht auf."

Er bekam einen Lachkrampf, klopfte sich zuerst auf die Schenkel, dann auf die Brust, da er sich an einem Stück Pizza verschluckt hatte, und sagte immer wieder: „Ein Beduinenkleid und eine Kalaschnikow! Stellt euch das mal vor!"

Roberto und Curro schauten sich verstohlen und etwas peinlich berührt von der Seite an. Ohne weiter über das Thema zu sprechen, aßen sie zu Ende und gingen dann wieder ins jeweilige Büro. Als Curro Paulos Schreibtisch passierte, nickte dieser ihm lächelnd zu.

„Der nächste Termin?“, fragte er ihn kurz.

„Vierzehn Uhr dreißig.“

„Gut, gut“, sagte Curro. „Anrufe?“

Paulo blickte auf einige Notizzettel vor ihm, legte den Kopf zur Seite und schüttelte ihn schließlich.

„Nichts Wichtiges“, sagte er.

„Gut, gut“, sagte Curro und ging in sein Büro.

Kurz vor vier Uhr sah Curro, wie die Demonstranten vor dem Tor ihre Sachen packten und das Feld räumten. Natürlich würden sie wiederkommen. Vielleicht bereits morgen. Vielleicht hatten sie aber auch wieder für eine Zeit lang genug. Die Firma befand sich etwas außerhalb des Ortes, und die Zeiten, in denen Demonstrationen Schlagzeilen machten und das Fernsehen oder Zeitungen regelmäßig über I.P.S. berichteten, waren schon lange vorbei. Es gab größere Fische in diesem riesigen Teich.

Um fünf fuhr Curro den Computer herunter, verabschiedete sich von Paulo, der immer erst nach seinem Chef das Büro verließ, und ging über die Treppe die zwei Stockwerke nach unten. Als er das Tintenblau seines GranCabrios erblickte, konnte Curro sich ein Grinsen nicht verkneifen. Er öffnete die Fahrertür, ließ sich in den tiefen Sitz fallen, steckte den Schlüssel in das Zündschloss und sah, als hätte sie auf ihn gewartet, Eleonora um die Ecke kommen. In zwei Tagen würde sie Spanien verlassen und wieder nach Italien zurückfahren, ging es ihm durch den Kopf. Er dachte an seine Frau, kurz, dann verwarf er den Gedanken wieder, ließ das Fenster hinunter und rief Eleonora zu: „Eine letzte Gelegenheit hast du noch mitzufahren!“ Sie blieb stehen. „Du musst zum Bahnhof, nicht wahr? Zur Estación de Alba?“ Sie nickte und zeigte ihre tiefen Grübchen. Wie in einem Film lehnte sich Curro über den Sitz zur Beifahrertür und öffnete sie. Eleonora hielt einen Moment inne, blickte kurz nach links und rechts, lächelte schelmisch und stieg schließlich ein. Sie sagte nichts. Curro tat es ihr gleich.

Sein Handy klingelte. Er nahm es aus der Tasche. Zum vierten Mal an diesem Tag diese Nummer. Mit dem Zeigefinger deutete er Eleonora, dass sie lediglich eine Sekunde warten müsse. Ihre Mundwinkel zuckten, einen Moment lang erschien sie etwas genervt, zeigte aber schnell wieder ihr Lächeln und ihre bezaubernden Grübchen. Curro hob ab. Zuerst hörte man nichts, dann eine Männerstimme:

„Hello?“, rief die Stimme mit ausländischem Akzent.

„Hallo?“, fragte Curro.

„Señor Curro? You sell fence?“

„Fence? Zäune?“, wiederholte Curro.

Er erinnerte sich an Rogers Geschichte und einen Moment lang dachte er, der Brite würde sich möglicherweise einen Scherz mit ihm erlauben.

„Roger?“, fragte Curro.

„I need fence!“, rief die Stimme. Definitiv nicht Rogers. „A lot! We pay good! I work for the government. For the military. We have money.“

Eleonora blickte in Richtung des Tors. Wenn Curro sie noch länger warten ließe, würde sie wieder aussteigen. Und doch war er nicht gewillt, sich einen potenziellen Deal durch die Lappen gehen zu lassen. Der Anruf klang nicht gerade High-Profile, doch Curro war nicht dahin gekommen, wo er heute war, indem er potenzielle Kunden nicht ernst nahm.

„Eine Sekunde“, flüsterte er Eleonora zu und fragte den Unbekannten: „Where are you from?“

„Syria. Damaskus!“, kam es aus dem Telefon.

Ein Wink des Schicksals?, ging es Curro durch den Kopf. Gerade an diesem Tag hatten sie in der Mittagspause über Länder gesprochen, die I.P.S. noch nicht belieferte und zu denen sie noch keine Kontakte hatten. Vielleicht könnte der Unbekannte diese Türe öffnen. Er blickte zu Eleonora, die gerade ihre Hand auf den Türgriff legte. Gleich würde sie aussteigen.

„Can I call you back tomorrow? I am not in my office right now“, sagte Curro ins Telefon.

„Tomorrow we make deal“, kam es zurück. „Very good! Good idea! For you and for me.“

„Tomorrow we talk“, versicherte Curro. „I have your number. I'll call you.“

Wer weiß, vielleicht könnte ja wirklich was daraus werden.

„Very good!“, rief der Fremde ins Telefon und sagte ein letztes Mal: „Tomorrow!“ Dann legte er auf.

„Sorry“, sagte Curro zu Eleonora, lächelte entschuldigend und ließ das Handy in seine Jackettasche gleiten. Er schüttelte den Kopf, löste seinen Krawattenknoten und drehte den Zündschlüssel. Der Motor stieß sein tiefes Brummen aus. Eleonora lächelte. Curro tat es ihr gleich. Sein Herz schlug etwas schneller. Vorsichtig drückte er auf das Gaspedal, der Motor hämmerte, der Wagen fuhr langsam zum Tor. Aus dem Augenwinkel beobachtete er die junge Praktikantin. Er nickte dem Securitas-Angestellten zu, das Schiebetor fuhr im Zeitlupentempo zur Seite. Was wohl dieser seltsame Anruf zu bedeuten hatte? Ein Mittelsmann in Damaskus. Viel zu langsam fuhr das Tor zur Seite. Er wollte endlich losfahren, wollte Eleonora zeigen, was der Wagen konnte, da kam ihm doch noch seine Frau in den Sinn:

„Das Verdeck muss weg, mi Corazón", hatte sie gesagt. Das Tor war geöffnet, Curro fuhr langsam los. Das Verdeck muss weg. Wahre Worte. Er blickte zu Eleonora, nickte ihr mit einem leichten Grinsen zu.

„Willst du den Wind spüren?", fragte er.

Sie nickte schelmisch. Dieses Mal fand er den Knopf auf Anhieb, das Dach faltete sich geräuschlos.

Wäre er nur einen Moment später aus dem Tor gefahren, wäre es anders gekommen. Hätte ihn der Anruf nicht aus dem Konzept gebracht, hätte er Eleonora nicht mitgenommen, wäre sie nicht neben ihm gesessen, hätte er vermutlich das Dach nicht geöffnet oder wäre aufmerksamer gewesen. Doch der Anruf *hatte* ihn abgelenkt, Eleonora *saß* neben ihm und das Dach *fuhr* zurück.

Und dann wurde Curro getroffen. Die Zeitungen würden es als Angriff bezeichnen, genau geplant und exakt ausgeführt. „Ein Anschlag auf die Sicherheit", würden einige es betiteln. Eine andere Zeitung würde schreiben: „Selbst eine Mauer konnte ihn nicht beschützen." Der Täter sei ein linksextremer Spanier, sagten die einen. Andere waren sich sicher, dass es ein illegaler Flüchtling gewesen sei, der Curro getroffen hatte. Das war auch die Version, die I.P.S. in der Pressemeldung verwenden würde. Für die

Wahrheit interessierte sich wie so oft niemand. Vermutlich hatte der junge Mann mit den dunklen Locken – er war direkt hinter dem Tor gesessen, dort, wo Curro ihn nicht sehen konnte – auf die Windschutzscheibe gezielt. Doch der Tag war lang und heiß gewesen. Vielleicht war die Stimmung des Demonstranten deswegen noch erregter, noch wütender, als sie es ohnehin gewesen wäre. Vielleicht legte er deswegen etwas zu viel Kraft in diesen Wurf. Der faustgroße Stein, den er nicht gezielt ausgewählt, der einfach zufällig neben der Mauer gelegen hatte, verfehlte die Scheibe um nur wenige Zentimeter. Der junge Mann warf, das Dach zog sich zurück, der Stein, schwer und schnell, flog ungebremst ins Innere des Wagens und traf Curros Stirn knapp über dem Auge. Das Blut floss noch im selben Augenblick, ein stechender Schmerz schoss durch Curros Körper, er kniff die Augen zusammen. Nur für eine Sekunde, vielleicht für zwei, legte sich Dunkelheit wie eine Decke über ihn, breitete sich aus, sein gesamter Körper erschlaffte, seine Arme, seine Beine. Sein Fuß sank auf das Gaspedal, der vierhundertfünfzig PS starke Motor brüllte wie ein angeschossenes Tier, das Automatikgetriebe reagierte sofort, jemand schrie, der Wagen fuhr mit voller Wucht gegen die Mauer, die International Passive Security vor vielen Jahren selbst aufgestellt hatte, um die Firma vor ungebetenen Gästen zu schützen. Es war eine gute Mauer. Eine solide Mauer. Im Gegensatz zum tintenblauen GranCabrio hielt *sie* der Wucht des Aufpralls stand.

Türkei, Istanbul und Reyhanlı – Griechenland, Lesbos Juli 2017 – Juli 2018

Lara Said

Juli 2017– Türkei, Istanbul

Lara stand vor dem Krankenbett und blickte auf den reglos daliegenden Jean Marie hinab. Ein dünner, milchiger Schlauch führte von einem über dem Bett hängenden Tropf in seine linke Armbeuge, ein weiterer von einem bläulichen Gerät, irgendeiner Form von Infusionsautomat, in seine rechte Armbeuge, ein dritter von einem aus der Wand tretenden Anschluss in seine Nase. Die blonden, fettigen Haare klebten auf seinem Kopf. Neben dem Bett standen auf einem Metallregal leise vor sich hin piepsende Geräte und zwei Monitore, die seinen Herzschlag, seine Atmung und den Sauerstoffgehalt in seinem Blut aufzeichneten. Jean Maries Gesichtsfarbe war fahl, käsig, lediglich die Lider seiner geschlossenen Augen verliehen dem Gesicht durch einen ungesunden Rotstich etwas Farbe.

„Jean Marie“, sagte Lara leise und stupste den bewegungslosen Körper ihres Arbeitskollegen mit der Fingerspitze an. „Hey.“

Sie stützte sich auf dem Bett ab und lehnte sich nach vor, so weit, dass ihr Gesicht nur eine Handbreit von seinem entfernt war, ihre dunklen Haare seine Wangen berührten und sie seinen flachen Atem auf ihrer Haut spüren konnte. Aus der Nähe erkannte sie sämtliche Hautunreinheiten, die verstopften schwarzen Poren auf seiner Nasenspitze, die kleinen, entzündeten Pickel auf seiner Oberlippe, die sonst immer penibel rasiert, jetzt jedoch von Bartstoppeln übersät war, die winzigen, weißen Bläschen in seinen Mundwinkeln. Angeekelt richtete sie sich auf. Durch die geöffnete Tür sah sie die Krankenschwester, die sich auf dem Gang mit einem Patienten, einem untersetzten Mann mit Halbglatze in dunklem Jogginganzug, unterhielt. Lara widmete sich wieder dem komatösen Jean Marie. Sie überlegte, welchen dieser Schläuche sie wohl ziehen müsste, damit er endlich aufhörte, so kläglich vor sich hin zu röcheln. Das hier war ihre Chance. Morgen, spätestens übermorgen würde er nach Deutschland überstellt werden, außerhalb ihres Einflussbereiches. Dort würde er sich vermutlich wieder erholen, Malaria Tropica hin oder her, daran sterben taten leider die wenigsten. Er würde aufwachen, dieses chauvinistische Arschloch, würde wie bisher die kleine Welt um ihn herum vergiften und nach ein paar Wochen nach Istanbul zurückkommen, um ihr weiterhin das Leben zu vermiesen, sie kleinzuhalten, sie zu diffamieren, ihre Karriere zu blockieren. Sie konnte nichts dagegen tun, sie war machtlos gegen die Tatsache, dass er sie nicht ausstehen konnte. Natürlich beruhte das auf Gegenseitigkeit, doch im Gegensatz zu ihm hatte sie ihrer Meinung nach alles versucht, dies zu ändern. Sie war anfangs distanziert gewesen, so wie sie es immer schon gewesen war. Vielleicht war sie etwas bossy, das schon. Ein bisschen zu sehr von oben herab. Als sie merkte, dass diese Haltung bei Jean Marie schlecht ankam, dass er sie nicht nur wie viele andere mied, sondern ihr seine Meinung über sie ins Gesicht sagte, dass er sie nicht mochte und gezielt gegen sie arbeiten würde, hatte sie versucht, etwas freundlicher zu ihm zu sein. Begegneten sie sich im Gang, nickte sie ihm zu, waren sie gleichzeitig auf einer Sitzung, verzog sie ihren Mund zu einem Lächeln. Natürlich war es ihr nicht perfekt gelungen. Derartige Versöhnungsversuche waren nicht ihre Art. Üblicherweise kam sie gut mit der Tatsache zurecht, dass viele sie nicht mochten und sie als kühl und abweisend wahrnahmen. Meist zollte ihr das Gegenüber aber auch gerade deshalb einen gewissen Respekt. Mit Männern kam sie üblicherweise sehr gut klar. Die einen schätzten ihre unkomplizierte und manchmal auch derbe Art, den andern verdrehte sie durch ihr Aussehen den Kopf. Sie war inzwischen einundvierzig, wurde jedoch meist für Anfang dreißig gehalten. Sie hatte lockiges, rabenschwarzes Haar, das sie meist offen trug. Von ihrer Mutter hatte sie die dunkle Haut und die stolzen ägyptischen Gesichtszüge geerbt. Sie besaß hohe Wangenknochen, große dunkle Augen und volle Lippen. „Eine orientalische Schönheit", hatte sie ihr Ex-Freund während der Studienzeit immer wieder genannt. Sie hatte dieses Kompliment immer mit einem Kopfschütteln abgetan, insgeheim jedoch war sie sich ihres Aussehens voll bewusst und spielte auch gerne damit.

Doch all das hatte bei Jean Marie nichts genutzt. Er konnte sie vom ersten Moment an nicht ausstehen, stand in der Hierarchie über ihr, und schnell wurde Lara klar, dass dieser Mann ihr das neue Leben in Istanbul enorm schwermachen konnte. So war sie über ihren Schatten gesprungen und hatte etwas Neues versucht. Sie machte sich über ihn schlau, brachte in Erfahrung, was er mochte und was nicht, wie er seinen Kaffee trank – schwarz mit einem Löffel Zucker vor Mittag, ohne Zucker, aber mit einem Schuss Sahne nachmittags –, welche Themen ihn interessierten – breit gefächert, er war sehr belesen und diskutierte gerne stundenlang über Politik, orientalische Kunst und Geschichte –, ob er Single war – nein, seit über dreißig Jahren verheiratet –, was seine Leibspeise war – Arnavut ciğeri, gebratene Lammleber mit Zwiebeln – und noch vieles mehr. Sie machte sich eine Liste, lernte sie auswendig und integrierte sie in ihren Alltag. Ungefragt brachte sie ihm einen Kaffee – schwarz mit einem Löffel Zucker darin; als das Team eines Abends gemeinsam Essen ging, bestellte sie, noch bevor es Jean Marie tat, gebratene Lammleber und brachte Jean Maries Lieblingsthemen auf den Tisch. Natürlich hatte sie sich davor über die Inhalte schlau gemacht und schaffte es auch, ihr Wissen in das Gespräch einfließen zu lassen. Doch alle Mühen waren erfolglos. Jean Marie ignorierte sie im besten Fall, im schlechtesten stellte er sie vor dem Team und ganz besonders vor dem Ressortleiter bloß, zerlegte bei Sitzungen ihre Aussagen, stellte sie öffentlich als Person dar, die völlig ungeeignet für den Job als Journalistin war.

Als sie wieder einmal mit Orhan, dem Cutter, der ebenfalls im Studio in Cihangir arbeitete, in einer Bar nur wenige hundert Meter vom Studio entfernt einige Gläser Wein zu viel getrunken hatte, verriet ihr dieser, dass Jean

Marie ständig gegen sie hetzte, richtiggehend gegen sie mobil machte.

„Er hasst dich", sagte er und kicherte.

„Er hasst mich?", wiederholte Lara, die das zwar schon wusste, es jedoch noch nie aus dem Mund eines anderen gehört hatte. „Warum?"

„Jean Marie meint, du bist eine arrogante, kalte Blenderin, von der man sich besser fernhalten sollte." Er hielt kurz inne und grinste über beide Ohren. „Oh, oh! Da muss ich wohl aufpassen."

Lara schüttelte den Kopf.

„Was noch?", fragte sie.

Orhan nippte an seinem Glas und zuckte mit den Schultern.

„Sag schon!", forderte sie etwas lauter.

„Du seist eine Schlampe", sagte er und nahm einen großen Schluck Bier. „Das hat er gesagt. Und er meint auch, dass du nur durch unzählige Blowjobs dorthin gekommen bist, wo du heute bist." Er blickte sie ernst an, versuchte Jean Maries Stimme nachzumachen: „Doch ihr Run ist jetzt vorbei. Weiter kommt sie nicht. Dafür sorge ich."

Orhan lachte schallend und leerte sein Glas.

„Das hat er gesagt?", lallte die betrunkene Lara, die sich in diesem Moment unglaublich leidtat.

„Mit anderen Worten. Genauso, aber halt anders", antwortete ihr Gegenüber.

„Was habe ich denn getan?"

Sie hörte ihre eigene Stimme, hoch und quietschig, geradezu liebenswert.

„Er sagt, du hättest Markus gefickt", wieherte Orhan und zupfte an seinem etwas lächerlichen, bereits mit grauen Haaren durchzogenen Pferdeschwanz.

„Stimmt nicht!", hatte Lara gerufen. „So ein Schwein. Ein Lügenschwein."

Doch in Wahrheit stimmte es. Sie war in Istanbul angekommen und hatte bereits zwei Wochen später mit Jean Maries langjährigem Kollegen Markus Neumann, dem Auslandskorrespondenten für Iran und Irak, geschlafen. So what? Sie war nicht diejenige, die verheiratet war und eine zehnjährige Tochter zu Hause hatte. Das war sein Problem. Lara hatte gerne Sex und hatte nicht vor, nur wegen eines Arbeitsplatzwechsels darauf zu verzichten. Anscheinend hatte Markus damit geprahlt. Damit hatte sie nicht gerechnet. Sie vermutete, dass er ihr zuvorkommen wollte, aus Angst, sie könnte den Kollegen erzählen, dass er nicht wirklich hart geworden war und das Tête-à-Tête nur durch anstrengende, minutenlange Handarbeit zu einem jämmerlichen Finale gekommen war. Die Tatsache, dass der konservative, spießige und seit über dreißig Jahren mit ein und derselben Frau verheiratete Jean Marie von diesem Stelldichein erfahren hatte, war vermutlich nicht wirklich hilfreich gewesen. Bei einer internen Geburtstagsfeier, der nicht übel aussehende Kameramann Frank Peters wurde vierzig, hatte er es Lara sogar einmal direkt ins Gesicht gesagt, da kannte er sie erst seit ein paar Monaten. Sie wollte ihm gerade ein Glas Sekt reichen – sie wusste, dass er gerne Sekt trank –, doch er trat einen Schritt zurück, verschränkte seine Arme und musterte sie von oben bis unten. Dann lehnte er sich nach vor, so nah, dass die Mischung aus seinem scharfen Rasierwasser und seinem übel riechenden Atem sie beinahe würgte. Sie sei wie Gift, sagte er. Wie eine Krankheit, die er eindämmen würde. Eigentlich hatte er es anders ausgedrückt:

„Du bist ein Venenum, ein Miasma, das mein Team kontaminieren will. Doch du solltest wissen, dass *ich* das Antitoxin bin, derjenige, der die Gefahr erkannt hat und dafür sorgen wird, dass bald alles wieder seinen geregelten Lauf nimmt."

Er liebte es, so zu sprechen, mit Fremdwörtern um sich zu schmeißen, als wären es Waffen, die nur er zu benutzen imstande war. Lara war völlig perplex, wusste nicht, was sie hätte erwidern sollen. Jean Marie grinste und ließ sie mit ihren zwei Gläsern Sekt in der Hand stehen. Sie betrank sich in dieser Nacht und bemitleidete sich selbst. Was konnte sie schon gegen ihn und seine Ablehnung tun? Er, der langjährige, hochangesehene Mitarbeiter, der sich über viele Jahre hinweg einen Namen gemacht hatte. Zuerst ein Wirtschaftsstudium in Berlin, danach mehrere Jahre in den USA inklusive eines Studienaufenthalts an der Harvard Universität, wo er zu schreiben begann. Er veröffentlichte seinen ersten Roman, kam zurück nach Deutschland, bewarb sich als Redakteur bei der Frankfurter Allgemeinen Zeitung, wurde natürlich sofort genommen, legte seinen Fokus auf Themen im Raum Osteuropa, Türkei und Russland. Dort blieb er sieben Jahre, wechselte schließlich zur ARD und übernahm, als die Korrespondentenstelle in Istanbul frei wurde, diesen Job. Er, das neue Aushängeschild der ARD. Er fühlte und benahm sich allmächtig.

Nie hätte er sich ausgemalt, dass sie eines Tages an seinem Bett stehen würde, er wehrlos und sie hochmotiviert, das größte Hindernis ihrer Karriere ein für alle Mal aus dem Weg zu räumen. Vermutlich wäre es aber mit dem Herausziehen eines Schlauches noch nicht getan. Er atmete ja selbstständig. Sie müsste ihm, wie in diesem Film, „Einer flog übers Kuckucksnest", ein Kissen aufs Gesicht drücken, fest, sehr fest, und so lange, bis er zu zucken beginnen und schließlich damit wieder aufhören würde. Nur würde sie, im Gegensatz zu der Szene in dem Film, bestimmt kein Waschbecken aus dem Sockel reißen, um es anschließend aus dem Fenster zu werfen.

Sie blickte noch einmal nach draußen in den Gang. Die Krankenschwester war verschwunden. Niemand war zu sehen. Wie lange es wohl dauern würde? Zwei Minuten? Drei? Nach etwas mehr als zwei Minuten hätte sie bestimmt so viele von Jean Maries Gehirnzellen zerstört, dass dieser seinen Job nie wieder aufnehmen könnte, da er keinen geraden Satz mehr über die Lippen brächte.

Beim Gedanken an einen stammelnden Jean Marie musste Lara grinsen. Sie malte sich aus, wie es ohne ihn wäre. Sein Ausfall wäre ihr Sprungbrett. Sie war seine logische Nachfolgerin. Ihr Lebenslauf vielleicht nicht so spektakulär wie Jean Maries, doch auch einer, für den sie sich nicht schämen musste. Als in Deutsch und Arabisch zweisprachig aufgewachsenes Kind ägyptischer Eltern, die nach Deutschland ausgewandert waren, war sie die Erste in ihrer Familie gewesen, die ein Studium absolviert hatte. Ihr Leben lang hatte sie gekämpft. Ein Kampf gegen den strengen Vater, der ihr Vorhaben anfangs verbieten wollte, ein Kampf gegen eine patriarchalische, sexistische und oft fremdenfeindliche Gesellschaft, gegen Vorurteile und vordefinierte Erwartungen, ein Kampf, der sie hart machte. Sie studierte Politikwissenschaften und Geschichte in Köln. Ein Praktikum in der Lokalredaktion des Funkhauses Köln eröffnete den Weg in den Journalismus. Danach bewarb sie sich bei mehreren Tageszeitungen und bekam, nach zweijähriger Arbeit als freie Journalistin, ein Volontariat beim Kölner Express. Nach drei Jahren wurde sie die Redaktionschefin der Online-Abteilung. Später wechselte sie zur ARD, ebenfalls als Online-Redakteurin. Sie spezialisierte sich auf politische Berichterstattung, legte ihren Fokus auf die Türkei und den Nahen Osten – ihre Arabischkenntnisse kamen ihr gut gelegen – und bekam schließlich eine Stelle als Auslandskorrespondentin in der Türkei angeboten. Eine Chance, die sie nicht abschlagen konnte. Reisen, berichten, interviewen, recherchieren, schreiben, vor der Kamera stehen. Ein Sprungbrett, versicherte man ihr. Doch ihr Bereich war weitaus nicht so prestigeträchtig wie der von Jean Marie. Während er über die Parlamentswahlen berichtete, die Recep Erdoğans Macht erneut in Stein meißelten, fuhr Lara quer durch die Türkei und schilderte einem gelangweilt dreinblickenden Kameramann die Überschwemmungen, die den Südwesten der Türkei ins Chaos stürzten. Jean Maries Bericht bekam einen dreiminütigen Slot in den Abendnachrichten, ihrer landete auf der Webseite. Als im Januar 2016 ein Terroranschlag auf dem Sultan-Ahmed-Platz verübt wurde, bei dem zwölf deutsche Touristen starben und über den natürlich

Jean Marie berichtete, war sie gerade am Fuße des Vulkans Erciyes und informierte über den boomenden Wintertourismus in der Türkei. Als Jean Marie vor laufenden Kameras vor Ort darüber sprach, wie sich drei Selbstmordattentäter Ende Juni 2016 auf dem Atatürk-Flughafen in die Luft sprengten und einundvierzig Tote und über zweihundert Verletzte zu verantworten hatten, berichtete sie gerade in Antalya über die sinkenden Urlauberzahlen an den türkischen Küsten. Ihr Piece wurde verworfen, da Jean Marie von sich aus einige Tage später einen erweiterten Bericht über das Ausbleiben von Touristen in der gesamten Türkei zusammenstellte. Während eines Skype-Meetings – der Redaktionschef in Deutschland sowie das gesamte Istanbuler Team waren anwesend – meinte er, dass er Laras Report gesehen habe, er es jedoch unverantwortlich finde, „so ein substanzielles Sujet derart pauschal zu behandeln.“ *Er* werde in den nächsten zwei Tagen ein Exposé zusammenstellen, das diesem Thema auch gerecht werde, natürlich nur, wenn das gewünscht sei. Es war gewünscht. Lara spürte, wie ihr die Schamesröte ins Gesicht schoss.

Jean Marie, der seriöse Berichterstatter, der Experte, sie, Lara Said, die oberflächliche und inkompetente Journalistin, die über Tourismus und Wetterphänomene referierte und deren Reportagen es beinahe immer nur, wenn überhaupt, auf die Onlineseite der ARD schafften.

Sie blickte auf den vor ihr liegenden, fünfzigjährigen Jean Marie und konnte sich plötzlich an seiner Stelle da oben stehen sehen, weit oben, neben dem Funkmasten auf dem Dach des Istanbuler Studiogebäudes in Cihangir, das

Mikrofon in der Hand, die Kamera auf sie gerichtet, hinter ihr die Lichter der Stadt. Das mühsame Reisen endlich vorbei, nicht mehr aus dem Koffer leben, eine Wohnung im Studiogebäude zugeteilt bekommen, keine schmutzigen Hotels mehr mit Schimmelflecken in den Ecken, dem nicht definierbaren Geruch und den fremden Haaren in der Dusche, vorbei die vielen Stunden in dem nach Schweiß und Zigarettenrauch stinkenden Studio-Van. Endlich berichten, was es sich zu berichten lohnte. Sie könnte die meiste Zeit in Istanbul bleiben, immer wieder mal eine Reise machen, per Flugzeug, nicht per Auto, so wie es sich gehörte, könnte sich ein Netzwerk aufbauen, vielleicht würde sie Freunde finden – vielleicht sogar einen festen Freund, jemanden, der auf sie wartete, jemanden, zu dem sie nach Hause kommen könnte. Sie würde Jean Marie ablösen und *die* Auslandskorrespondentin für die ARD in der Türkei werden, die Expertin für das Land, in dem gerade mehr passierte als sonst wo in Europa. Einen Augenblick lang konnte sie ihren Erfolg richtiggehend spüren, wie eine warme Decke, die sich über ihre Schultern legte. Sie fuhr über das weiß-gräuliche Kissen, auf dem Jean Maries Kopf lag. Eine Minute. Vielleicht zwei. Höchstens drei. War sie dazu fähig? Nein. Oder doch? Nein. Die Gefahr, dabei erwischt zu werden, war zu groß. Was, wenn die Krankenschwester in ebendiesem Moment reinkäme, in dem sie diesem verdammten Jean Marie das Kissen auf seine dämliche Fresse drückte? Sie würde zu schreien beginnen, Pfleger würden sie überwältigen und auf den Boden werfen, sie bei der Polizei melden, man würde sie festnehmen und einsperren, sie inhaftieren, und sie würde in einem türkischen Gefängnis verrotten. Keine attraktive Aussicht.

Noch einmal lehnte sie sich über Jean Marie, diesen Stein, der sie nach unten zog, dieses Hindernis, das sie so gerne aus dem Weg räumen würde. Sie drehte sich um, wollte das Zimmer gerade verlassen, ging aber, ohne über ihre Entscheidung nachzudenken, noch einmal die wenigen Schritte zurück zum Bett und griff nach dem Tropf, der über dem Bett hing und dessen Schlauch in Jean Maries Armbeuge führte. Ein Blick zur Tür. Niemand in Sicht. Mit einer leichten Drehbewegung entfernte sie den Schlauch vom Plastikbeutel. Es war so einfach. Sie legte die Lippen um das feuchte Plastikröhrchen und blies leicht, aber stetig hinein. Sie sah zu, wie die Flüssigkeit langsam in Richtung Jean Maries Armbeuge wanderte. Nach einigen Sekunden war nur noch Luft im milchigen Schlauch. Lara blies weiter. Inzwischen etwas fester. Sie konnte beobachten, wie sich die Zahlen auf den Bildschirmen veränderten. Als ein Piepsen ertönte, hörte sie auf und drehte in einer flüssigen Bewegung den Anschluss wieder an den Beutel. Jean Marie sah noch bleicher aus als vorher. Zumindest kam es ihr so vor. Sie boxte ihm leicht gegen den Oberarm, verzog ihren Mund zu einem Lächeln und flüsterte: „Mach's gut, Jan." Ein Spitzname, den er hasste. Noch bevor die Krankenschwester zurückkam, hatte sie das Zimmer verlassen.

Am Tag darauf in der Arbeit hieß es, Jean Maries Zustand habe sich verschlechtert. Zwei Tage später wurde er nach Deutschland überführt, seine Frau reiste mit. Lara übernahm vorerst einige seiner Aufgaben. Eine Woche darauf kam die Nachricht, Jean Marie würde sich doch nicht so schnell erholen wie zuerst gedacht. Ganz im Gegenteil. Sein Zustand habe sich verschlechtert. Man bat Lara, ihre eigenen Berichte vorerst auf Eis zu legen und eine größere Reportage zu übernehmen, die Jean Marie für diesen Zeitraum geplant hatte. Es ging um eine Gruppe von Lehrern, die an einer Gülen-Schule unterrichteten und nun im Rahmen einer groß angelegten Entlassungswelle ihre Anstellung verloren hatten. Einer Lehrerin hatte man alle vier Reifen ihres Autos aufgeschlitzt, bei zwei weiteren waren die Fensterscheiben ihrer Wohnungen eingeschlagen worden, einer der Lehrer war ohne Begründung zwei Tage lang in Untersuchungshaft gesessen. Alle fürchteten sich, in Zukunft keine Anstellung mehr zu bekommen. Der Putschversuch ein Jahr zuvor hatte die Türkei grundlegend verändert. Fethullah Gülen, das geistliche Oberhaupt der islamischen Gülen-Bewegung, war beschuldigt worden, den Putsch von den USA aus geplant zu haben. Erdoğan reagierte. Innerhalb eines Monats inhaftierte er über dreißigtausend Menschen, darunter tausende Richter und Staatsanwälte. Er entließ über siebzigtausend Beschäftigte des öffentlichen Dienstes und entzog beinahe dreißigtausend davon die Arbeitserlaubnis. Über viertausend Schulen, Universitäten, TV-Sender und Zeitungen wurden geschlossen, beschlagnahmt oder von staatlichen Einrichtungen übernommen. So wollte er den Einfluss dieser Sektenbewegung, wie er sie nannte, ein für alle Mal unterbinden. Die suspendierten Lehrer der Gülen-Schule, zu denen Jean Marie bereits vor einigen Wochen Kontakt aufgenommen hatte, fürchteten sich vor den weiteren Folgen. Zu Recht.

„Kriegst du das hin?", fragte der Ressortleiter, bevor er das Projekt an Lara übergab.

Es würde kein Problem werden. Lara hatte Jean Maries Computer durchsucht – sein Passwort war das Geburtsdatum seiner Frau gewesen, was für ein Idiot – und war auf eine Datei gestoßen, die den Namen „Gülen Lehrer" besaß. Er hatte den gesamten Bericht, sämtliche Interviews, sämtliche Fragen bereits bis aufs letzte Detail geplant. Minutiös hatte er die politischen und sozialen Veränderungen im letzten Jahr aufgelistet, die Geschichte der Gülen-Schule und der zu interviewenden Lehrer recherchiert und inklusive genauer Bemerkungen in eine Excel-Tabelle eingetragen. Zusätzlich hatte Lara noch einen Grundriss für die nächsten Wochen und viele weitere Berichte gefunden, die Jean bereits durchgeplant hatte und über die er gerne informiert hätte. Jemand, der nichts dem Zufall überließ. Oder anders: Er *war* jemand gewesen, der nichts dem Zufall überließ. Lara musste sich ein Lächeln verkneifen, als sie sich vorstellte, dass er nicht mehr zurückkommen würde. Sie kopierte alle Dateien auf einen USB-Stick und löschte sie von Jean Maries Computer.

„Jean Marie wird stolz auf mich sein, wenn er wieder zurückkommt", sagte Lara mit ernster Miene. „Ich werde ihn nicht enttäuschen."

Der Ressortleiter nickte zustimmend. Er war gerührt von Laras Anteilname.

„Es wird jedoch nicht leicht", fügte sie hinzu, als er bereits das Büro verlassen wollte. „Jean Marie hat nichts vorbereitet, auf das ich zurückgreifen könnte. Ich werde noch richtig reinbeißen müssen. Aber keine Sorge, Boss. Das krieg ich schon auf die Reihe."

„Bestimmt", sagte er. Lara zwinkerte ihm zu. „Es ist gut, Mitarbeiter zu haben, auf die man sich verlassen kann", sagte er noch, bevor er sie in Jean Maries Büro, das hoffentlich bald ihres sein würde, zurückließ.

Lara setzte sich an den Schreibtisch, schaute auf das eingerahmte Foto von Jean Marie und seiner Frau vor irgendeinem kitschigen Wasserfall, lehnte sich nach vor und blies kräftig dagegen. Das Bild kippte um. Lara musste grinsen.

Jean Marie kam nicht mehr zurück.

Juli 2018 – Türkei, Istanbul und Reyhanlı – Griechenland, Lesbos

Lara saß auf der Bettkante, blickte auf den offen vor ihr auf dem Boden liegenden, blauen Schalenkoffer und ging ein letztes Mal ihre Packliste durch. Sie hatte dieses Prozedere liebgewonnen. Passende Kleidung aus dem Kasten räumen, vom Kleiderbügel nehmen und aufs Bett legen, Kleiderbügel wieder zurückhängen, Kleidung vorsichtig zusammenfalten, stapeln und in den Koffer packen. Dann die Hosen, Röcke, T-Shirts, ein Jackett, zwei Handtücher, darauf drei verschiedene Schuhe an die linken und rechten Ränder des Koffers, den großen Kulturbeutel mit den Toilettenartikeln und den Schminkutensilien an den unteren Rand, den kleinen Kulturbeutel ins Handgepäck, eine schmale lederne Umhängetasche. In dieser Tasche: Laptop, Tablet, Handy. Schließlich Pass und Flugticket auf den fertig gepackten Koffer legen, auf die Bettkante setzen, das Bild vor sich betrachten und nachdenken, ob sie nichts vergessen hatte.

„Musst du gehen?", fragte Orhan, der immer noch im Bett lag, mit geschlossenen Augen.

„Gleich", antwortete Lara, stand auf, steckte Pass und Ticket in ihre Umhängetasche und schloss den Koffer.

„Wohin geht's?", fragte Orhan, strich sich mit der Handfläche übers Gesicht, rieb sich die Augen und richtete sich auf.

„Hatay Havalimanı und von dort weiter nach Reyhanlı."

„Das ist an der syrischen Grenze, oder?"

„Genau", murmelte Lara und zog sich Schuhe an. „Man will den Grenzzaun durch eine riesige, ewig lange Mauer ersetzen."

„Und bezahlen sollen sie die Mexikaner", sagte Orhan lachend. Eine Anspielung auf Donald Trump, der viel versprochen hatte und letztendlich lediglich durch seine peinlichen Auftritte und Tweets, den Ausstieg aus dem Pariser Klimaschutzabkommen und seine unzähligen Skandale Presse machte. Lara ging nicht auf Orhans Äußerung ein. Sie war etwas gereizt, da der Ressortleiter sie vor zwei Tagen deutlich darauf hingewiesen hatte, dass sie schon seit Längerem nichts Neues und Innovatives mehr geliefert habe. Sie fragte ihn, wie er das meine. Er antwortete, dass er bei ihr oft das Gefühl habe, sie würde kein Risiko eingehen. Gut recherchierte Berichte, das schon, doch das hätte die Konkurrenz ebenfalls. Sie wollte wissen, woran er denke. „Was Neues!“, war die genervte Antwort. „Genau das ist deine Aufgabe, nicht meine. Lass dir was einfallen. Etwas, über das es sich lohnt, zu berichten.“

„Was war mit dem Porträt über den Mastermind von dieser Sicherheitsfirma, International Passive Security“, hatte Lara gefragt. „Das war doch was Großes.“

Der Ressortleiter hatte enttäuscht den Kopf geschüttelt, eine Geste, die Lara einen Stich in der Magengegend versetzte. „Erstens ist das schon wieder ewig her und zweitens hat auch da was gefehlt. In unserem Business kann man sich nicht auf den eigenen Lorbeeren ausruhen, das solltest du eigentlich wissen. Jean Marie war immer auf der Suche nach Risiko. Seine Berichte waren brisant, das vermisse ich bei dir oft.“

Dieser verdammte Jean Marie. Lara ärgerte sich, dass man nach wie vor von ihm sprach, als wäre er ein Held gewesen, ein fantastischer Journalist, dem niemand das Wasser reichen konnte. Jean Maries Schatten verdunkelte Lara immer noch das Leben.

„Wann kommst du wieder?“, holte sie Orhan aus ihren Gedanken.

„In fünf Tagen. Zuerst fliege ich nach Reyhanlı und danach noch für zwei Tage nach Lesbos.“

„Pleasure or business?“

„Business“, antwortete Lara. „Wir haben Glück gehabt. Normalerweise hat die Presse in den Camps keinen Zutritt, doch in Deutschland haben sie wochenlang für eine Drehgenehmigung gekämpft und sie schließlich tatsächlich bekommen.“

Und doch ist es nicht das, was der Ressortleiter mit „etwas Neues“ gemeint hatte, ging es ihr durch den Kopf. Es war so ziemlich gar nichts Neues an dieser Story.

„Bist du gut vorbereitet?“, fragte Orhan und streckte sich.

Lara nickte und verdrehte die Augen. So gut kannte er sie doch nicht. Sie war immer gut vorbereitet, recherchierte stets äußerst genau und hasste nichts mehr, als einen Bericht zu machen, wenn sie die Hintergründe nicht bis ins letzte Detail kannte. Das Geschehen in Lesbos verfolgte sie bereits seit zwei Jahren. Die riesige Flüchtlingswelle im zweiten Halbjahr 2015, als tausende Menschen gleichzeitig in Schlauchbooten von der Türkei aus starteten und dann auf der kleinen Insel ankamen, die Panik der Einheimischen, die Verhaftungen, Prügeleien und das Chaos im Jahr 2016 – und danach das öffentliche Vergessen, dass diese Lager überhaupt noch existierten. Die Flüchtlingsrouten änderten sich, die Balkanroute war geschlossen, die Türkei war von der EU bestochen worden, dass sie ihre Grenzen dicht machte und keine Flüchtlinge mehr einfach so passieren ließ, ganz im Gegenteil, die Geflüchteten liefen nun Gefahr, inhaftiert oder zurückgeschickt zu werden. Griechenland wurde inzwischen nicht mehr mit Flüchtlingslagern assoziiert, die Öffentlichkeit war der Meinung, dass fast niemand mehr in Lesbos landete. Und doch befanden sich nach wie vor tausende Flüchtlinge in den überfüllten Camps, darauf wartend, dass irgendjemand endlich eine Entscheidung treffen würde, eingesperrt wie Gefangene, alleingelassen mit ihrer Wut auf Griechenland und die EU. Und tagtäglich kamen neue dazu. Im Mai 2016 hatte Griechenland einen Deal mit Ankara gemacht, um alle Flüchtlinge mit Booten zurück in die Türkei bringen zu können. Dort würde man sich dann des „Problems“ annehmen. Die Realität sah jedoch völlig anders aus. Auch jetzt, zwei Jahre nach diesem Deal, wurden die Menschen in den Lagern alleingelassen, Überführungen in die Türkei kamen zwar vor, waren jedoch äußerst selten. Es gab Gerüchte, dass sich dies bald ändern werde, dass die Türkei etwas plane. Rückführungen im großen Stil, munkelte man. Genaues wusste aber niemand. Für Lara war das ein weiterer Grund, über die Camps zu berichten. Bereits Ende 2016 wurde beschlossen, dass die eingesperrten Flüchtlinge in Griechenland nach einem Monat einen Passierschein bekommen würden, mit dem sie dann das Camp wieder verlassen konnten. Diese Regelung hatte man aber irgendwann wieder abgeschafft, da die Leute einfach in der Nähe des Lagers ihre Zelte aufstellten und dort darauf warteten, dass etwas passierte. Die Hoffnung starb wie so oft zuletzt.

„Wirst du die Flüchtlinge interviewen?“, fragte Orhan.

„Klar“, sagte Lara. „Wenigstens kann ich wieder mal mein Arabisch verwenden. Ist vielleicht etwas eingerostet, aber bestimmt nützlich.“

„Dann kannst du sie auch gleich fragen, ob sie nicht lieber zu Hause geblieben wären.“

Lara ignorierte ihn und warf einen Blick auf ihr Handy. Orhan gähnte.

„Wie sieht es denn in Lesbos aus?“, fragte er. „Da ist doch niemand mehr, oder?“

„Die Zustände dort sind unter aller Sau“, murmelte Lara und stellte den Koffer auf die kleinen Räder. „Angeblich hat es bereits Fälle von Pest gegeben. Ist bestimmt nur Bullshit, aber so etwas kommt immer gut an.“

„Wär vielleicht gar nicht schlecht“, sagte Orhan. „Wenn's dort so scheiße ist, kommst du wenigstens bald wieder zurück. Dann können wir dort weitermachen, wo wir aufgehört haben.“

Orhan zog mit einem Ruck die Decke zur Seite und präsentierte seinen Körper. Lara ließ ihren Blick über den nackten Mann schweifen, der es sich ihrer Meinung nach etwas zu gemütlich in ihrer Wohnung gemacht hatte. Zu viele Haare, aber sonst ganz ansehnlich, dachte sie, führte ihren Zeige- und Mittelfinger an ihre Lippen, warf Orhan einen flüchtigen Kuss zu, schnappte sich Koffer und Umhängetasche und verließ das Zimmer.

„Schalte das Licht aus, wenn du gehst“, rief sie Orhan zu. Noch bevor er antworten konnte, zog sie die Tür hinter sich zu.

Reyhanlı befand sich nahe der syrischen Grenze. Bauarbeiten für eine drei Meter hohe Betonmauer waren im Gange, eine Maßnahme, die die Türkei vor dem Eindringen syrischer Islamisten und natürlich auch vor Flüchtlingen schützen sollte. 2013 waren zwei Autobomben in dieser Stadt explodiert. Der Anschlag kostete zweiundvierzig Menschen das Leben. Dazu kamen mehr als hundert zum Teil Schwerverletzte. Ankara machte damals das Assad-Regime dafür verantwortlich. Als dann der Krieg in Syrien begann, versuchten viele, die es lebend aus Aleppo geschafft hatten, über diese Grenze in die Türkei zu kommen. Unter ihnen natürlich auch Kämpfer des sogenannten Islamischen Staats. Obwohl der Flüchtlingsstrom in die Türkei längst abgeebbt war, wollte man sich endlich vor dem unberechenbaren Nachbarland schützen. Einen Grenzzaun und eine einfache Mauer gab es bereits, viele Bereiche waren aber nur durch einen Maschendrahtzaun mit einbetonierten Säulen gesichert. Und dazu natürlich Stacheldrahtrollen, so weit das Auge reichte. Was bisher noch gefehlt hatte: eine Verteidigungsanlage in Form einer hohen, soliden Betonmauer. Die Regierung war stolz auf diesen Schritt und hatte an sämtliche Nachrichtenagenturen Einladungen zu einer Pressekonferenz versendet. Lara und ihr Team – Frank Peters, der Kameramann, Ulrich Schwarz, ein Tontechniker, der erst seit einem Monat in der Türkei tätig war und den sie vom Sehen her kannte, und ein türkischer Dolmetscher – fuhren mit einem Mietwagen zum beschriebenen Treffpunkt. Von dort aus führte man die Journalisten und Kamerateams mit Bussen zu der Baustelle, etwas außerhalb von Reyhanlı, im Grenzgebiet zu Syrien. Auf dem Weg zum Treffpunkt kamen sie an einem nahegelegenen Flüchtlingscamp vorbei. Eine riesige Ansammlung von weißen Zelten und Containern, hunderte davon. Auf vielen Zelten lagen bunte Teppiche, Wäscheleinen waren dazwischen gespannt, einige Zelte hatte Satellitenschüsseln. Das gesamte Camp war von einem drei Meter hohen Maschendrahtzaun umgeben, und man arbeitete im hinteren Teil gerade am Ausbau dieses Zauns. Der Maschendraht wurde mit Betonpfeilern verstärkt, am oberen Rand befestigte man Stacheldrahtrollen. Es sah sogar so aus, als würde man einen Wachturm errichten. Im Camp selbst befand sich beinahe niemand. Nur vereinzelt sah man kleine Grüppchen, Männer und Frauen mit Plastiktüten in der Hand. Wegen der strengen Sicherung der Grenzen versuchten nur noch wenige Flüchtlinge durch die Türkei nach Europa zu gelangen. Viel mehr Menschen versuchten irgendwie nach Libyen zu kommen und unternahmen von dort aus den gefährlichen Weg übers Mittelmeer. Viele kamen nie an. Lara wunderte sich, dass der Zaun ausgebaut wurde. Sie klopfte dem Fahrer auf die Schulter und deutete ihm, stehen zu bleiben.

„Mach ein paar Bilder", sagte sie zu Frank, der wortlos sein Equipment aus einem Schalenkoffer holte, die Kamera schulterte und von der Straße aus das Lager filmte. Irgendwann nickte er Lara zu, sie erwiderte die Geste, die Kamera fand wieder ihren Weg in den Koffer und sie fuhren weiter.

Als sie bei der Baustelle nahe der syrischen Grenze ankamen, wurden sie zu einer Stelle geführt, an der bereits einige Meter dieser soliden, grauen Stahlbetonmauer fertig waren. Es war ein mindestens vier Meter hohes, unbezwingbares Ungetüm, aus dessen Oberkante immer wieder lange Stahlbolzen ragten.

„Daran wird später der Nato-Draht befestigt", sagte ein dicklicher britischer Journalist ungefragt, dessen dunkelrote, abgeblätterte, fast schon verwitterte Haut verriet, dass er sich schon seit Längerem in diesen Breitengraden herumtrieb, sich seine sensible westeuropäische Haut jedoch nach wie vor gegen diese Entscheidung wehrte.

„Nein, wirklich?“, rief Lara ein wenig zu laut und schüttelte den Kopf. Was für ein Idiot. Lara zuckte mit den Schultern und deutete Frank, einige Bilder zu machen.

„Klingendraht!“, fügte der Brite hinzu. „Wie Rasierklingen.“

Lara ignorierte ihn gezielt.

Der türkische Pressesprecher vor Ort gab auf Englisch an, dass diese zwölf Meter nur der Anfang seien. „Der Anfang für ein sicheres Leben!“, rief er. Die Regierung plante, die bestehende, knapp siebenhundert Kilometer lange und relativ primitive Mauer komplett zu erneuern, um sich vor dem schon seit vielen Jahren andauernden Krieg im Nachbarland zu schützen. Ziel war eine über 900 Kilometer lange, drei bis vier Meter hohe Mauer mit Stacheldraht und bis zu fünfundzwanzig Meter hohen Wachtürmen. „Aleppo ist nicht einmal sechzig Kilometer entfernt und auch noch jetzt, nach dem sogenannten Sieg über die Rebellen, ist dieser Ort eine Brutstätte für Extremisten.“ Er erklärte, dass laut Ankara seit Jahresbeginn siebenhundert „ausländische Kämpfer“ das Land betreten hätten. „Eine Gefahr, die gestoppt werden muss!“

Dass die Regierung durch diese neue Mauer aber vor allem die Ausweitung des kurdischen Einflussbereichs in der Region und das Betreten durch kurdische Rebellen, die mit Kämpfern in Nordsyrien zusammenarbeiteten, verhindern wollte, wurde mit keinem Wort erwähnt. Lara stellte gedanklich den Bericht über die neue Mauer zusammen und langweilte sich bereits jetzt. Nur eine weitere streng gesicherte Grenze. Danach krähte kein Hahn mehr.

Nach dem Vortrag des Pressesprechers durften einige Journalisten noch Fragen stellen. Diese Fragen hatte man natürlich, wie so oft, im Vorhinein einreichen müssen. Einige wurden erlaubt, viele wurden abgelehnt. Wich man vom eingereichten Text ab, versuchte eventuell sogar regierungskritische Äußerungen einzubringen, wurde man unterbrochen und bekam im besten Fall keine Antwort oder wurde, im schlechtesten Fall, von anwesenden Polizisten abgeführt. Natürlich war Zensur das Schlimmste, das freiem Journalismus passieren konnte, natürlich hatte sich anfangs jeder dagegen aufgelehnt, natürlich hatte man derartige Pressekonferenzen eine Zeit lang boykottiert, natürlich konnte man so etwas nicht einfach hinnehmen, doch die Alternative war, dass man als kritischer Journalist entweder des Landes verwiesen oder – was auch schon vorgekommen war – in eines der vielen überfüllten Gefängnisse gesperrt wurde. Erdoğan hatte, ganz besonders nach dem Verfassungsreferendum 2017, das ihn, einfach ausgedrückt, zu einem gewählten Diktator machte, das Land in einem harten Griff. Doch auch das war keine Neuigkeit mehr. Die Menschen wussten Bescheid, anfangs hatte die westliche Welt aufgeschrien, doch inzwischen schien es niemandem mehr etwas auszumachen.

Mit den Informationen, die Lara hatte, schusterte sie nach der Pressekonferenz einen kurzen Text auf ihrem Laptop zusammen, rief Ulrich und Frank zu sich, ließ sich ein Mikrofon reichen und sagte zu Frank: „Halt drauf."

Souverän und ohne großartig über ihre Worte nachdenken zu müssen, sprach sie in die Kamera und informierte die deutschen Zuschauer über den Bau eines weiteren mit Stacheldraht verstärkten Betonmonstrums, wohlwissend, dass sich das Interesse in Grenzen halten würde. Zweieinhalb Minuten Text, dazu noch die Bilder, die Frank gemacht hatte. Lara stellte gedanklich bereits den fertigen Bericht zusammen und war überzeugt, dass er es keinesfalls in die Abendnachrichten schaffen würde.

Als Lara und ihr Team wieder zu ihrem Auto zurückgeführt wurden, kam der rotgesichtige britische Journalist noch einmal auf sie zu und bot ihr eine Zigarette an. Lara hatte vor einigen Monaten beschlossen, mit dem Rauchen aufzuhören, und hatte sich seitdem keine Zigaretten mehr gekauft. Sie hatte sich jedoch das Schlupfloch offengelassen, dass sie rauchen durfte, wenn man ihr eine anbot. Der Brite gab ihr Feuer und sie standen eine Weile schweigend nebeneinander.

„Eine hunderte Kilometer lange Mauer", unterbrach der Brite schließlich die Stille und zog gierig an seiner Zigarette. „Ich frage mich, wer die bezahlen soll. Vermutlich die Mexikaner."

Er begann zu lachen, prustete, und ließ den Rauch durch seine Nasenlöcher entweichen.

Lara musterte den Briten von oben bis unten. Rötliches Haar, das sich bereits zu lichten begann, eine hohe Stirn, ein rotes, verbranntes Gesicht, ein etwas zu weites, lachsfarbenes Polohemd mit aufgestelltem Kragen und Schweißflecken am Rücken und unter den Achseln, grüne Cargo Shorts und natürlich Sandalen, unter denen er weiße Sportsocken trug. Sie bemitleidete ihn. Bestimmt hatte er seit Jahren keine Nummer mehr geschoben und gab trotzdem die Hoffnung und den Glauben nicht auf, bei einer Pressekonferenz eine Journalistin kennenzulernen, die über seine körperlichen Makel hinwegsehen würde. Da hatte er leider der Falschen eine Zigarette angeboten. Verschwendete Liebesmüh.

„Waste of time", sagte er leise und offensichtlich nach Zustimmung haschend. Lara dachte sich, er habe ihre Gedanken erraten, nickte kurz und zuckte mit den Schultern.

„Nichts Neues", sagte sie, um ihm einen Gefallen zu tun. „Alles bereits gesehen."

„Hast du schon gehört, dass diese spanische Sicherheitsfirma, die ganz Europa und die Türkei mit Grenzzäunen ausstattet, auch den Auftrag für dieses Projekt bekommen hat? Megadeal, sage ich da nur. Mega – Deal! Ein Millionengeschäft."

„Spannend", murmelte Lara gelangweilt. Genau darüber hatte sie vor etwa einem Jahr berichtet. Inzwischen wusste jeder, der sich auch nur ein bisschen mit diesem Thema befasst hatte, dass I.P.S. eine Monopolstellung in dieser Branche hatte. Old News.

„Es heißt, dass diese Firma auch den Zaun des Flüchtlingslagers ganz in der Nähe ausbauen will", fügte der Brite leise hinzu.

„Hab ich schon gesehen", sagte Lara, nahm einen letzten Zug, ließ die Zigarette auf den Boden fallen, drückte sie mit ihrer Schuhspitze aus und wollte gerade gehen, als der Brite einen Schritt auf sie zu machte.

„Ja, wundert dich das nicht?", fragte er.

Lara hielt inne.

„Warum sollte mich das wundern?"

„Da ist doch niemand." Lara schaute dem rotgesichtigen Mann fragend ins Gesicht. Er legte eine dramatische Pause ein, schaute sich verschwörerisch über die Schulter und beugte sich ein wenig näher zu ihr. „Sie machen ein Gefängnis daraus!", flüsterte er.

„Ein Gefängnis für wen?", fragte Lara.

„Das ist die Frage, nicht wahr", antwortete der Brite, sichtlich erfreut, dass er endlich Laras Aufmerksamkeit hatte.

„Für wen?", fragte sie erneut, dieses Mal etwas genervter.

„Tja. Der Typ von der Sicherheitsfirma wird's sicher wissen. Der ist anscheinend auf Visite."

„Welcher Typ?"

„Was?", gab ihr der Brite zurück.

Lara biss die Zähne zusammen. Die Begriffsstutzigkeit dieses hässlichen Mannes ging ihr unglaublich auf die Nerven.

„Ist ein Vertreter von I.P.S. hier?", presste sie hervor. Der Brite nickte. „Wie heißt er?"

Der Brite genoss seine Position in vollen Zügen, richtete sich auf, grinste immer noch, griff in die Seitentasche seiner Cargo Hose und holte langsam ein kleines schwarzes Notizbuch heraus. In Zeitlupentempo öffnete er das vollgekritzelte Buch und blätterte von einer Seite zur nächsten. Irgendwann hatte er den Eintrag gefunden.

„Da steht es ja", sagte er schließlich. „Ist aber geheim."

Er grinste und klappte das Notizbuch wieder zu.

„Ist Francisco Garcia Pérez hier?", fragte Lara scharf. Sie ärgerte sich, dass sie nicht selbst davon erfahren hatte.

Der Brite wirkte einen Moment lang irritiert, dass Lara den Namen des Mannes kannte.

„Man nennt ihn den Advokaten des Grenzzauns", sagte er schließlich.

„Der Advokat des Stacheldrahts", verbesserte ihn Lara genervt.

Ihre Worte, missbraucht von diesem fetten Idioten.

„Ganz genau. Ich versuche gerade, ein Interview zu bekommen. Ist aber nicht so leicht. Der Advokat ist menschenscheu. Ich selbst habe da eine Theorie, noch gibt es aber keine Beweise."

Er grinste und präsentierte seine schiefen, gelben Zähne. Lara rollte mit den Augen.

„Was ist deine Theorie?", fragte sie. „Bezüglich des Gefängnisses?"

„Daaaas", antwortete der Brite und zeigte ein weiteres Mal sein ungepflegtes Gebiss, „ist ebenfalls topsecret."

Lara wurde es zu viel. Sie machte einen Schritt auf den Briten zu, riss ihm das kleine schwarze Buch aus den Händen und ging zu ihrem Team, das beim Auto auf sie wartete. Der Brite protestierte, lief ihr nach und griff nach Laras Schulter. Sie drehte sich um, schlug ihm mit voller Wucht auf die Hand und brüllte: „Was fällt dir ein!" Die Blicke aller herumstehenden Journalisten, Kameramänner und Tontechniker wandten sich dem Briten zu. Lara sah, dass auch drei Polizisten in der Nähe standen, die in ihre Richtung schauten. „Nimm gefälligst deine fette Hand weg!", rief sie empört. Der Brite war völlig überrumpelt und machte einen Schritt zurück.

Lara nickte.

„Arbeit“, rief sie ihrem Kameramann zu und bedeutete dem Fahrer, den Wagen zu starten.

Sie fuhren noch einmal zurück zum Flüchtlingslager, das sie auf dem Weg zur Grenze passiert hatten. Im Notizbuch fand sie verschiedenste Bemerkungen über den Mann, dem ihr bisher größter Bericht gegolten hatte – Francisco Garcia Pérez. Direkt daneben stand in kindlicher Schrift eine Telefonnummer. Ihr wurde einen Moment lang heiß. Pérez‘ Privatnummer? Sie tippte die Nummer in ihr Handy ein, doch niemand nahm ab. Sie versuchte es ein zweites Mal. Nichts. Beim Camp angekommen, stiegen sie aus dem Wagen und holten Kamera und ein Mikrofon aus den Taschen. Als sie gerade fertig mit dem Aufbau waren und Frank seine Linse auf das Camp richtete, kamen zwei Polizisten im Laufschritt auf sie zu. Beide trugen die typische dunkelblaue Uniform und Schildmützen, einer der beiden hatte ein Gewehr umgehängt. Die Männer riefen ihnen scharf etwas zu, Lara winkte den Dolmetscher herbei.

„Sie wollen die Drehgenehmigung sehen“, übersetzte der Dolmetscher.

Lara ging zum Wagen, kramte in ihrer Tasche und kam schließlich zurück.

„Sag ihnen, die Genehmigung sei noch im Hotel. Wir würden nur ein paar Bilder machen und dann noch einmal vorbeikommen und ihnen den Wisch vorlegen.“

Der Dolmetscher übersetzte, die Polizisten gingen nicht auf die Lüge ein. Ernst deuteten sie auf die Kamera und schüttelten demonstrativ den Kopf.

„Wir sollen einpacken und verschwinden. Ansonsten nehmen sie uns fest“, sagte der Dolmetscher eingeschüchtert.

„Sag ihnen, wir hätten einen Termin mit Francisco Garcia Pérez von der Sicherheitsfirma I.P.S.“

Der Dolmetscher übersetzte. Die Polizisten wirkten einen Moment lang unsicher. Schließlich holte einer der beiden sein Handy aus der Tasche, wählte eine Nummer und telefonierte. Lara, die sich bereits in der ersten Woche in Istanbul vorgenommen hatte, Türkisch zu lernen, und nach all diesen Jahren immer noch keine Zeit dafür gefunden hatte, ärgerte sich wieder einmal darüber, dass sie kein Wort von dem verstand, was der Polizist ins Telefon sprach. Schließlich steckte dieser sein Handy wieder in die Tasche und legte beide Hände auf das Gewehr, das vor seiner Brust baumelte.

„No Mr. Pérez“, sagte er zu Lara. „Go away!“

Lara schüttelte den Kopf. Noch nie war sie diesem Señor Pérez so nahegekommen. Jetzt wollte sie zum Teufel endlich das verdammte Interview. Nur um das Kapitel ein für alle Mal abschließen zu können. Vielleicht wäre es ja das, was der Ressortleiter wollte.

Lara ging einige Schritte auf den Polizisten zu, griff in ihre Hosentasche und wollte sehen, ob ein paar Geldscheine die Lage ändern könnten, als nun auch der zweite Polizist die Hand auf den umgeschnallten Holster legte. Er brüllte sie an und Lara verstand auch trotz fehlender Türkischkenntnisse, dass ihre Bestechungsversuche zu nichts führen würden. Sie zog vorsichtig die Hand aus der Hosentasche, drehte sich langsam um und deutete ihrem Team, die Sachen zu packen und zurück ins Auto zu gehen. Als sie wegfuhren, warf sie einen letzten Blick auf das Camp. Irgendwo da drüben war vermutlich der Advokat des Stacheldrahts. Der Inbegriff des Bösen. Sie schwor sich, dass sie irgendwann ein Interview bekommen würde. Koste es, was es wolle.

An diesem Abend saß sie in ihrem Hotelzimmer und las die Notizen des britischen Journalisten. Anfangs wirkten sie äußerst konfus, doch irgendwann verstand sie, dass der Brite sich sicher war, dass die türkische Regierung eine groß angelegte Säuberungsaktion vorhatte. „Relocation", hatte er immer und immer wieder in sein Notizbuch gekritzelt. Er meinte, dass man die Flüchtlingscamps zu Gefängnissen umfunktionierte, um dort sowohl Flüchtlinge als auch Regierungsgegner unterzubringen. Die Gefängnisse in Ankara und Istanbul quollen über von potenziellen Terroristen, Anhängern des IS, der PKK, Erdoğan-kritischen Anwälten, Journalisten, Richtern, Polizisten und Soldaten. Diese neuen Gefängnisse, die offiziell ja keine Gefängnisse waren, sollten Raum und damit Möglichkeit für weitere Verhaftungen schaffen. Der Brite war auch der Meinung, dass man die Flüchtlinge, nachdem man sie in den Internierungscamps zusammengetrieben hatte, anschließend in ihre Herkunftsländer zurückbringen wollte. Relocation. Anscheinend gab es einen Plan, die Türkei zu einem Flüchtlingsverschiebebahnhof zu machen. Nicht nur Griechenland, sondern sämtliche europäische Länder hatten laut dieser Notizen vor, ihre illegalen Flüchtlinge in die Türkei zu überführen, wo sie dann zuerst interniert und später in ihre „sicheren“ Heimatländer gebracht würden. Lara wusste, dass dies zwar immer öfter passierte – im April 2017 hatte es angefangen –, dass bereits viele tausend Flüchtlinge zurück in den Irak oder Afghanistan und hunderte auch zurück nach Syrien gebracht worden waren, doch dass dies im großen Stil gemacht würde, konnte sie sich nicht vorstellen. Die EU würde mit Sicherheit sowohl die Türkei als auch die Staaten, die ihre Flüchtlinge auslieferten, sanktionieren. Doch andererseits ließ sich die Türkei, seitdem die EU-Beitrittsgespräche offiziell auf Eis gelegt waren, nicht mehr von Europa einschüchtern. Die Notizen des Briten sagten auch, dass Erdoğan eine weitere Säuberungsmaßnahme, ähnlich der nach dem Putschversuch durchgeführten, plante. Die Rückführung der Flüchtlinge sei daher gleichzeitig auch ein Ablenkungsmanöver vom eigentlichen Ziel. Eine Maßnahme, die viele Europäer unterstützen würden und die andere illegale Aktionen vertuschen sollte.

Es war mitten in der Nacht, als Lara das Notizbuch zuklappte und auf ihren geöffneten Koffer warf. Der Brite war ein Verschwörungstheoretiker, das war ihr jetzt klar. Sie ging unter die Dusche, putzte sich die Zähne und legte sich ins Bett. Einen Moment lang spielte sie mit dem Gedanken, dem Tontechniker einen Besuch abzustatten, überlegte es sich dann doch anders, als sie an die letzte Nacht mit Orhan dachte. Vielleicht könnte ja etwas daraus werden, dachte sie, und merkte, wie sie beim Gedanken daran lächelte.

Bereits am nächsten Tag fuhren sie wieder zum Flughafen in Hatay Havalimanı und nahmen einen Flieger nach Istanbul. Frank und Ulrich verließen Lara und machten sich auf den Weg ins Studio, wo Frank gemeinsam mit einem Redakteur den Bericht fertigstellen würde. Für Lara ging es weiter nach Athen und nach einer Stunde Wartezeit zum Mytilini-Flughafen in Lesbos. Als der griechische Zöllner fragte, ob sie beruflich oder privat unterwegs sei, und Lara antwortete, dass sie eine Reportage machen würde, reagierte er unfreundlich und wollte die Drehgenehmigung sehen. Lara war froh, dass solche Dinge in Deutschland und nicht in der Türkei geregelt wurden. So sehr sie das Leben in Istanbul genoss, die türkische Gelassenheit konnte in solchen Fällen mit der deutschen Genauigkeit nicht mithalten.

Mit einem Mietauto – ebenfalls von den deutschen ARD-Büros arrangiert – fuhr sie zwanzig Minuten die Küste entlang nach Norden und bezog in Panagiouda, einer kleinen Hafenstadt, ihr Hotel mit Blick aufs Meer. Lara hatte sich erwartet, dass man von dort aus die türkische Küste sehen konnte, doch das war nicht der Fall. Weit und breit nur Wasser. Beim Gedanken daran, dass in den letzten Jahren tausende und abertausende Menschen in überfüllten Schlauchbooten in Richtung offenes Meer gefahren waren, lief es ihr kalt den Rücken runter. Das war doch blanker Irrsinn.

Am Abend traf sie sich mit dem – ebenfalls von Deutschland aus – angeheuerten Team: ein Kameramann und ein Tontechniker. Panos, der Kameramann, war Mitte vierzig, leicht gedrungen, hatte einen breiten Mund, dicke Lippen und kurzgeschorene dunkle Haare. Der Tontechniker Nikolaos war das genaue Gegenteil. Er war gerade mal dreißig, groß, kräftig gebaut, und hatte schulterlanges, gelocktes Haar, das er offen trug. Man hatte Lara gesagt, dass noch ein Übersetzer dabei sein würde, doch Nikolaos versicherte ihr lachend, dass sie keinen brauchen und er und Panos diese Aufgabe übernehmen würden. Sie aßen gemeinsam in einem kleinen Restaurant am Hafen zu Abend. Am Horizont zogen Wolken auf und alle paar Sekunden erhellten Blitze den Nachthimmel. Sie tranken einige Gläser Wein, Panos, der anfangs etwas schüchtern gewirkt hatte, redete und lachte viel, erzählte von seiner Arbeit und seiner Kindheit auf einer Olivenfarm auf der Insel Andros, fragte Lara über ihr Leben aus und bestellte einen Ouzo nach dem anderen. Nikolaos war ruhig, lehnte sich grinsend zurück, schlug die Arme hinter dem Kopf zusammen und warf Lara immer wieder Blicke zu, die keine Fragen offenließen. Als sie zurück ins Hotel kamen, verabschiedete sie sich von den zwei Griechen. Vor nicht allzu langer Zeit hätte sie einen der beiden, mit ziemlicher Sicherheit nicht den angeberischen Nikolaos, sondern den viel sympathischeren Panos, noch auf einen Nightcap eingeladen. Der Gedanke an Orhan und dieses innere Lächeln, das sie dabei spürte, hielten sie jedoch ein weiteres Mal davon ab. Sie wunderte sich über die Tatsache, dass dieser behaarte Mann ihr doch tatsächlich ein wenig den Kopf verdreht hatte. Einmal kurz die Mauer runterlassen und dann gleich so etwas, dachte sie.

Am nächsten Morgen fuhren sie mit dem Leihwagen ins Landesinnere. Dunkle Wolken hingen über der hügeligen Landschaft, es nieselte leicht. Nach kurzer Fahrt erreichten sie das Flüchtlingslager in Moria, über das vor zwei, drei Jahren enorm viel berichtet worden war, dessen Existenz man in den letzten Monaten aber völlig vergessen hatte. Eine drei Meter hohe Betonmauer mit Maschendrahtzaun und Stacheldraht verhinderte den Blick ins Lager. Hinter der Mauer sah man dunkle Rauchsäulen in den Himmel steigen. Sie fuhren zum Eingang des Camps, das eher an das Eingangstor eines Gefängnisses erinnerte. Ein schweres, eisernes Tor, ebenfalls mit Stacheldraht geschützt, zwei Flutlichtanlagen links und rechts des Eingangs, davor ein Wachhaus. Entlang der Betonmauer standen mehrere Polizeiwagen. Als Panos das Auto anhielt, kamen sofort drei uniformierte Männer auf sie zu. Einer von ihnen hatte ein Maschinengewehr umgehängt, seine linke Hand ruhte auf dem Lauf. Schon wieder, dachte Lara und schüttelte wortlos den Kopf. In den letzten Tagen hatte sie zu viele bewaffnete Männer gesehen. Panos stieg aus, sprach mit einem der Wachleute. Dieser blickte zum Wagen, hob seinen Arm und schüttelte immer wieder den Kopf. Lara ächzte, stieg ebenfalls aus und ging zu den Wachleuten. Sie hörte, dass hinter den Mauern gebrüllt wurde. Immer wieder hörte man laut scheppernde Geräusche.

„What's the problem?“, fragte sie.

„Anscheinend gibt es Unruhen im Camp“, antwortete Panos. „Sie sagen, wir können nicht hinein.“

Lara wusste, dass so etwas regelmäßig vorkam. Die Flüchtlinge mussten oft wochenlang in diesem überfüllten Camp ausharren, nur ein bis zwei Prozent bekamen tatsächlich Asyl in Griechenland. Die fehlende Perspektive, das Warten, die Hoffnungslosigkeit machten die

Menschen mürbe. Vor einigen Wochen hatte es wie so oft Gerüchte um eine bevorstehende Massenabschiebung gegeben. Daraufhin traten viele Flüchtlinge einen Hungerstreik an. Als dies zu nichts führte, entstanden Tumulte, die sich jedoch zum Glück bald wieder beruhigten. Nun war es anscheinend wieder einmal so weit.

„Sag ihnen, dass wir eine Drehgenehmigung haben", antwortete Lara genervt, holte das vom griechischen Ministerium und vom Camp selbst abgestempelte Formular aus ihrer Jackentasche und hielt es einem der Männer unter die Nase. Einer der Uniformierten, offensichtlich der Ranghöchste, riss es ihr aus der Hand, warf einen flüchtigen Blick darauf und schüttelte den Kopf.

„No interviews!", rief er und legte seine Hand auf die um seine Hüfte geschnallte Pistole.

Männer und ihre verdammten Waffen, dachte Lara. Wie würde die Welt bloß aussehen, wenn man ihnen ihr liebstes Spielzeug ein für alle Mal abnehmen würde. Sie wären nichts mehr. Lara biss sich auf die Zähne. Sie hasste nichts mehr, als wertvolle Zeit zu verlieren. Und sie war bestimmt nicht umsonst den weiten Weg nach Lesbos gereist. Sie drehte auf der Stelle um und ging wieder zurück zum Auto, wo Nikolaos Lara einen fragenden Blick zuwarf.

„Diese Arschlöcher wollen uns nicht drehen lassen", sagte sie auf Englisch.

Nikolaos zog fragend die Augenbrauen nach oben. Durch den Haupteingang würden sie an diesem Tag nicht kommen, das war völlig klar. Doch Lara wusste durch ihre Recherche, dass es noch einen Hintereingang zum

Lager gab. Sie hatte sich diesen Punkt bereits zu Hause in Istanbul auf ihrem Handy in Google Maps markiert und wies Panos an, großräumig um das Camp herum zum zweiten Eingang zu fahren. Panos setzte sich ans Steuer, nickte den Polizisten zu, die sie immer noch beobachteten, und gab vor, wieder zurück zum Hotel zu fahren. Lara lotste Panos durch die schmalen Straßen, wies ihn an, auf einen unbefestigten Weg abzubiegen und in Richtung einer kleinen Olivenplantage zu fahren. Laut Google Maps sollten sie knapp vor dem Hintereingang des Camps herauskommen. Vielleicht zwei Kilometer bevor es so weit war, wurden sie von drei Polizisten aufgehalten. Wieder zeigten sie die Drehgenehmigung, wieder waren die Polizisten unwillig, sie ins Camp zu lassen. Lara zeigte ihren Presseausweis, doch die Männer schüttelten nur den Kopf.

„No Press!", rief einer der beiden.

Lara holte ein kleines schwarzes Lederetui hervor, das sie genau für derartige Fälle immer dabei hatte. Sie zählte sechshundert Euro in Fünfzigern heraus, teilte sie in drei Stapel – dreihundert Euro für den Ranghöchsten plus zwei Mal einhundertfünfzig für die anderen zwei – und sagte Panos, er solle doch fragen, ob es denn nicht möglich sei, doch vielleicht wenigstens ein paar Bilder zu machen. In einer halben Stunde seien sie auch schon wieder weg. Es war möglich. Man ließ sie durch und sie fuhren weiter. Der Weg führte in ein kleines Wäldchen und hörte dann auf. Sie parkten den Wagen, holten das Equipment aus dem Auto und gingen zu Fuß den abgetretenen Weg entlang. Es regnete inzwischen stärker, der Boden war matschig und Lara musste aufpassen, auf dem Waldboden nicht auszurutschen. Immer wieder erblickte sie hinter den Bäumen kleine Zelte, Menschen sah man jedoch keine. Als sie beim Hintereingang ankamen, gab es eine weitere Polizeisperre. Doch dieses Mal waren die Beamten kooperativ und winkten sie ohne Weiteres durch. Das Team betrat das Lager und augenblicklich war Lara geschockt vom Chaos, das sie erwartete. Eine Gruppe Männer lief ihr entgegen, zwei davon hatten Holzbretter in der Hand. Lara drückte sich gegen eine Hütte, die Männer liefen an ihr vorbei und verließen das Camp durch das Tor. Zwischen den Hütten und Baracken lagen überall zum Teil verletzte Menschen mit blutigen Gesichtern und tiefen Schnittwunden an Armen und Beinen. Es wurde gebrüllt und gefleht, es loderten kleinere Feuer, weiter hinten, wo der Lärm am Schlimmsten war, stand ein ganzes Gebäude in Flammen.

Lara ging auf eine Frau zu, die auf dem Boden kauerte und schmerzverzerrt ihren Arm hielt.

„Was ist passiert?“, fragte sie die Frau auf Arabisch.

„Sie wollen das Lager schließen und uns abschieben!“, rief die Frau. Ihr Akzent verriet, dass sie aus Syrien stammte. „Man will alle zurückbringen!“

„Zurück?“, wiederholte Lara.

„Zurück in den Krieg!“

Sofort dachte Lara an die Theorie des Briten. Relocation!

Sie drehte sich zu Panos und Nikolaos um. Panos war nirgends zu sehen und Nikolaos blickte immer wieder nervös in Richtung des Ausgangs.

„Halt drauf, du Trottel!“, rief sie ihm zu. „Auf was wartest du?“

Nikolaos legte sich die Kamera über die Schulter und richtete sie auf Lara.

„Wo zum Teufel ist Panos?“, rief sie.

Der Kameramann zuckte mit den Schultern. Lara kümmerte sich nicht weiter darum, steckte ihr eigenes Mikro direkt in die Kamera ein, deutete mit einer drehenden Bewegung ihres Zeigefingers, dass Nikolaos filmen solle, und begann inmitten all des Chaos, ruhig, aber mit fester Stimme zu beschreiben, was hier vor sich ging. Schließlich nickte sie Nikolaos zu und drehte sich wieder in Richtung des Geschehens. Sie wollte mit den Flüchtlingen sprechen, das musste genügen, die Offiziellen würden sowieso bestimmt keine Interviews geben.

„Komm mit!“, rief sie Nikolaos zu und lief, ohne zurückzublicken, entlang der Hütten zum Zentrum des Camps. Dort angekommen erblickte sie das volle Ausmaß der Zerstörung. Mehrere Gebäude und Zelte standen in Brand, der Rauch war hier so dicht, dass Laras Augen brannten und sie sich ihren Seidenschal ums Gesicht band, um besser atmen zu können. Vielleicht fünfzig Polizisten hatten sich etwas entfernt gesammelt und besprachen offensichtlich die nächsten Schritte, fünf Männer standen in ihrer Nähe und riefen ihnen auf Englisch etwas zu, eine Gruppe Flüchtlinge tat, was sie konnte, um kleinere Feuer zu löschen. Sie brachten Kübel mit Wasser und leerten sie auf die Flammen, ein anderer hielt einen Schlauch, aus dem nicht mehr als ein Rinnsal floss, auf ein brennendes Zelt. Zum Teil verletzte Frauen und Männer standen mit ihren weinenden Kindern in Grüppchen zusammen, mehrere Männer liefen mit ihren Handys umher und filmten das Geschehen. Lara drehte sich nach Nikolaos um und bemerkte, dass sie nun auch ihn verloren hatte. Sie fluchte laut, wollte ihr Handy herausholen, um zumindest selbst ein paar Videos zu machen, erinnerte sich aber im selben Moment, dass es in ihrer Tasche im Auto lag. Sie ging zu einer Gruppe Frauen und sprach eine davon auf Arabisch an. Lara stellte sich kurz vor und fragte, was denn genau passiert sei. Die Frau antwortete, dass es schon seit einigen Tagen Gerüchte gegeben habe, dass es zu einer Massenabschiebung zuerst in die Türkei und dann wieder zurück in die Herkunftsländer kommen würde.

„Gerüchte sind hier gefährlich“, betonte die Frau. „Viel gefährlicher als sonst wo. Und sie verbreiten sich so schnell.“

„Und wie ist das Chaos entstanden?“, wollte Lara wissen.

„Gestern sind einige Polizisten gekommen“, sagte die Frau. „Sie haben unsere Ausweise kontrolliert und gesagt, dass wir unsere Sachen packen sollen. Das hat vielen Angst gemacht. Heute sind dann noch mehr im Lager erschienen. Bevor sie aber etwas tun konnten, haben ein paar junge Männer angefangen, Steine zu werfen, irgendwer hat Feuer gelegt. Mein Mann und ein paar andere wollten sie daran hindern. Dann gab es Gewalt.“

„Und die Polizisten?“, fragte Lara.

„Die haben bisher nur zugesehen.“

Lara sah sich ein weiteres Mal nach Panos und Nikolaos um, doch nirgendwo erblickte sie ein bekanntes Gesicht. Sie sprach noch mit einigen anderen Frauen, machte sich gedankliche Notizen und ging zu einem der Männer, der mit seinem Handy die Polizisten filmte. Sie fragte ihn auf Arabisch, ob er sein Video per WhatsApp an ihre Nummer senden könnte. Er brüllte ihr wütend etwas auf Farsi entgegen und drehte sich von ihr weg. Auch der zweite Mann, den sie auf ein Video ansprach, reagierte ähnlich gereizt. Ärgerlich, aber verständlich, dachte Lara. Viele dieser Leute hatten vermutlich ihr sowieso schon spärliches Hab und Gut in den brennenden Zelten untergebracht. Jetzt besaßen sie nichts mehr als die Kleidung am Körper.

Nach vielleicht einer Viertelstunde beruhigte sich das Chaos. Es regnete inzwischen stark, die kleineren Feuer waren ausgegangen und dampften nur noch vor sich hin. Die Menschen sammelten sich in Gruppen, sprachen miteinander, trösteten sich gegenseitig. Inzwischen waren noch mehr Polizisten hinzugekommen. Das schien die Flüchtlinge jedoch nicht mehr zu beunruhigen. Viele waren verletzt, weinten, versorgten einander und waren damit beschäftigt, ihre Habseligkeiten in Sicherheit zu bringen.

Lara ging wieder in Richtung des Hinterausgangs, nur um zu sehen, dass das Tor inzwischen geschlossen war und sich dort ebenfalls eine Gruppe Polizisten positioniert hatte. Sie sprach einen von ihnen auf Englisch an, als sie zu nahe an ihn herantrat, griff er aber nach seiner Waffe und schubste Lara von sich. Auf Griechisch brüllte er ihr etwas entgegen und deutete ihr, dass sie wieder zurückgehen solle.

„I'm a journalist“, rief Lara genervt, ging wieder auf den Polizisten zu und holte ihren Presseausweis hervor.

Dieses Mal wurde es dem Mann zu viel. Er schlug ihr, ohne einen Blick darauf zu werfen, den Ausweis aus der Hand, packte sie an den Schultern und warf sie auf den nassen und schmutzigen Boden.

„Back!“, rief er.

Zwei weitere Männer stellten sich neben ihn und blickten Lara wütend an.

Lara wollte ihren Ausweis aufheben, doch der Polizist, der sie auf den Boden geworfen hatte, stand mit dem Fuß darauf und hätte sie offensichtlich wieder attackiert, wenn sie ihm zu nahegekommen wäre. Sie ging wieder zurück ins Zentrum des Camps. Als sie an sich herabblickte, wurde ihr bewusst, wie furchtbar sie aussah. Ihre Kleidung war nass und schlammverschmiert, ihr offenes Haar hing ihr schwer in den Nacken und ins Gesicht. Mit ihrem Schal band sie die Haare zusammen. Sie kam wieder an einer Gruppe Frauen vorbei, dachte sich, dass sie sich von ihrem Aussehen her kein bisschen von den Flüchtlingen unterschied.

Sie war in der Nähe des Haupttors, als sie sah, dass die Polizisten die Flüchtlinge in Gruppen zu zehn bis zwanzig Personen zusammentrieben und sie nach und nach aus dem Camp führten. Noch einmal blickte sie an sich herab. In diesem Moment wurde Lara klar, was sie als Nächstes tun würde: Sie würde den Rat des Ressortleiters befolgen, ein Risiko eingehen und etwas Neues machen. Etwas, das völlig außerhalb ihrer Komfortzone war und das bisher noch keine Journalistin getan hatte. Sie war da an etwas dran, das wusste sie mit Bestimmtheit. Die Notizen des Briten, die Bauarbeiten an der Grenze, die Gerüchte im Camp. Man würde die Menschen in die Türkei überführen. Und dann? Wie ginge es mit ihnen weiter? Wie würde die Türkei mit den Menschen umgehen? Journalisten würden diese Information nie bekommen, dafür sorgte die strenge staatliche Zensur. Doch Lara hatte eine Idee, riskant, vielleicht gar nicht umsetzbar, aber einen Versuch wert.

Sie ging in Richtung des Tors und stellte sich zu einer Gruppe mit sechs Männern, vier Frauen und vier Kindern, alle trugen Plastiktaschen und hatten Rucksäcke umgehängt. Niemand beachtete sie. Ein Mitarbeiter des Camps kam auf die Gruppe zu und sprach leise mit einem der Männer. Dieser nickte schließlich, drehte sich um und sagte auf Arabisch zu der Gruppe, dass draußen ein Bus auf sie warten würde. Man würde sie zu einem anderen Camp bringen. Er ging voraus, die anderen folgten ihm – und Lara tat es ihnen gleich.

Etwas Neues, dachte sie und begann, in ihrem Kopf den Bericht über das Abenteuer zusammenzustellen, das vor ihr liegen könnte. Die Reise würde vermutlich länger dauern. Ein simpler Bericht würde da nicht genug sein. Mehrere Berichte. Oder noch besser, ein Blog. Und danach ein richtig großes Piece. Vielleicht sogar ein Buch. Sie musste sich ein Lächeln verkneifen. Sie würde sich dem Abenteuer ergeben, schauen, was mit ihr passieren sollte, wohin sie das Schicksal bringen würde. Und sie würde darüber schreiben. Etwas Spannendes hatte der Ressortleiter gewollt. Etwas, das man bisher noch nicht gemacht hatte. Lara Said – der Undercover-Refugee. Dieses Mal würde ihre Story den Weg in die Abendnachrichten und die Tageszeitungen finden, da war sich Lara sicher.

Sie verließ gemeinsam mit den Flüchtlingen das Camp, stieg in einen Bus und setzte sich neben eine Frau, die wortlos aus dem Fenster starrte. Wenige Minuten später war der Bus voll und setzte sich in Bewegung. Wohin er ging, sagte man den Insassen nicht.

Deutschland, Berlin
Juli 2016 – September 2018

Helmut Schneider

Beinahe direkt nach Helmut Schneiders Pensionierung hatte er das Internet zum ersten Mal für sich entdeckt. Er war zu Hause am Küchentisch gesessen und hatte angestrengt eine spanische Straßenkarte studiert. Helmut hatte sich damals in den Kopf gesetzt, genauso wie zwei seiner ehemaligen Mitarbeiter, Wolfgang Bauer und Hans Weber, die ein Jahr vor ihm in den wohlverdienten Ruhestand gegangen waren, den Jakobsweg zu bestreiten. Er war weder ein großer Freund der Natur noch ein begeisterter Wanderer oder jemand, der besonders gerne reiste. Früher, als seine Tochter Monika noch kleiner gewesen war, da waren sie regelmäßig mit dem Auto nach Italien auf einen Campingplatz gefahren. Jesolo oder Caorle. Der letzte Urlaub lag jedoch schon viele Jahre zurück. Als er seiner Frau Claudia todernst von seinem Jakobsweg-Vorhaben erzählt hatte, lachte diese nur. Er sei jemand, der nur ungern über seinen eigenen Tellerrand blicke, hatte sie gesagt. Und jetzt wolle er quer durch Spanien wandern. Das werde er doch nie und nimmer machen. Das ärgerte ihn und er nahm sich fest vor, diese Reise zu unternehmen. Allein schon, um es ihr zu beweisen. Er erinnerte sich, wie seine beiden ehemaligen Kollegen damals zurückgekommen waren, braungebrannt, gutgelaunt, mit Schwielen an den Füßen, und wie sie ihm von ihrer Reise vorgeschwärmt hatten, von der meditativen inneren Ruhe, dem Marschieren, von einem Brunnen, aus dem jeder Wanderer gratis Wein zapfen dürfe, und von der Kirche in Santiago de Compostela, die stets überfüllt mit Pilgern war und in der es unglaublich penetrant nach verschwitzter Kleidung und Käsefüßen roch. Helmut war neidisch geworden. Nicht auf die Käsefüße und den Schweißgeruch. Und manches, was sie sagten, hörte sich richtig lächerlich an. Meditieren. So ein Blödsinn. Er war ja schließlich kein chinesischer Mönch. Und die beiden, der Bauer und der Weber, auch nicht. Aber er war neidisch, dass die zwei angeben konnten mit ihren Geschichten vom Wandern und von den Käsefüßen und mit den Fotos, die sie in ein Fotobuch drucken hatten lassen und seitdem ständig, bei jedem Besuch und auch immer wieder mal im Wirtshaus, dabeihatten. Und natürlich war er neidisch auf den Brunnen, aus dem Rotwein floss. Helmut trank gerne Rotwein, auch an dem Nachmittag, an dem er die Straßenkarte studierte, stand gerade ein Glas vor ihm, und er stellte sich vor, wie es wohl wäre, an einem sonnigen Morgen in einer Herberge aufzuwachen, den kleinen Rucksack aufzuschultern, einen Becher Wein zu zapfen und loszumarschieren. Ganz alleine, die Sorgen, den Trubel, die Unruhe, die vor einiger Zeit gemeinsam mit den vielen Fremden in seine Stadt gekommen war, zurücklassen, den Kopf frei bekommen. Oder vielleicht auch voll zu bekommen, denn auf der anderen Seite langweilte er sich seit seiner Pension immer wieder und wusste nicht wirklich, was er mit sich anfangen sollte. Er hatte sich die Zeit besser vorgestellt. Spannender, *ent*-spannender. Endlich nicht mehr arbeiten, endlich Ruhe. Doch in Wahrheit war alles nur langweilig. Seine Frau, das Zuhause, die Stadt. Über vierzig Jahre lang war er morgens aufgestanden, zur Arbeit gefahren, abends wieder zurückgekommen, hatte mit seiner Frau während des Abendessens über die Arbeit gesprochen, vielleicht noch etwas Fußball geguckt, und war dann spätestens um neun vor dem Fernseher eingeschlafen. Das war auch nicht lustig gewesen, aber es hatte zumindest eine Struktur. Und nun war die Arbeit weg. Bald hatte er bemerkt – irgendwie hatte er davor nie so wirklich darüber nachgedacht –, dass seine Frau ebenfalls ein Leben hatte, einen Tagesablauf, in dem er nicht vorkam. Sie ging einkaufen, putzte die Wohnung – egal, was er tat oder wo er war, er war immer im Weg –, hatte Freundinnen, mit denen sie sich auf einen Kaffee oder Tee traf, ging zwei Mal in der Woche zum Yoga, am Dienstagvormittag und Donnerstagnachmittag, war in einem Chor, mit dem sie sich ebenfalls einmal abends traf, und zusätzlich zu all den Hobbies – das hatte sie ihm bisher verschwiegen – war sie in einer Gruppe aus Freiwilligen, die sich regelmäßig im Tempelhofer Feld traf, um dort die Asylanten zu bespaßen. Im ehemaligen Flughafen, in dem nun tausende Flüchtlinge wohnten, brachte man ihnen Deutsch bei, spielte irgendwelche Spiele, ging mit ihnen spazieren oder ins Museum, trank mit ihnen Kaffee und so weiter. Das gefiel ihm nicht. Er mochte diese Ausländer nicht. Sie gaben ihm ein ungutes Gefühl. Berlin hatte eh schon mehr als genug Fremde und plötzlich kamen tausende neue. Wie Heuschrecken. Als er von Claudias neuem Hobby erfuhr, wollte er es ihr verbieten, da ihn der Gedanke beunruhigte, dass sie alleine mit einer Gruppe jugendlicher potenzieller Terroristen zusammen war. *Beunruhigte* war eigentlich falsch. War er ehrlich mit sich selbst, wollte er das einfach nicht. Diese jungen, vor Arroganz strotzenden Ausländer, die sich irgendwie immer größer machten, als sie eigentlich waren. Immer wenn er in ihrer Nähe war, fühlte Helmut sich klein. Und das Gefühl hasste er mehr als alles andere. Er empfand sich als wichtig und wollte gehört werden. Als er seinen Ärger einmal ansprach, war es zu einem großen Streit gekommen. Nun, da er plötzlich den ganzen Tag zu Hause sei, solle er sich gefälligst nicht einbilden, er könne über ihr Leben bestimmen, sagte sie. Das komme gar nicht infrage. Dieses Gorillagehabe könne er sich sonst wo hinstecken.

„Red' mir da ja nicht drein", fuhr sie ihn an. „Wehe!" Und mit dem Zeigefinger hatte sie gezeigt, dass sie es ernst meinte.

„Oder was?", sagte er. „Was willst' machen?"

„Das wirst' schon sehen!"

„Aber mit den Asylanten!", hatte er gebrüllt.

„Das geht dich gar nichts an!", war ihre Antwort gewesen. Dann Kopf hoch, wie ein eitler Pfau, raus aus dem Zimmer und Tür zuschlagen. Ihre Antwort auf alles. Helmut musste frustriert und wütend einsehen, dass er in diesem Punkt kein Mitspracherecht hatte. Und beim Stammtisch konnte er seinen Frust auch nicht richtig loswerden. Die würden sich nur über ihn lustig machen.

Ein Mann, der sich von seiner Frau alles gefallen lassen musste. Peinlich, sowas.

Nach diesem Streit sah Helmut Claudia noch seltener. Und was nun, fragte er sich. Was mit sich anfangen, wenn nicht einmal die eigene Frau für ihn Zeit hatte? Er las nicht gerne, war in keinem Verein – woher hätte er denn bisher die Zeit dafür nehmen sollen – und im Fernsehen kam tagsüber nur Mist.

„Ich kann ja einkaufen gehen“, sagte er. „Das übernehme von nun an ich.“

Das wolle sie nicht, antwortete Claudia. Er habe *seinen* Job gehabt, das hier sei ihrer. Das lasse sie sich nicht nehmen.

In Wahrheit hatte er eh keine Lust darauf gehabt, zwischen Hausfrauen und Pensionisten an der Kasse zu stehen und sich dann letztendlich sogar noch ihre Problemchen anhören zu müssen. Er hatte selbst genug. Und ihm hörte ja schließlich auch niemand zu.

Claudia, die unter Helmuts Langeweile und den damit verbundenen Stimmungsschwankungen litt, riet ihm, sich ein Hobby zuzulegen.

„Ein Hobby“, hatte er sie nachgeäfft. „Was denn? Briefmarken sammeln? Oder stricken?“

„Was weiß ich? Der Mann von Margit ist da zum Beispiel in so einem Bastelverein im Prenzlauer Berg. *Selbstjemacht*, heißt der Kurs. Das wär doch vielleicht auch was für dich“, hatte sie gesagt.

„Basteln“, äffte Helmut sie wieder nach. Claudia nickte. „Was kann ich denn da basteln? Ein Vogelhäuschen oder ein Gewürzregälchen? Darf ich da wirklich schon mit der Laubsäge irgendwelche Förmchen aus dem billigen Sperrholz raussägen? Das klingt ja wirklich toll!"

Claudia hatte resigniert das Zimmer verlassen. Dieses Mal ohne Türzuknallen. Sie kannte ihn gut und ihr war klar, dass sie ihn nicht von etwas überzeugen konnte, das er nicht wollte. Er war ein Sturkopf, das war ihm wohl bewusst. Und irgendwie war er auch stolz darauf. Stur zu sein bedeutete Rückgrat zu haben. Als er noch ein Jugendlicher war, hätten seine Eltern ihn am liebsten in einer schulischen Laufbahn gesehen. Doch Helmut hatte andere Pläne. Er wollte Geld verdienen, unabhängig sein. Ohne es seinen Eltern zu sagen, bewarb er sich bei einer Malerfirma. Der Meister mochte ihn und so begann Helmut nach der Pflichtschule dort eine Ausbildung zum Maler und Lackierer. Der Meister war streng, aber fair, und Helmut gefiel die Arbeit ganz gut. Dass die Eltern nicht hinter ihm standen, war ihm egal. Dann, mit einundzwanzig, hatte er einen schweren Autounfall. Es war Winter gewesen, kalt, eisig, rutschig. Und er war jung, hektisch, ungeduldig. Das vertrug sich nicht. Er fuhr viel zu schnell, das Auto brach aus, kam ins Schleudern, er schlitterte in einen entgegenkommenden Wagen. Zwei angeknackste Rippen, ein gebrochenes Becken, eine gebrochene Nase und ein Schädelbasisbruch waren die Folge. Der andere Fahrer brach sich lediglich einen Finger. Im Krankenhaus musste Helmut operiert werden, dann einige Wochen lang Reha. Letztendlich verlief alles gut, doch nach dem Unfall hielt er den Geruch der Farben und Lacke nicht mehr aus. Ständig wurde ihm schwindlig und übel, er bekam starkes Kopfweh, manchmal würgte es ihn regelrecht. Das komme vom Schädelbasisbruch, erklärten ihm die Ärzte. Da könne man nichts dagegen machen. Sein Chef schlug vor, dass er eine Zeit lang im Büro mitarbeiten könne. Das wollte Helmut nicht. Ein sturer Kopf, der zwar nicht wusste, was er als Nächstes machen sollte, aber genau wusste, was ihm nicht gefiel. Büroarbeit zum Beispiel. Dafür war er nicht gemacht. Das war zu der Zeit gewesen, als man überall nach Staplerfahrern suchte, und so entschied er sich, den Staplerführerschein zu machen. Mit zweiundzwanzig Jahren bekam er eine Anstellung in einer Firma für Getränkehandel. Als Staplerfahrer. Klare Anweisungen, geregelte Arbeit, fixer Zahltag. Sogar die Überstunden bekam man ausbezahlt. Es gefiel ihm nicht schlecht. Und wenn Helmut etwas gefiel, dann blieb er dran. Nachdem er mehr als vierzig Jahre in derselben Firma gearbeitet hatte, ging er mit fünfundsechzig in Pension. Er war irgendwie froh darüber, denn die letzten zehn Jahre waren eh etwas mühsam gewesen. Man hatte das Lager nach und nach mit Computern und Technikschnickschnack vollgestopft, hatte den Staplerfahrern Scanner in die Hand gedrückt, mit denen sie dann jede Palette extra registrieren mussten. Man musste sogar digital vermerken, wenn es mal einen Bruch gab. Sowas passierte eben. Mit der Gabel mal eine Palette streifen, ein paar Flaschen oder ein, zwei Steigen Tetrapack kaputt, keine große Sache. Da zog man sich Handschuhe an, räumte die Scherben weg, wischte den Saft mit einem Gummibesen in den nächsten Kanal und gut war's. Und nun, plötzlich, musste man da eine große Sache draus machen. Das war vorher auch nicht notwendig gewesen, und Helmut sah nicht ein, wieso sich das nun unbedingt ändern musste. In den letzten zwei Jahren seiner Arbeit hatte man dann sogar noch die Stapler selbst mit Computern ausgestattet. Bildschirme, auf denen man herumtippen musste und die einem anscheinend die Arbeit erleichtern und einem zeigen sollten, wo man die nächste Palette holen und wohin man sie bringen sollte. Alles werde vereinfacht, sagte der junge Chef. Helmut sah das ganz anders. Verkompliziert wurde es, dachte er, der mit dem neuen System ganz und gar nicht klarkam, und war froh, dass er bald in Pension gehen durfte. Er hielt nichts von diesem neuen Zeug, dieser neumodischen Technologie, die Handys und dieses Internet und so weiter hatten ihn noch nie interessiert und viel mehr von diesem technischen Schnickschnack hätte er gar nicht verkraftet. Veränderungen, immer nur Veränderungen. Dann kam die Pensionierung. Wieder eine große Veränderung. Und dann kam die Langeweile. Sie machte sich in seinem Leben breit und so beschloss er spontan, diese Wanderung entlang des Jakobswegs durch Spanien zu machen.

Deshalb saß er einige Monate nach seinem Ruhestand also in der Küche, studierte die vor ihm ausgebreitete Landkarte und ärgerte sich, dass weder der Jakobsweg noch der sogenannte Weinbrunnen eingezeichnet waren. Es war an diesem Tag, als seine siebenundzwanzigjährige Tochter Monika, die auf Kaffee und Kuchen vorbeigekommen war, den Frust ihres Vaters erkannte, ihren Laptop aus der ledernen Umhängetasche holte, ihn aufklappte und den Vater in die unendlichen Weiten des Internets einführte. Schritt für Schritt, langsam und geduldig erklärte sie ihm die verschiedenen Symbole, zeigte ihm, wie man die Maus bewegte, wie man doppelklickte, wie man die sogenannten Fenster und Symbole öffnete und sie mit dem kleinen X am oberen Rand wieder zumachte. Seine Monika hatte eine Begabung dafür. Im Studium hatte sie das gelernt, das Jemandem-etwas-Beibringen. Da hatte sie ganze Kurse besucht, in denen es nur darum ging, wie man irgendjemandem, der völlig begriffsstutzig war, etwas erklärte. Das brauchte sie in der Schule bei den Kindern und in letzter Zeit auch noch zusätzlich im Flüchtlingslager. Dort waren ja auch hunderte, denen sie ständig irgendetwas erklären musste. Die Ausländer dort konnten ja meistens nicht einmal richtig lesen, geschweige denn mit einem Computer umgehen. Monika hatte Deutsch und Geschichte studiert und unterrichtete an einer Realschule. Als die Flüchtlinge kamen, da begann sie, ganz nach ihrer Mutter, sich voll und ganz diesem Thema zu widmen. Helmut war das nicht recht. Dass nun noch mehr Ausländer hier waren als bisher, und auch nicht, dass die beiden so viel Zeit mit denen verbrachten. Seine arme Kleine. Seine einzige Tochter, die ihm wichtiger war als alles andere. Es wusste ja schließlich jeder, dass die Fremden keinen Respekt vor Frauen hatten. Beim Stammtisch sprach man viel darüber. Er war nicht allein mit seiner Meinung. Alle machten sich Sorgen. Um die Frauen und auch um ihr Land. Er selbst hatte ja die Bilder gesehen, wie sie zu tausenden über die Grenzen Richtung Deutschland marschierten und dann schließlich in seiner Stadt ankamen und sie richtiggehend überschwemmten. Es waren so viele, dass man in dieser Zeit auf den Straßen mehr Fremde als Einheimische sah. Überall hörte man orientalische Musik, ekelhaften Lärm. Helmut wohnte ganz in der Nähe des ehemaligen Tempelhofer Flughafens, der nun auch als Flüchtlingsheim genutzt wurde. Furchtbar war das. Er hatte sich so gefreut, als im Jahr 2008 endlich der Flugverkehr eingestellt worden war. Ruhig war es. Viel besser als davor. Und nun ging es wieder so hektisch zu. Nur war es jetzt noch schlimmer. Ständig sah er die dunklen Männer, sah sie herumlungern und in den Straßen urinieren, sie unterhielten sich viel zu laut und hatten keinen Respekt vor den Deutschen, die ihnen alles in den Arsch schoben. So konnte das einfach nicht weitergehen. Helmut gab diese neue Situation ein schlechtes Gefühl, und er war sicher, dass es den meisten Deutschen so ging. Er sah Berichte im Fernsehen, dass das Tempelhofer Feld überquoll. Wortwörtlich. Immer wieder kam es zu Schlägereien und Verbrechen. Die Zeitungen berichteten über eine Massenschlägerei mit mehr als hundert Beteiligten. Und der Grund sei Essen gewesen. Was waren das für Menschen, die nicht einmal beim Essen ruhig bleiben konnten? Manfred, der Trafikbesitzer, der ebenfalls beim Stammtisch dabei war, hatte Helmut ein Video gezeigt, das er mit seinem Handy gemacht hatte. Zwei junge Ausländer standen vor der Theke seiner Bude und pöbelten, riefen immer wieder: „Komm raus, und ich zeig's dir!" Den Manfred hörte man sagen: „Was willst mir denn zeigen? Komm, sag schon." Antwort wollten die zwei Männer nicht geben. Der Manfred hatte dann den Laden zugesperrt und die Polizei gerufen.

„Ihr könnt mir glauben“, hatte Manfred gesagt. „Wenn die nicht gleich gekommen wär, die Polizei meine ich jetzt, dann hätten sie mir die Bude angezündet. Mit mir mit drin. Ganz bestimmt. Ich hab’ richtig gezittert danach.“

„Eine Memme bist du!“, hatte Nina, die Kellnerin, durch das ganze Wirtshaus gerufen. „Haste Bammel vor ein paar Kindern!“

„Hab’ ich nicht!“, hatte der Manfred geantwortet und war rot im Gesicht geworden.

„Hast du wohl! Von ein paar Flüchtlingskindern lässt du dir Angst machen! Du, als gestandener Mann!“

Daraufhin lachte sie, und auch alle am Tisch, sogar Helmut, obwohl er das Video eigentlich gar nicht zum Lachen fand, und Manfred war still gewesen. Schnell wechselte er das Thema. So ging es leider meistens. Helmut fand, dass die meisten Berliner, wenn es um Ausländer ging, viel zu offen und zu großzügig waren. Er hatte Sorgen um sein Leben, um Deutschland und die deutschen Werte, und mit niemandem konnte er offen darüber sprechen, weil man ihn dann immer gleich als Rechten bezeichnete.

Helmut erzählte zu Hause seiner Frau von diesem Video. Mit solchen Menschen würde sie sich in ihrer Freizeit abgeben, sagte er. Wolle sie das wirklich?

Claudia schüttelte nur den Kopf. Er sei ein Trottel, wenn er so etwas glaube, sagte sie. Sei er nicht, brüllte er. Er habe es ja mit eigenen Augen gesehen. Sie sei viel zu gutgläubig. Und außerdem habe sie immer schon ein zu weiches Herz gehabt, antwortete Helmut. Das mache blind.

Ob er denn je darüber nachgedacht habe, warum die Menschen nach Deutschland gekommen seien, fragte sie ihn. Denen gehe es schlecht und bei ihnen zu Hause herrsche Krieg und Gewalt. Was sollten sie denn auch machen? Helmut argumentierte, dass, als in Deutschland Krieg gewesen war, die Menschen ja auch nicht geflohen seien.

„Gekämpft haben wir! Für unser Land! Wenn damals jeder abgehauen wäre, dann ginge es uns jetzt nicht so gut."

„Wie kannste nur so etwas sagen?", rief Claudia.

„Das stimmt doch! Das Heimatland ist kein Hotel, in dem man auscheckt, sobald der Service etwas schlechter wird!"

Als Helmut bemerkte, wie sehr seine Aussagen zu diesem Thema seine Frau verletzten, schaltete er einen Gang zurück und sagte, dass sie ja, wenn's nach ihm ginge, schon kommen durften, zumindest diejenigen, denen es wirklich schlecht ging. Doch das waren die wenigsten. Die meisten waren entweder Terroristen, denen die Deutschen gegen den Strich gingen, oder Schmarotzer, die den Sozialstaat ausnutzen wollten. Das wusste doch jeder. Wirtschaftsflüchtlinge, so nannten es die Politiker. Speziell diese neue, europakritische Partei, die endlich mal sagte, was sich sonst keiner zu sagen traute. Sie sprachen aus, was Helmut dachte. Die AfD war wirklich eine Alternative zu all den anderen feigen Politikern. Bei der nächsten Wahl würde er ganz bestimmt für sie stimmen. So viel war klar. Aber Claudia ging nicht auf Helmut ein.

„Keine Ahnung hast", sagte sie und verließ den Raum.

Er war frustriert, wie oft in der letzten Zeit.

Als Monika dann zu Besuch war, erzählte er ihr ebenfalls vom Vorfall in Manfreds Trafik. Dieses Mal erfand er noch ein bisschen was dazu, da Claudia ihn ja bei der ursprünglichen Geschichte richtiggehend ignoriert hatte.

„Mit dem Fuß haben sie gegen die Tür getreten", sagte er und als er sah, dass seine Tochter nicht reagierte, fügte er hinzu: „Einer hatte sogar ein Messer." Keine Reaktion. „Ein Klappmesser!"

Wie ihre Mutter reagierte auch Monika ganz anders, als er es sich erwartet hatte, und fuhr ihn böse an.

„Was weißt du denn über diese Menschen? Warst schon einmal dort?", gab sie schließlich genervt zurück und sprach mit ihm, als wäre er ein kleines Kind. „Warst schon einmal im Camp, meine ich? Nein, warst noch nie. Aber ich schon. Das sind nette Leute, glaub's mir. Die haben nichts und sind trotzdem nicht bitter. Da könntest noch was lernen, Papa. Ich nehm' dich gern mal mit."

Doch Helmut hatte keine Lust darauf. Er konnte sich auch so ein Bild machen, ohne ins „Camp" zu müssen. Er sah die Fremden ja die ganze Zeit, musste sie die ganze Zeit sehen. Sie waren überall. Auf den Straßen, in den Geschäften, in den Parks lümmelten sie herum und starrten die Berliner an, als wären diese die ungebetenen Gäste. Und dass sie nichts hatten, das stimmte auch nicht. Alle hatten sie eines dieser neuen Handys, ständig sah man sie telefonieren und alle hatten gute Kleidung und gute Schuhe. Es war einfach nicht in Ordnung. Die deutschen Penner mussten am Bahnhof schlafen und den Asylanten schob man alles in den Arsch. Und dann schauten sie einen trotzdem so aggressiv an. In seinem eigenen Land sollte man sich zu Hause fühlen. Und in letzter Zeit hatte er nicht selten ein mulmiges Gefühl gehabt, wenn er auf die Straße ging.

Aber alles der Reihe nach. Zurück in Helmuts Küche, in der er verzweifelt auf die Straßenkarte starrte, zurück zu Helmuts Pilgerreise, die er natürlich nie machen würde. Zurück zu Monikas Basis-Computerschulung.

„Das ist die Maus, mit der bewegst du diesen Zeiger, siehst du? Probier's mal aus. Geht ganz einfach." Er hatte bei der Arbeit hie und da mal etwas in einen Computer eintippen müssen, im Schichtmeisterbüro oder beim Computer neben dem Empfang. Meist hatte er sich aber davor gedrückt, hatte erklärt, dass er seine Brille zu Hause vergessen habe und es jemand anderes machen solle. Jetzt bemerkte er, dass es wirklich einfach ging. So einfach, wie Monika gesagt hatte.

„Hier musst du draufklicken. Zwei Mal ganz schnell. Versuch's. Super! Aber jetzt zwei Mal, klick, klick. Genau! Perfekt! Ein Naturtalent!"

Helmut grinste. Er lernte schnell.

Monika musste gar nicht viel sagen. Immer wieder betonte sie, dass er nichts kaputt machen könne, dass er einfach machen solle. Und es funktionierte. Sie ließ ihn auf ein Symbol mit einem orangen Fuchs klicken, öffnete das Internet und zeigte ihm digitale Straßenkarten, die man vergrößern und verkleinern konnte, gab „Jakobsweg Spanien" in ein weißes Feld ein und lotste ihn auf dem Bildschirm von Berlin bis nach Santiago de Compostela. Die altmodische Karte auf dem Tisch wirkte geradezu lächerlich daneben.

„Das ist das Internet?", fragte Helmut.

Monika nickte.

„Aber aufpassen, Papa. Hat Suchtcharakter."

„Dagegen bin ich immun", sagte Helmut mit brummender Stimme und fuhr mit dem Finger entlang der Route auf dem Bildschirm.

Eine Fehleinschätzung, wie sie im Buche stand. Mit sechzehn hatte er seine erste Zigarette geraucht. Seitdem war er Raucher. Inzwischen nur noch morgens zwei Stück und abends drei, da ihm der Doktor verboten hatte, weiterhin so zu rauchen, wie er es sein Leben lang getan hatte. Ansonsten würde er es keine zehn Jahre mehr machen, hatte dieser gesagt. Dann war da noch der Kaffee. Eine harmlose Sucht. Beinahe nicht als Sucht zu bezeichnen. Und halt eben der Alkohol. Bier früher, Wein heute. Er war kein Säufer, das nicht. Aber hie und da ein, zwei Gläschen, das schon. Speziell jetzt, da er keinen Stapler mehr lenken musste. Würde man ihn fragen, ob er denn auch weniger trinken könne, wenn er wollte, er würde bejahen. Und es wäre eine weitere Lüge.

„Was noch, was noch?", fragte Helmut wie ein Kind. „Was kann man mit dem Internet noch machen?"

„Was willst du denn wissen?", fragte sie ihren Vater.

Helmut zuckte mit den Schultern.

„Du liest doch gerne Zeitung, nicht wahr?", fragte Monika lächelnd. Helmut nickte. „Die gibt's auch online", sagte sie und öffnete die digitale Version seiner Lieblingszeitung.

Helmut blickte interessiert auf den Bildschirm.

„Das stand aber heute nicht drin", sagte er, als er die Überschrift des obersten Berichts las.

„Deine Zeitung ist von gestern. Die hier ist von heute. Von gerade eben."

Helmut schüttelte den Kopf. Verrückt.

„Und gibt's auch Leserbriefe?", fragte er, da er diesen Teil der Zeitung am liebsten las.

Monika lachte auf und erklärte ihm, dass Leserbriefe obsolet wären. So Worte verwendete sie gerne. Helmut war auf der einen Seite stolz auf seine studierte Tochter, doch manchmal fühlte er auch ein gewisses Unbehagen. Neid, dass er nie auf der Uni gewesen war, Ärger, dass er weniger wusste als seine Tochter. „Leserbriefe sind obsolet, da man zu jedem Bericht seine Meinung dazuschreiben kann. Jeder kann das. Schau dir das an."

Sie scrollte bei einem Artikel nach unten und führte ihren Vater, ohne es vorgehabt zu haben, in eine Welt ein, die ihn mit weit geöffneten Armen empfangen würde. Helmut wusste es noch nicht, doch er trat durch ein Tor, das sein Leben verändern sollte. Er betrat eine Welt des Verstehens, eine Welt des Austausches. Eine Welt der Gleichgesinnten. Verstand man ihn in seinem echten Leben oft nicht – er war sogar schon öfters als ausländerfeindlich bezeichnet worden –, hier in dieser Welt dachten beinahe alle so wie er. Weder Claudia noch Monika noch die Männer am Stammtisch konnten sich richtig in seine Ängste hineinfühlen. Die Menschen waren blind! Im Wirtshaus vielleicht noch am ehesten, aber sobald man wirklich mal seine Meinung sagte, nannte man ihn gleich Rechter oder manchmal sogar Nazi. Doch das war er nicht! Weder ein Nazi noch ein Rechter. Er war lediglich besorgt. Ein besorgter Bürger, ganz genau. Während seiner Zeit als Staplerfahrer hatte er jahrelang Seite an Seite mit Türken, Polen und Jugoslawen gearbeitet, die meisten waren eh in Ordnung gewesen. Aber die arbeiteten auch und versuchten zumindest sich anzupassen. Die Asylanten waren da ganz anders, die arbeiteten nicht und wollten alles umsonst. Und von Anpassen keine Spur. Doch so etwas durfte man ja nicht einmal denken. Aber hier, im unendlichen Internet und ganz besonders in den sogenannten Foren, da traf er auf Gleichdenkende. Plötzlich bemerkte er, dass so viele fühlten wie er. Natürlich, manche übertrieben es ein bisschen und manche waren wirklich offensichtlich Rechtsradikale. Doch die meisten machten sich ganz einfach wie Helmut selbst Sorgen, dass alles langsam, aber sicher den Bach runterging. Jeden Tag berichtete man über die angespannte Lage, über Anschläge, Übergriffe, Attacken und Flüchtlinge, die in Massen in sein Land kamen. Und fast allen Leuten in diesem Forum passte es nicht, dass man sich oft wie ein Fremder im eigenen Land fühlte. Helmut sah, dass auch die anderen Menschen den Politikern und ihren Machenschaften nicht vertrauten, und auch sie wollten endlich wieder mit einem sicheren Gefühl auf die Straßen gehen können. Dieser digitale Ort, dessen Bevölkerung ihn und sein Innerstes verstand, würde Helmut sympathischer als die Realität werden.

Eine Woche nach seiner Einführung ins Internet ging Helmut in ein Elektronikgeschäft und kaufte sich einen günstigen Laptop. Monika kam wieder vorbei, zeigte ihm, wie man ihn benutzte, richtete ihm das Internet ein und legte für ihn eine E-Mail-Adresse an. Und am

Tag darauf schaffte er es ganz alleine, sich ein Konto bei der Online-Tageszeitung zuzulegen, damit er bestimmten Kommentaren ein Plus oder ein Minus geben konnte und um irgendwann vielleicht ebenfalls seine Meinung zu teilen. Jetzt musste Claudia zufrieden sein, denn nun hatte er ein Hobby.

Bereits zwei Tage später schrieb er seinen ersten Kommentar in einer Online-Tageszeitung. Ein harmloser Satz, dessen Reaktion etwas in ihm veränderte. Der Bericht handelte von einem Flüchtlingslager in einer kleinen Stadt in Österreich, die wegen der ganzen Ausländer völlig aus den Nähten platzte, dass die Zustände schlecht seien und die Klos dreckig und das Essen ungesund. Dass Gefahr drohe, dass Krankheiten ausbrachen und dass in den nächsten Wochen und Monaten mit Sicherheit noch viel mehr Fremde kommen würden. Es gab Satellitenbilder, die zeigten, dass tausende und abertausende auf dem Weg Richtung Zentraleuropa waren. Wieder einmal bekam Helmut bei diesem Gedanken eine Gänsehaut. Es war genug. Das sah und spürte er. Und so schrieb Helmut vier Worte, die er immer wieder mal gehört hatte – ganz besonders zwei Wochen zuvor, als der ungarische Präsident die Grenzen dicht machte und beschloss, keine weiteren Flüchtlinge mehr ins Land zu lassen – vier Worte, die diese ganze vermaledeite Situation perfekt zusammenfassten, vier Worte, die er, nachdem er den Zeitungsartikel über Ungarn gelesen hatte, ebenfalls laut aussprach, in einem Moment, als Monika im selben Raum gewesen war. Vier Worte, die seine Tochter unglaublich wütend machten, so wütend, dass sie ihn richtig zur Schnecke machte und ihn als Blödmann bezeichnete, die sie böse werden ließen, böse und richtig laut und irgendwann so laut, dass er mit der Faust auf den Tisch schlagen und sie daran erinnern musste, dass man auf diese Art und Weise nicht mit seinem Vater sprach. Vier Worte:

Das Boot ist voll.

Er tippte, fuhr mit dem Mauszeiger auf das Feld „Senden", sein Herz pochte, drückte darauf und las, dass man ihm für seinen Beitrag dankte und man ihn nach einer Prüfung veröffentlichen würde. Warum musste man seine Worte prüfen? Was sollte denn das? Er klickte auf das kreisförmige Symbol, so wie Monika es ihm gezeigt hatte. Die Seite lud neu. Nichts hatte sich verändert. Er versuchte es noch einmal. Nichts. Dann, zehn Minuten später, waren sie plötzlich online und Helmut las zum allerersten Mal seine eigenen Worte im Internet. Er war stolz, überlegte kurz, Claudia davon zu erzählen, ließ es aber schließlich sein. Das hier war seine Welt. Davon verstand sie nichts. Eine Stunde später „besuchte" er seine Worte und sah, dass er bereits zweiundsechzig grüne Pluszeichen und lediglich vier rote Minuszeichen bekommen hatte. Zwei Personen hatten sogar auf seinen Kommentar reagiert und geschrieben, dass sie es nicht besser hätten ausdrücken können. Helmut wurde warm vor lauter Stolz. Er, der Schriftsteller, der den Nagel auf den Kopf getroffen hatte, der für seine Worte nicht angegriffen, sondern sogar gelobt wurde. Hier war man auf seiner Seite, hier war er richtig. Er liebte sein neues Hobby.

Es blieb natürlich nicht bei diesem einen Kommentar, bei diesen vier Worten, die so gut bei den anderen

Lesern ankamen. Am nächsten Tag las Helmut, dass es einen Autounfall in seinem Stadtteil gegeben hatte. Dem einen Fahrer ging es gut, der andere lag schwer verletzt im Krankenhaus. Kurz dachte er an seinen eigenen Unfall im Winter vor so vielen Jahren. Und so schrieb er unter den Artikel:

Man muss aufpassen beim Autofahren. So ein Unfall ist schnell passiert. Gute Besserung!

Wieder besuchte er eine Stunde später seine Worte, doch dieses Mal hatte niemand darauf reagiert. Am nächsten Tag musste er weit nach unten scrollen, um seinen Kommentar zu finden, und sah, dass er zwei grüne Plus und ein rotes Minus bekommen hatte. Warum das Minus? Wer konnte bei so einer Aussage ein Minus geben? Helmut war enttäuscht und setzte sich zwei Tage lang nicht mehr vor den Computer. Als sein Zorn und sein Missmut verraucht waren, ging er wieder online und es stach ihm erneut ein Artikel ins Auge. Es ging darum, dass die EU die Errichtung von Grenzzäunen – dabei verwiesen sie auf Ungarns und auf Sloweniens Idee, deren Vorhaben zu kopieren – aufs Strengste verurteile, da dies so ganz und gar nicht der Idee der Europäischen Union entspreche. Helmut sah das ganz anders. Die EU war ein Haufen Idioten, die über alle bestimmten, alles teuer machten und zuließen, dass Terroristen ohne Probleme in sein Land kamen. Eine Grenze, die unerwünschte, illegale Flüchtlinge nicht ins Land ließ, machte doch Sinn. Man sah ja ständig die Bilder im Fernsehen. Tausende Araber und Schwarze, die ungehindert nach Deutschland spazierten und die dann letztendlich in Berlin landeten, wo sie verpflegt und verwöhnt wurden. Berlin, das größte Flüchtlingslager Deutschlands. Es stimmte! Er hatte es ja gelesen! In Berichten und in den Kommentaren. Und alles auf Kosten der Steuerzahler. Geld, das irgendwann von seiner Rente fehlte, für die er sein Leben lang geschuftet hatte. Und überhaupt fand er es nicht in Ordnung, dass irgendwelche Politiker in Brüssel über das deutsche Schicksal entschieden, ohne auch nur einmal beim Volk nachzufragen. Er erinnerte sich noch gut an die Deutsche Mark und an die Tatsache, dass vor dem Euro alles billiger gewesen war. Das war auch so eine Veränderung gewesen, die niemandem was gebracht hatte.

Vorsichtig, langsam, jeden Buchstaben einzeln suchend tippte er. Dieses Mal waren es sogar sechzehn Worte:

Grenzen zumachen! Stacheldraht hochziehen und niemanden mehr ins Land lassen! Deutschland braucht Schutz! Deutschland den Deutschen!

Darauf wird wohl jemand reagieren, dachte er sich und sanft überkam Helmut wieder ein aufgeregtes Gefühl. Stolz, ein bisschen. Ehrgefühl, ja. Denn er verteidigte gerade sein Heimatland. Und auch ein kleines bisschen Macht, da ihn niemand unterbrechen und ihm dagegenreden konnte. Man *musste* ihm zuhören. Eine Stunde später: dreiundvierzig grüne Pluszeichen, vier Minus. Zwei Stunden später waren es bereits vierundsechzig Pluszeichen. Am nächsten Morgen: einhundertvierzehn! Die dreiundvierzig Minus ließen ihn völlig kalt.

Helmut konnte es kaum fassen. Er jubelte innerlich. Und doch, den Wunsch, diesen Erfolg mit seiner Frau zu teilen, hatte er nicht. Sie tickte anders. Zu weich, zu blauäugig. Er schüttelte den Kopf beim Gedanken an ihre Naivität. Sollte sie doch weiter in ihrer Traumwelt leben. *Er* hatte seine Stimme gefunden. Und seine Stimme war laut, ehrlich und unangenehm. Und hier, in diesem Forum, wurde sie gehört.

Das war im Sommer 2016 gewesen. Nun, zwei Jahre später, hatte sich trotz Helmuts Abneigung gegenüber Veränderungen viel verändert. Er war grauer geworden, seine Haut und seine Haare, hatte stolze fünfzehn Kilogramm zugelegt, verbrachte die meiste Zeit vor dem Laptop, der nun im ehemaligen Bügelzimmer stand, aß davor, trank davor, manchmal masturbierte er davor, war zwar noch verheiratet, lebte aber inzwischen von seiner Frau getrennt, ging nicht mehr zum Stammtisch, hatte jedoch neue Freunde gefunden, nämlich eine treue Fangemeinde in vier verschiedenen Foren und zwei Tageszeitungen, die nur darauf warteten, dass er seine Sicht zur aktuellen Lage teilte. Na ja, Fangemeinde war vielleicht etwas zu hoch gegriffen. Da war *Snowman25*, mit dem er beinahe immer gleicher Meinung war, und der alles von ihm entweder likte oder kommentierte, *FranzisfiveR* und *Rittervon-Trank,* zwei User, die sich ebenfalls nicht davor scheuten, die Wahrheit zu schreiben und die Helmut immer wieder in seinen Aussagen unterstützten, und dann auch noch *SixtyNine, Retreave und Reinhard_Kritisch*, die zwar nicht so oft wie er und die anderen posteten, aber doch nicht selten auf Helmuts Kommentare reagierten und sie shareten.

Eine Zeit lang war er auch auf Facebook gewesen. Doch das gefiel Helmut, oder *MutigER*, wie er sich in der digitalen Welt nannte, nicht, da dort jeder seinen echten Namen kannte. Die Anonymität war weitaus verlockender. Seine Postings waren wichtig, nicht die Person dahinter. *Postings* war eines der Worte, die er in den letzten zwei Jahren gelernt hatte. Sein gesamter Wortschatz hatte sich verändert. Benutzer hieß *User,* wenn man etwas gut fand, hieß das *liken,* einen Kommentar schrieb man nicht einfach, sondern man *sharete* seine Gedanken und *postete* sie dann. Und auch die Art, in der er schrieb, hatte sich verändert. Inzwischen war er ehrlicher, gerader, schnörkelloser, ohne etwas zu verschönern. Hatte er anfangs noch vorsichtig und bedacht geschrieben, postete er nun aus dem Bauch raus. Schnell hatte er gemerkt, dass die Reaktionen der Leser auf diese unverblümten und ungefilterten Kommentare weitaus größer waren, als wenn er sich zurückhielt und versuchte, auf die Gefühle anderer aufzupassen und „politisch korrekt" zu sein. Und natürlich kannte er die Themen, die die anderen User interessierten. Ging es um Ausländer und potenzielle Terroristen, war die Reaktion groß, um die EU, nicht schlecht, um Politiker, unberechenbar, um Bildung und Schulen, schlecht, Unfälle, na ja, um Naturkatastrophen, Überschwemmungen, Stürme und Hagel, beinahe nicht existent. Und Helmut wollte Reaktionen.

Monika hatte schon Recht gehabt. Das Internet hatte Suchtcharakter. Direkt nach seiner Pensionierung war es die Langeweile gewesen, die ihn in diese Welt getrieben hatte. Doch dieses Gefühl ließ schnell nach und schon bald langweilte er sich auch im Internet. Und doch gab es einen kleinen, aber feinen Unterschied zwischen den beiden Formen der Langeweile. War er offline, hatte Helmut ständig das Gefühl, er würde und könnte etwas verpassen. Und so zog es ihn immer wieder vor den Laptop. Er aktualisierte die Seiten, las einen Artikel, suchte im Internet nach zusätzlichen Fakten und bemerkte einige Minuten später immer wieder, dass er sich nicht erinnerte, warum er denn ursprünglich online gegangen war oder wonach er eigentlich gesucht hatte.

Die Beziehung zu seiner Frau hatte darunter gelitten, das musste er sich eingestehen. Er war nie ein Fan von langen Unterhaltungen gewesen, und wenn er ehrlich war, empfand er sogar die irgendwie langweilige Zeit im Internet weitaus spannender als die mit seiner Frau. Ihr gefiel das nicht, sie sagte, er solle doch gefälligst seinen Arsch bewegen und nicht den ganzen Tag vor dem Kübel sitzen und Wein saufen. Aber so viel trank er gar nicht. Da übertrieb sie wieder einmal.

„Geh du zu deinen Asylanten!“, hatte er ihr zugerufen. „Die kümmern sich schon um dich, wenn du weißt, was ich meine.“ Das war Ende 2016 gewesen, als es den Anschein machte, dass das Schlimmste überstanden war. Zumindest las man, dass nicht mehr so viele über die Grenzen kamen wie noch ein, zwei Jahre zuvor. Und doch, diese ungute Ahnung, dieses fehlende Heimatgefühl war immer noch da. Die neuen Ausländer hatten alles schlimmer gemacht. Helmut wünschte sich, dass alles wieder beim Alten wäre.

Claudia hatte bei seinem „verbalen Ausrutscher“ den Kopf geschüttelt, war aus dem Zimmer gerannt und hatte die Tür hinter sich zugeschlagen. Zu Helmuts Verteidigung: Er war betrunken gewesen, als er das sagte. Am nächsten Morgen bereute er es. Ein wenig.

Und dann, im Dezember, geschah, was er schon längst vorausgesehen hatte. Ein Terrorist verübte einen Anschlag in *seiner* Heimatstadt. Einfach so! Ohne Vorwarnung! Ein Islamist fuhr mit einem Lkw bei einem Weihnachtsmarkt in die Menschenmenge. Elf Menschen starben, über hundert wurden verletzt. Helmut erfuhr davon per Telefon. Es war Abend, er saß gerade vor dem Fernseher, Monika rief ihn an und erzählte ihm davon. Ihre Stimme zitterte, sie sagte, dass Freunde von ihr dort gewesen seien, sie selbst aber nicht mitgegangen war, dass es ihr gut gehe, dass sie aber nicht wisse, was mit den anderen sei. In Helmut kochte es. Trauer um die Opfer, Wut auf den Täter, Wut auf *die* Täter, die Terroristen, die Angst und Hass in sein Land gebracht hatten. Jetzt war die Büchse geöffnet worden. Was, wenn es nun so weitergehen würde? Wie sollte man da noch ein normales Leben führen können? Am nächsten Tag versuchte er sich mit Claudia über dieses Thema zu unterhalten, doch sie verteidigte die Ausländer sogar noch. Das sei ein Einzeltäter gewesen, sagte sie. Es sei falsch, alle anderen mit diesem Extremisten in einen Topf zu werfen. Genau das würden die doch wollen. Beim Stammtisch dann war es auch nicht viel besser. Da kamen die unterschiedlichsten Meinungen, der eine wollte nur über die Opfer sprechen, der andere wollte einfach nur vergessen, Walter Fuchs kannte sogar jemanden, der auf dem Weihnachtsmarkt gewesen war und der die ganze Sache live miterlebt hatte. Er hatte Walter alles haargenau geschildert und dieser erzählte es nun in der Runde, immer und immer wieder. Helmuts Meinung interessierte irgendwie niemanden.

Und so zog er sich zurück, dahin, wo er und seine Stimme gehört und geschätzt wurden. Er saß vor dem Laptop, warf einen Blick durch das Fenster nach draußen und sah drei dunkelhäutige Männer aus dem Supermarkt kommen. Zwei von ihnen trugen Rucksäcke. Darin könnten Bomben sein, dachte er und es ging ihm kalt den Rücken runter. Er besuchte die Seite „seiner" Tageszeitung, fand den Artikel über das Weihnachtsmarktattentat, scrollte nach unten und wollte etwas schreiben. Er ärgerte sich, dass die Kommentarfunktion aus „Rücksicht auf die Opfer" geschlossen war und er keine Möglichkeit hatte, dort seine Meinung zu sagen. So trieb es ihn auf andere Seiten und in Foren, in denen er wieder einmal sah, dass er nicht der Einzige war, der so dachte.

Es könnte jederzeit wieder passieren!, schrieb er und drückte auf Senden. Doch dieses Thema war so heiß und es kamen so viele Kommentare, dass sein Posting bereits eine Viertelstunde später nur noch auf Platz dreißig war. Gerade mal zwei Leute hatten ein Plus neben seinen Satz gesetzt. Helmut war enttäuscht. Das war viel zu wenig. Er musste seinen Worten Nachdruck verleihen. Er wollte gehört werden. Er *musste* gehört werden, denn er hatte etwas zu sagen! Und so holte er sich eine neue Flasche Weißwein aus dem Kühlschrank und nahm sich vor, etwas Längeres zu schreiben, dieses Mal nicht so schwammig wie bisher, sondern mit klareren Worten, etwas, das man nicht so leicht überhören beziehungsweise überlesen konnte. Er legte seine Hand auf die Tastatur, spreizte beide Zeigefinger ab und tippte, machte sich Luft, ließ seinen Gefühlen freien Lauf. Er war fast fertig, als der Wein – er war inzwischen bei seiner dritten Flasche – auf seine Blase drückte. Er ging aufs Klo und als er zurückkam, sah er, wie Claudia vor dem Bildschirm saß und las, was er verfasst hatte. Als er ihr sagte, dass das ein Eingriff in seine Privatsphäre sei, war sie es, die sich unglaublich aufregte. Aber eigentlich nicht wegen des Privatsphärenvorwurfs, sondern wegen dem, was er geschrieben hatte. Sie bezeichnete ihn knallhart als Nazi und ekelhaften Rassisten, schrie, dass sie sich dafür schäme, mit ihm verheiratet zu sein, dass sie nicht wisse, wer er sei und wie er nur so denken könne. Er antwortete, das gehe sie gar nichts an, und sagte, dass das doch gar nicht so schlimm sei. Na ja, um ehrlich zu sein, antwortete er nicht einfach, sondern brüllte, dass sie das einen Scheißdreck angehe und dass es doch stimme, was er da schrieb. Und überhaupt, dass sie sich für ihn schäme, so weit komme es noch. Er schäme sich für sie und ihre Dummheit. Und dass sie mit den Islamisten anbandele wie eine Hure und weiß Gott was mache. Das rutschte ihm so raus. Gleich wie seine Hand. Auch die rutschte ihm aus. Nicht fest. Er war halt wütend. So etwas konnte passieren.

Bald darauf zog Claudia aus und Helmut sich zurück. So war es eh einfacher. Er saß noch mehr vor dem Computer als sonst, teilte seine Sorgen, seine Wut, seinen eigenen Hass. Die Ausländer mussten raus. Das ganze Pack wieder zurück nach Arabien und Afrika und woher sie auch immer kamen. Er schrieb und schrieb, bekam Rückmeldungen, Reaktionen, wurde gehört. Es tat ihm gut.

Was ihm aber wirklich weh tat, war, dass Claudia nach dem Privatsphärenvorfall auch Monika gegen ihn aufhetzte. Bereits am Tag nach Claudias Eingriff kam der Anruf:

„Du schreibst, dass alle scheiß Ausländer Terroristen sind? Dass das Land ausgemistet gehört?“, rief sie ins Telefon. Helmut kam gar nicht dazu, eine Antwort zu geben. „Dass so etwas früher nicht passiert wäre und man sich um sie kümmern sollte. Dass du schon eine Endlösung kennen würdest! Eine Endlösung! Weißt du, wer so geredet hat, Papa? Ha? Kannst du mir das sagen?“

„Ich …“

„Mama hat mir alles erzählt! Das ist so zum Kotzen, Papa!“, hatte seine Tochter gerufen und aufgelegt. Helmut war froh, dass Claudia ihr nicht alles erzählt hatte. Zum Beispiel die Ohrfeige, die er ihr verpasst hatte, die hatte sie zum Glück ausgelassen. Das war aber auch gut so, denn das ging die Tochter ja wirklich nichts an. Er rief Monika zurück, doch sie ignorierte ihn. Drei Wochen lang meldete sie sich nicht mehr bei ihm.

Doch das war schon wieder ewig lang her. Längst vergessen. Inzwischen sprachen sie wieder miteinander. Monika und Helmut zumindest. Das Thema Ausländer mieden sie zwar, doch ansonsten passte alles wieder. Zwischen Claudia und ihm war jedoch immer noch Funkstille. Es gehe ihr gut, sagte seine Tochter hie und da, und irgendwie ärgerte es Helmut, dass ihre Mutter so ohne Weiteres ohne ihn klarkam. Sie wohne bei einer Freundin, die sich vor einem Jahr hatte scheiden lassen. Er kannte die Freundin und den Grund der Scheidung. Ihr

Ex, Anton, hatte ihm bei einem gemeinsamen Bier alles erzählt. Er vermute, sagte er, dass sie lesbisch geworden sei. Sie habe sich auf jeden Fall gleich nach der Scheidung die Haare geschnitten, so kurz wie ein Kerl. Und gefärbt habe sie sie auch noch. Rot mit blonden Strähnen. Als sei sie zwanzig, die alte Schachtel.

Helmut fragte sich, ob vielleicht auch Claudia ihn deswegen verlassen hatte. Seine Frau eine Lesbierin? Vielleicht. Er versuchte, sie sich mit kurzen, gefärbten Haaren vorzustellen, doch es gelang ihm nicht. Bestimmt lästerten sie und ihre lesbische Freundin die ganze Zeit gemeinsam über Helmut. Ihm ging es nämlich, im Gegensatz zu Claudia, nicht so gut. Die Wohnung war dreckig, er aß ungesund, hatte zugenommen, trank zu viel, die Spüle war immer voll mit dreckigem Geschirr und es miefte in den Zimmern. Obwohl er jeden Tag stundenlang lüftete, verschwand der seltsame Geruch nie ganz. Er saß viel vor dem Computer, trank Wein und schrieb. Schrieb in die unendlichen Weiten des Internets. Über Gott und die Welt. In Tageszeitungen, in verschiedenen Foren, unter Blogeinträgen. Vor nicht allzu langer Zeit hatte er sich intensiv mit dem Blog einer deutsch-arabischen Journalistin auseinandergesetzt, über die er einen langen Bericht im Fernsehen gesehen hatte. Eine lächerliche Gutmenschentussi, die sich als Flüchtling ausgab, durch die Türkei und Afrika reiste und ihre schlimmen und traumatisierenden Erlebnisse beschrieb. Eine unglaublich penetrante, dumme Kuh, die auf Teufel komm raus berühmt werden und allen weiß machen wollte, wie schlimm sie und die Flüchtlinge es doch hatten. Doch Helmut hatte kein Mitleid. Wäre sie halt zu Hause geblieben. Wären alle zu Hause geblieben, dann hätten sie es jetzt nicht so schlimm. Problem gelöst.

Er googelte die Journalistin noch am selben Abend, fand ihren Blog, in dem sie Fotos von den Flüchtlingen, von sich, ihrer Reise und ihrem Abenteuer gepostet hatte – sie sah genau so aus wie die anderen Ausländer, vielleicht ein bisschen herausgeputzter, aber sonst genau gleich –, suchte das Forum und hinterließ seine ehrliche Meinung auf ihrer Wall.

Eine Zeit lang schrieb er ihr mindestens einmal am Tag und teilte ihr und ihren Anhängern ganz offen mit, was er von ihr und diesem Blog hielt. Dass sie verrecken solle, so wie die anderen Flüchtlinge auch. Am besten ersaufen im Mittelmeer. Das habe sie verdient. Manchmal hatte sie sogar auf seine Postings reagiert, was richtig spannend gewesen war. Ein verbaler Wettkampf, den seiner Meinung nach stets er gewann. Sie kam ihm mit Argumenten und Fremdwörtern. Das interessierte doch niemanden. Fake News, schrieb er zurück. Lügenpresse und Ausländerin und dergleichen. Er konnte richtig spüren, wie ihr seine Kommentare unter die Haut gingen. Recht geschah ihr. Irgendwann wurde ihm aber auch dieser Blog, wie beinahe alles, langweilig und er wendete sich wieder anderen Sites zu.

Er fand einen Bericht über ein Seenotrettungsschiff, dem Malta das Anlegen verweigerte. Gut so, dachte sich Helmut. Er teilte nämlich ausnahmsweise die Meinung vieler Politiker, die sagten, dass diese Rettungsschiffe nur eine andere Form von Schleppern seien. Das waren alles Kriminelle! Helmut konnte nicht nachvollziehen, wieso man diesen illegalen Flüchtlingen auch noch helfen musste. Die hatten es doch viel zu leicht. Die meisten setzten sich in ein Boot, fuhren ein bisschen aufs Mittelmeer und wurden dann von den Gutmenschen aufgesammelt und nach Italien gebracht. Und von dort kamen sie dann alle nach Deutschland, ins geheiligte Land. Dieser Kapitän gehörte weggesperrt. Auch ihn googelte er, postete ein bisschen was auf seiner Facebookseite und fand dann auf einer Homepage sogar seine private E-Mail-Adresse. Helmut schrieb ihm ein langes, perfekt formuliertes Mail, in dem er ihm mitteilte, dass er es in Zukunft gefälligst unterlassen solle, diese Leute nach Europa zu bringen. Was der Kapitän tat, gefiel ihm nicht, und er wusste, dass er nicht der Einzige war, der so dachte. Wer weiß, schrieb Helmut, was ihm und seiner Familie passieren könne, wenn so viele Menschen eine Wut auf ihn hätten. Da könne man für nichts garantieren.

Er bekam keine Rückmeldung und so wurde ihm auch dieser Kapitän irgendwann zu langweilig.

Er postete, wo es eben gerade passte. Er schrieb und kommentierte, wenn ihm langweilig war, wenn er seinen Gedanken Luft machen wollte, wenn er sich über etwas ärgerte – was sehr oft vorkam. Er schrieb und er wurde gehört. Das war wichtig. Und ganz besonders scharf wurde er, wenn es wieder einmal um diese Flüchtlinge ging. Obwohl sich da inzwischen schon einiges verändert hatte. Auch in seiner Nachbarschaft hatte sich etwas getan:

Mittlerweile hatte man das Asylantenheim im Tempelhofer Feld umgebaut. Es war nicht mehr ganz so überfüllt und man hatte Container aufgestellt. Doch gab es nach wie vor noch viel zu viele Fremde in Deutschland. Er fragte sich, warum man sie nicht endlich wieder dahin zurückschickte, woher sie kamen. Der Krieg war doch schon längst vorbei. Man hörte und las nichts mehr darüber. Wenigstens erinnerte es nicht mehr an eine Welle, die über Berlin zusammenbrach und alles ihm Bekannte wegspülte. Europa und zum Glück auch Deutschland hatten die Grenzen dichtgemacht. Und das war auch gut so. Zuerst Ungarn, dann Kroatien, dann die ganzen Balkanländer. Auch Österreich war drauf und dran, einen Zaun aufzustellen. Endlich. Das würde es den Fremden wieder etwas schwerer machen. Und bei der Brennergrenze zu Italien, dort wo er mit Claudia und Monika immer drübergefahren war, als sie noch Urlaub gemacht hatten, war das Heer sogar schon mit Panzern aufgefahren. So gehörte sich das. Diese Fremden sollten gefälligst dort bleiben, wo sie herkamen. Und eine Grenze war ganz einfach ein klares Signal. Helmut war zwar kein Fan der Türken, aber er fand es gut, dass die sich nun endlich um das Problem mit diesen Flüchtlingen kümmerten. Die Zustände seien zwar nicht ideal, hieß es in den Zeitungen, aber das würde sich dann irgendwann schon verbessern. Nach Deutschland kamen auf jeden Fall nicht mehr viele. Und seine Partei, die Alternative, die Rechten, wie sie gerne genannt wurden, wurden auch immer stärker. Sie waren die Einzigen, die die Lage verstanden, und die aussprachen, was alle dachten. Und jetzt zeigte sich langsam, dass Deutschland hinter ihnen stand.

Bei der letzten Wahl konnte sich ihr Ergebnis sehen lassen. Seine Partei war auf Platz drei gelandet. Helmut wunderte sich zwar, wieso sie nicht noch viel mehr Stimmen bekamen, doch die Ergebnisse in Brandenburg, Thüringen und ganz besonders in Sachsen, wo die AfD beinahe dreißig Prozent bekam, machten ihm Mut. Da hatten die Menschen wirklich verstanden, dass sich was ändern musste, und bestimmt würde diese Einsicht bald in ganz Deutschland herrschen.

Und Alexander Gauland, derjenige, der ihm so oft aus der Seele sprach, kam morgen sogar nach Berlin, um dort eine Rede zu halten. „Berlin – Ground Zero der Flüchtlingskrise." So stand es in der Zeitung. Helmut würde hingehen und ihn live erleben. Hören, was er zu sagen hatte, denn so vieles, für was diese Partei stand und was Gauland sagte, war haargenau auch seine Meinung. Vor einiger Zeit hatte man ihn zu Unrecht öffentlich angeklagt, weil er gesagt hatte, Hitler sei „nur ein Vogelschiss" in der 1000 Jahre alten, ruhmreichen deutschen Geschichte gewesen. Das stimmte aber doch. Im Vergleich zu dem, was Deutschland alles erreicht hatte, war das wirklich nichts. Man sollte endlich auch wieder mal stolz auf sein Heimatland sein dürfen, ohne gleich ein schlechtes Gewissen haben zu müssen. Auf jeden Fall würde er am nächsten Abend Gauland ganz genau zuhören. Helmut war schon richtig aufgeregt.

Doch heute hatte er noch einiges zu erledigen. Er musste abwaschen, die Wohnung putzen, staubsaugen und einen Kuchen einkaufen gehen, denn am Nachmittag würde Monika ihn wieder einmal besuchen. Er wollte einen guten Eindruck machen, damit sie ihrer Mutter erzählen konnte, wie gut und problemlos er ohne sie zurechtkam. Und vielleicht würde Claudia dann einsehen, dass eine Trennung auch keine Lösung war. Vielleicht würde sie zurückkommen zu ihm, und wieder neben ihm im Bett schlafen und für ihn kochen und mit ihm am Abend gemeinsam fernsehen. Er wäre auch dazu bereit, ein wenig mehr Zeit mit ihr zu verbringen. Spazieren zu gehen. Oder vielleicht sogar mal auf einen Berg. Das hatte sie doch gesagt, dass sie das gerne tat? Er war sich nicht sicher. Vermutlich schon.

Und außerdem wollte Helmut auch eine saubere Wohnung haben, da Monika ihren neuen Freund mitbrachte. Sie war anscheinend schon mehrere Monate mit ihm zusammen, doch Helmut hatte ihn noch nicht kennengelernt. Er wusste nicht viel über den jungen Mann. Dass er Levin hieß und aus Bayern kam, das wusste er. Anscheinend sogar aus München, wo die ganzen Schnösel herkamen. Kennengelernt hatten sie sich auf einer Veranstaltung in einem Flüchtlingsheim. War ja klar. Ein Münchner Gutmensch, hatte Helmut sich gedacht, es jedoch nicht ausgesprochen. Er wollte es sich nicht mit seiner einzigen Tochter verscherzen. Sie war ihm wichtig. Er genoss es, wenn sie auf Kaffee und Kuchen vorbeikam. Ihre Besuche holten ihn aus seiner Langeweile heraus. Und zusätzlich tat es ihm gut, wieder einmal echte Gespräche zu führen. Die Online-Gespräche waren auch nicht schlecht, doch die Befriedigung, die er anfangs erhalten hatte, war nicht mehr vorhanden. Immer wieder suchte er nach dieser Aufregung, diesem Gefühl von

Verstanden- und Gehörtwerden, dem Gefühl von Macht und Aufregung. Manchmal fand er es, kurz, für einen Augenblick. In dem Moment, in dem er etwas geschrieben hatte, etwas Herausforderndes, etwas wirklich Kritisches, etwas, das er im echten Leben nie laut aussprechen hätte dürfen, das im echten Leben vielleicht sogar illegal gewesen wäre. Wenn er die Maus auf das Senden-Symbol führte und die Nachricht abschickte. Sichtbar für die ganze Welt.

Doch jetzt hatte er anderes im Sinn. Er refreshte ein letztes Mal die Site – ein Forum, in dem man sich über den hoffentlich baldigen Rücktritt von Angela Merkel austauschte. Auch Helmut hatte seine Sicht der Dinge, seine Meinung zur Volksverhetzerin, die mit ihrem „Wir schaffen das" die ganzen Flüchtlinge eingeladen hatte. Er klappte den Laptop zu und machte sich daran, die Wohnung auf Vordermann zu bringen. Er zerrte den Staubsauger hervor, schaltete das laute Monstrum ein und zog es schwitzend und schnaufend durch die Wohnung. Er räumte das Geschirr aus der Spüle, fühlte sich jedoch nicht danach, es abzuwaschen, und trug es, anstatt es in den Schrank zu räumen, ins Schlafzimmer. Aus den Augen, aus dem Sinn. Das war nicht das erste Mal, dass er diese Abkürzung wählte. Dort standen auch ein paar Müllsäcke, die er zwischengelagert hatte und die er irgendwann mal vors Haus bringen sollte. Inzwischen waren es aber so viele geworden, dass sich die Nachbarn sicher wundern würden, wenn er plötzlich vier, fünf Müllsäcke auf die Straße stellte. Und so blieben sie eben dort, wo sie waren. Keine große Sache.

Er ging durch die Wohnung, sammelte die dreckigen Gläser, die leeren Weinflaschen, den Müll und die Verpackungen ein, die überall herumlagen, brachte diese ebenfalls ins Schlafzimmer und öffnete sämtliche Fenster der Wohnung. Dann ging er einkaufen. Zu Fuß, denn er hatte bereits ein, zwei Gläschen Wein getrunken und es wäre vermutlich keine gute Idee, sich jetzt hinters Steuer zu setzen. Er kaufte Nudeln, Tomatensauce, Tiefkühlpizza, Joghurt, Brot, etwas Käse und Salami. Dann noch zwei Flaschen Wein und einen Sechserträger Bier, damit er Monikas Freund auch etwas zu trinken anbieten konnte. Am Rückweg ging er bei der Bäckerei vorbei und holte drei Stück Apfelkuchen. Als er zurückkam, war er richtig stolz auf seine aufgeräumte Wohnung. Allein der miefige Geruch, der trotz des Lüftens nicht verschwunden war, ärgerte ihn ein wenig. Er ging ins Bügelzimmer und setzte sich vor den Laptop. *Reinhard_Kritisch* und ein ihm unbekannter User mit dem Namen *1234Willie* hatten auf sein Posting geantwortet:

Reinhard_Kritisch: Ganz genau, MutigEr! Meine Worte! Die Alte gehört abserviert. Sie hatte ihre Chance und hat sie versaut. Zeit für Veränderung! Zeit für einen Neubeginn!

1234Willie: Und mit „Neubeginn" meinst du, dass es Zeit für eine ausländerfeindliche, rassistische Partei ist? Das hatten wir doch schon einmal… vor 80 Jahren. NIE WIEDER!

Helmut ließ seine Finger knacken und schrieb:

@1234Willie – Du warst sicher einer von denen, die beim Bahnhof gestanden sind und „Flüchtlinge, welcome" gerufen haben. Saudumme Gutmenschen. Jetzt schau dir an,

wo wir stehen. Es gehört ausgemistet. Weg mit dem Dreck! Ein für alle Mal. Und bald wird euch das Lachen vergehen. Übrigens sind wir nicht ausländerfeindlich, sondern inländerfreundlich!

Helmut grinste und drückte im gleichen Moment, als die Türklingel ertönte, auf Senden. Schnell klappte er den Laptop zu, bevor Monika sein Posting sehen hätte können.

Er öffnete die Tür, umarmte seine Tochter und gab ihrem Freund die Hand. Er tat sehr freundlich, mit seinen großen Augen und dem aufgesetzten Grinsen. Helmut war sich bewusst, dass er sich bei ihm ein wenig einschleimen wollte. Aber das war schon in Ordnung. Sie setzten sich an den Tisch, Helmut holte stolz den Kuchen hervor, den er gekauft hatte, und bot dem Freund ein Bier an. Dieser schüttelte den Kopf. Schade. Helmut hatte sich schon auf ein Bier gefreut, doch Monika würde wieder die Augen verdrehen, wenn er alleine eines trank. Dann eben nicht. Er fragte, was er denn sonst trinken wolle. Ein Glas Wein? Wasser, war die Antwort. Wasser!

Eine Zeit lang aßen sie schweigend Kuchen. Helmut musterte den Freund seiner Tochter. Braungebrannt, gut in Form, einen gestutzten Dreitagebart, graue Wollmütze, unter der seine Haare hervorlugten, und so ein Grübchen im Kinn, das den Frauen so gefiel. Helmut hatte so etwas nicht. Er besaß nichts von dem, was dieser Levin hatte, ganz im Gegenteil. Einen dicken Bauch und einen Ansatz für ein Doppelkinn, das hatte er. Er befühlte die lose Haut an seinem Hals, klemmte die Fettrolle zwischen Daumen und Zeigefinger und knetete sie hin und her. Bald würde ein klares, definiertes Doppelkinn daraus werden. Das einzig Definierte an seinem Körper.

Monika riss ihn aus seinen Gedanken:

„Geht's dir gut, Papa?", fragte sie.

„Mmmh", murmelte Helmut und deutete auf seinen vollen Mund. Er kaute, schluckte, langsam, nickte und wollte das Thema wechseln.

„Und wo habt ihr zwei euch denn kennengelernt?", fragte er schließlich.

„Das habe ich dir doch schon gesagt. In einem Camp", sagte Monika und Levin lächelte. „Levin hat einen Preis überreicht bekommen. Für seine Videos."

„Ein Preis für Videos, ha?", fragte Helmut.

Levin nickte, ein wenig zu lange für Helmuts Geschmack, und grinste über beide Ohren.

„Vi-de-os", sagte Levin leise.

„Levin macht Videos für Flüchtlinge und Asylwerber. Damit sie die Grundregeln kennenlernen und es einfacher beim Ankommen haben", erklärte Monika ihrem Vater.

„Ankommen, hm", murmelte Helmut. „Wo denn ankommen?"

„Es geht um die Menschen", sagte Levin, „Das geht es doch immer, nicht wahr. Die Menschen, die Menschen, die Menschen. Auf die kommt es an."

Er sprach in diesem ekelhaften Münchner Akzent. Das war etwas, das Helmut nicht gefiel. Immer wenn jemand so mit ihm redete, hatte er das Gefühl, er wäre ihm unterlegen. Der junge Chef in seiner alten Firma, der hatte in München studiert und hatte dann auch immer so gesprochen. Wenn er im Schichtmeisterbüro aufgetaucht war und „nach dem Rechten“ geschaut hatte, wie er es gerne nannte. „Ich will nur mal nach dem Rechten schauen.“ Dieser Schnösel. Dachte immer, er wäre was Besseres.

„Levin macht Videos für Menschen, die aus Kriegsgebieten geflüchtet sind. Syrien, Libyen, Afghanistan, Irak.“

„In meinen Videos will ich den Typen erklären“, fuhr Levin fort, „wie die Deutschen so ticken. Dass wir viel zu viel arbeiten, dass uns die Wochenenden heilig sind, dass man beim Autofahren nicht telefonieren darf und dass es viele Regeln gibt, die anders sind als bei ihnen zu Hause. Regeln halt. Klar, oder?“

„Morgen hat er einen Vortrag im Tempelhofer Feld. Da findet ein bundesweites Symposium statt. Das wird eine riesige Sache, Papa. Da kommen aus ganz Deutschland Politiker, Helfer, Freiwillige und auch Flüchtlinge zusammen. Man erwartet mehrere hundert Leute. Und Levin ist einer der Vortragenden“, sagte Monika stolz.

„Und die ganzen Ausländer, die kommen auch wieder hierher?“, fragte Helmut.

„Vermutlich schon.“

„Das ist ja dann wieder wie vor ein paar Jahren. Da wird’s zugehen, das will ich mir gar nicht vorstellen.“

„Ground Zero“, flüsterte Levin.

„Und was machst du bei dem Treffen?“, fragte Helmut den immer noch grinsenden Levin.

„Seine Filme vorstellen. Die Videos helfen, dass sich die Flüchtlinge besser integrieren können“, sagte Monika etwas eingeschnappt. „Das willst du doch, oder?“

„Und die Ausländer verstehen das? Ich dachte, die können kein Deutsch."

Levin und Monika lachten kurz. Helmut gefiel das gar nicht.

„Die Videos sind auf Arabisch", sagte Monika.

„Auf Arabisch? Und wer hat die Videos gemacht?", fragte Helmut.

„Ich", antwortete Levin.

„Du kannst Arabisch?", fragte Helmut.

Levin grinste.

„Yes, Sir. Allahu akbar!"

Monika stieß ihn lachend von der Seite an.

„Du bist ein Trottel", sagte sie.

„Sorry", flüsterte er in ihre Richtung. Und zu Helmut: „Ganz genau. Ich kann Arabisch."

„Woher denn das?", wollte Helmut wissen, der sich gar nicht mehr auskannte.

„Das kommt noch von früher. Meine Eltern wollten unbedingt, dass ich den Koran lesen kann."

„Koran?"

„Levin ist muslimisch aufgewachsen", sagte Monika, als sei es das Normalste auf der Welt.

„Und jetzt profitiere ich endlich davon", sagte Levin.

„Bist du ein Türke, oder was?", rutschte es Helmut heraus.

„Meine Eltern kommen aus Syrien. Ich bin in Deutschland aufgewachsen."

„Die Videos sind der Renner, Papa", sagte Monika. Offensichtlich wollte nun sie das Thema wechseln. „Levin ist ein Internetstar."

Levin grinste Helmut verlegen an.

„Vermutlich nicht mehr lange. Das Thema ist fast schon gegessen. Schade eigentlich. Hab mir 'ne goldene Nase damit verdient." Er lachte kurz auf. „Goldene Nase."

„Videos für Flüchtlinge", fasste Helmut zusammen. „Auf Arabisch." In seinem Kopf rasten die Gedanken: ein Muslim also. Deswegen hat er kein Bier angenommen. Die Islamis trinken ja keinen Alkohol. Er dachte an den Herrgottswinkel direkt hinter diesem komischen Levin. Helmut war katholisch aufgewachsen, ging zwar nicht in die Kirche, war aber – ganz besonders in diesem Moment – stolz auf seinen Glauben. Das Kruzifix mit dem leidenden Jesus in der Ecke, das an unsere Sünden erinnert, das gefällt ihm sicher auch nicht, dachte er. Doch das lasse ich mir bestimmt nicht nehmen. Das ist meine Religion. Er kann mir nicht vorschreiben, was ich zu tun und zu glauben habe. Und was ist mit Monika? Dürfen diese Männer überhaupt mit Deutschen zusammen sein? Vermutlich nur, um Spaß zu haben. Heiraten tun sie ja nur andere Muslims. Aber dass Monika ein Kopftuch trägt, kommt gar nicht infrage. So weit kommt es noch. Das hätte er bestimmt gerne.

„Internetstar", wiederholte Helmut. „Woher haben die Asylanten denn Internet? Ich dachte mir, die sind so arm, dass sie sich keinen Computer leisten können?"

„Die gesamte Kommunikation, hier in Europa und auch nach Hause, läuft übers Handy", sagte Monika. „Und die Camps haben immer einen Internet-Hotspot."

„Gratis, oder was?", fragte Helmut.

Monika ächzte. Levin kicherte.

„Ja, gratis", sagte sie genervt.

„Mein Internet kostet vierzig Euro im Monat", sagte er Richtung Levin. „So teuer ist das. Und ich muss es mit meiner Rente zahlen." Monika und Levin schwiegen. „Wisst ihr, wie hoch meine Rente ist?"

„Papa!", unterbrach ihn Monika.

Still aßen sie weiter Kuchen.

„Ich hab' einen neuen Job, Papa", sagte Monika, nur um das unangenehme Schweigen zu unterbrechen.

„Etwa auch Filme machen, oder was?", antwortete Helmut, ohne über seine Worte nachzudenken.

Levin grinste.

„Vi-de-os", flüsterte er wieder.

„Nein. Ich mache eine Ausbildung zur Basisbildungstrainerin."

„Was ist das denn?", fragte Helmut.

Wieder kicherte dieser verdammte Levin.

„Lesen, Schreiben, Rechnen. Für Erwachsene. Und Alphabetisierung für Flüchtlinge. Du weißt schon, ihnen unsere Buchstaben beibringen, damit sie Deutsch lernen können."

„Und dafür gibst du deine Stelle an der Schule auf, oder was?"

„Ich pausiere. Das geht."

„Und das kannst du dir leisten?", fragte Helmut.

„Momentan gibt es verdammt viele Mittel vom Land, vom Bund und von der EU. Richtige Goldscheißer", sagte Levin. Er grinste und fuhr mit dem Daumen über Zeige- und Mittelfinger. „Money, Money, Money", sagte er.

Monika lächelte und stupste ihn von der Seite an.

„Fünfundvierzig Euro pro Stunde", sagte sie. „Das ist doch gut, oder? Mama sagt, das ist viel, und ich finde es auch."

Helmut nickte, lächelte verzwickt und schluckte seinen Neid runter, der wie ein Kloß in seinem Hals steckte. Fünfundvierzig Euro pro Stunde. Das war mehr als doppelt so viel, wie er an seinem letzten Arbeitstag verdient hatte. Und er hatte über vierzig Jahre lang gearbeitet. Vierzig Jahre hart geschuftet und seine Tochter bekam in ihrem Alter mehr als er. Mit seinem Steuergeld bezahlt.

„Die geben dir fünfundvierzig Euro? Damit du denen Lesen beibringen kannst?"

„Ich muss es aber versteuern. Weil ich dann ja selbstständig bin. Schlussendlich ist es dann gar nicht so viel."

Helmut spürte, wie Levin unruhiger wurde, und irgendwann stand Monika auf und sagte: „Tja, wir gehen dann mal wieder."

Helmut schnaubte, nickte und zwang sich noch einmal zu einem Lächeln. Erst als die Tür hinter den beiden zu und er wieder alleine in seiner Wohnung war, ließ er seiner Wut, seinem Frust, seinem Hass freien Lauf. Dieser verdammte, arrogante Levin mit seinen Islamfreunden und seinen scheiß Videos für Flüchtlinge. Und Monika, die mit dem Typen zusammen war, für Ausländer arbeiten und fünfundvierzig Euro die Stunde dafür bekommen würde. Lesen und Schreiben beibringen. Die Kameltreiber aus Arabien konnten nicht einmal das und jetzt waren sie in seinem Land und ließen es sich gut gehen.

Er öffnete eine Flasche Wein, schenkte sich ein, setzte sich vor den Laptop und ging auf die YouTube-Seite. Er suchte nach „Levin Flüchtlinge", fand sofort einige

Videos und teilte seine Meinung über den Schnösel in der Kommentarzeile. *Verdammte linke Zecke!*, schrieb er und trank sein Glas in einem Zug leer. *Die Ausländer wollen sich doch eh nicht integrieren. Raus mit dem Pack. Und raus mit dir! Wer braucht denn schon deine scheiß Videos!*

Er schenkte sich ein weiteres Glas ein. Dann besuchte er sein Lieblingsforum. Altbekannte Namen und auch viele neue tummelten sich hier, Seelenverwandte. Helmut trank und tippte, tippte und trank, öffnete die zweite, dann die dritte Flasche Wein, schrieb sich den Frust von der Seele. Er dachte an diese Veranstaltung, zu der Monika und dieser Levin am nächsten Tag gehen würden. Da würde es sicher von Gutmenschen und Asylanten wimmeln. So viele auf einem Haufen. Er trank und schrieb weiter, kam, das musste er zugeben, ein wenig vom Kurs ab, überlegte, ob er seine Aussage, dass man bei diesem Levin-Gutmensch-Treffen im ehemaligen Flughafen Tempelhof endlich eine Chance hätte, das ganze Pack auf einmal auszulöschen, eine kleine Bombe oder ein nettes Feuerchen würden ja schon genügen, doch nicht posten sollte, beobachtete sich selbst, wie er auf Senden klickte, und ertappte sich dabei, dass er grinste. Das habe ja nicht ich geschrieben, dachte er sich und freute sich wieder einmal, dass er sein Pseudonym *MutigER* erfunden hatte. Eine Minute später antwortete *Reinhard_Kritisch* bereits auf sein Posting und drei ihm unbekannte User hatten ein Plus daneben gesetzt.

Er ging an diesem Abend früh schlafen und wachte am nächsten Tag mit schwerem Kopf auf. Er schlurfte ins Bad und betrachtete sich im dreckigen, beinahe blinden Spiegel – er sollte vielleicht wieder mal das Bad putzen. Ein fetter Mann mit geröteten Augen, dunklen Augenhöhlen, hohem Haaransatz, Falten auf der Stirn und einem grauen, ungepflegten Dreitagebart blickte ihm entgegen. Wann war er so alt geworden? Kein Wunder, dass ihn Claudia verlassen hatte. Er streckte sich und zuckte zusammen, als es in seinem Brustkorb dermaßen laut knackte, dass er dachte, irgendetwas in seinem Körper sei gerade gebrochen. Er hielt den Atem an, atmete schließlich wieder aus und war froh, dass der erwartete Schmerz ausblieb.

Er blickte auf die Uhr. Nicht einmal mehr sieben Stunden, dann würde er seinem Idol gegenüberstehen. Er würde ihn um ein Autogramm bitten. Er würde ihm die Hand schütteln und ihm sagen, dass er ihn auch weiterhin unterstütze, komme, was wolle, dass er ruhig aber wieder ein bisschen schärfer sein dürfe, dass es den Menschen wichtig sei, dass zumindest *ein* Politiker ganz offen die Wahrheit sagte. Genau, er würde ihm die Hand schütteln und ihm Glück wünschen. Er freute sich auf den Abend mit Gleichgesinnten. Er ließ das Frühstück aus und schob eine Tiefkühlpizza ins Rohr, die er dann vor dem Fernseher aß. Er trank ein Glas Wein dazu, setzte sich später vor den Computer, trank ein weiteres Glas Wein und schrieb ein paar Kommentare unter den Artikeln in verschiedenen Tageszeitungen. Irgendwann war die Flasche leer und er entkorkte zur Feier des Tages eine weitere. Später musste er sich ein bisschen auf die Couch legen. Sein Kopf war immer noch schwer, sein Magen rumorte ein wenig. Er hatte es am Abend davor wirklich übertrieben. Und dazu noch die Pizza. Die tat ihm auch nicht gut. Schließlich, es war halb sieben, stieg er unter die Dusche, rasierte sich und zog sich an. Die Aufregung stieg. Er würde Gauland treffen und ihm die Hand schütteln. Er wollte gerade das Haus verlassen, als es laut an seiner Tür klopfte.

Er öffnete und blickte in die Gesichter von drei Polizisten, zwei Männern und einer Frau, die Männer hatten demonstrativ die Hände auf ihre Holster gelegt. „Helmut Schneider?", fragte die Polizistin scharf. Er bejahte und noch im selben Augenblick griff man nach seinen Schultern, drückte ihn gegen die Wand und legte ihm Handschellen an.

Er schrie, wehrte sich und sah, wie ein Polizist an ihm vorbei in die Wohnung ging.

„Hier stinkt es unglaublich", rief dieser bald.

Die Polizistin sagte irgendetwas, doch Helmut hörte ihr nicht zu. Helmut schämte sich für seine Wohnung und hoffte, dass der Polizist nicht in sein Schlafzimmer schauen würde. Dort standen nach wie vor das dreckige Geschirr, die Töpfe und Pfannen, und der ganze Müll, den er schon längst hätte entsorgen sollen.

„Hast du's?", rief die Polizistin ihrem Kollegen zu.

„Gefunden", antwortete dieser, kam mit Helmuts Laptop unterm Arm zurück und nickte der Polizistin zu.

„Haben Sie mich verstanden?", fragte die Polizistin.

„Ja, ja", antwortete Helmut.

Er torkelte, der Polizist griff nach seinem Arm. Die zwei, drei Gläser vom Nachmittag spürte er jetzt.

Die Polizistin legte ihre Hand auf seine rechte Schulter und führte ihn über die Treppe nach draußen. Einige

Nachbarn hatten die Türen einen Spalt weit geöffnet und gafften ihn an.

„Schaut nicht so blöd!“, rief Helmut.

Draußen standen zwei Polizeiautos.

„Auf geht’s, Mutiger“, sagte die Polizistin und öffnete die hintere Tür des Wagens.

„Was soll das? Worum geht es?“, brüllte Helmut.

„Das habe ich Ihnen bereits erklärt. Haben Sie mir nicht zugehört? Um NS-Postings, Wiederbetätigung, Nazi-Gedankengut“, antwortete die Polizistin.

„Und natürlich um Anstiftung zum Mord. Wie haben Sie es so schön genannt, ein kleines Feuer?“, fügte der andere Polizist wütend hinzu. „Der Verfassungsschutz hat Sie schon seit einiger Zeit unter Beobachtung, Herr Schneider.“

Wiederbetätigung? Ein kleines Feuerchen? Mord? Er dachte an sein betrunkenes Posting von gestern, versuchte sich an den genauen Wortlaut zu erinnern. „Diesen scheiß Negern und Islamisten sollte man allen den Garaus machen.“ – So irgendwas. Und vermutlich hatte er auch ein Feuer erwähnt, das konnte schon sein. Und vielleicht hatte er im Eifer des Gefechts auch ein paar Sätze über Juden und Vergasen hinzugefügt. Das hätte es nicht mehr gebraucht.

Man brachte ihn zu dem Polizeiauto. Er würde einen Anwalt brauchen, ging es Helmut durch den Kopf. Einen guten. Vielleicht würde Monika ihm einen besorgen können. Die hatte studiert und kannte sich mit solchen Dingen bestimmt aus. Monika würde ihm helfen. Bestimmt.

Deutschland und Österreich Januar 2015 – September 2018

Levin Malki

September 2018 – Österreich, Wien

Scheiß verdammte Grenzkontrollen, er hasste sie. Speziell seitdem er ständig am Reisen war. Sie machten ihn nervös. Scheiß de Maizière, scheiß Tillich, scheiß Seehofer, scheiß CDU, scheiß offene Europapolitik. Wo war denn da der Einheitsgedanke, Schengen und ein grenzenloses Europa? Freude schöner Götterfunken und der ganze Bullshit! Beim Gedanken, dass er bereits am nächsten Tag erneut über die Grenze musste, begannen seine Hände wieder leicht zu zittern. Eine Frechheit war das, wenn er als Deutscher sich davor fürchten musste, wieder nach Hause zu kommen. Beim Weg zurück würden die Grenzbeamten ihn dann wieder mit zusammengekniffenen Augen mustern. Die Chance war da, dass sie mit der Kelle winkten und ihn, seine Personalien und sein Auto kontrollierten. Es wäre nicht das erste Mal. Und er würde dann aus Angst, dass genau das passieren könnte, wieder einige Kilometer vor der Grenze das gute Zeug aus dem Fenster schmeißen. Bestimmt lagen dort hunderte Säckchen Dope, Koks und Ecstasy. Was für eine Verschwendung. Racial Profiling war das, was die Bullen mit ihm machten. Und das, obwohl er nicht einmal wirklich wie ein Ausländer, geschweige denn wie ein potenzieller Flüchtling aussah. Noch vor zwei, drei Jahren war für alle klar gewesen, dass er Deutscher war, vielleicht mit Hang zum schnell Braunwerden oder eventuell sogar noch mit einem südländischen Elternteil, Italien, Spanien, vielleicht auch Portugal. Eines der coolen Länder eben. Nun war das anders. Man fragte ihn oft, ob er Syrer sei oder Iraker. Ein Flüchtling, Asylant. Er griff nach dem kleinen Plastiksäckchen auf dem niedrigen Wohnzimmertischchen, das er seit beinahe einer Stunde anstarrte, öffnete es vorsichtig und schüttete ein wenig des weißen Pulvers auf einen Handspiegel, den er sich vor einem halben Jahr in einem Drogeriemarkt extra für diesen Zweck gekauft hatte. Er zog die Maestro-Karte aus seiner Geldbörse, schob das Häufchen langsam und sorgfältig zu zwei schmalen, perfekten Lines zusammen, griff nach dem Plastikröhrchen – ein gestutzter Strohhalm –, warf einen Blick auf die Uhr und lehnte sich wieder zurück. Drei Minuten noch. Sonja, die neben ihm saß und jede seiner Bewegungen beobachtete, stieß ihn von der Seite an.

„Jetzt?", fragte sie leise.

„Drei Minuten noch", antwortete er.

Sie ächzte, lehnte sich zurück und schloss die Augen.

„Du spinnst", murmelte sie.

Großartig zu argumentieren war sinnlos, das wusste sie. Er war hart mit sich selbst. Genauigkeit, Pünktlichkeit, Gewissenhaftigkeit. Klare deutsche Charakterzüge. Er besaß und lebte all diese Eigenheiten. So kam man im Leben voran, so erkämpfte man sich seinen Platz in der Gesellschaft, nur so verlor man seine Ziele nicht aus den Augen. Er stand auf, ging durch den Raum und setzte sich vor den Laptop. Ein MacBook Pro. Schönes Ding. Definitiv nicht so nice wie sein Computer in seiner kleinen Wohnung in München. Dort stand seit gar nicht allzu langer Zeit der iMac mit dem riesigen 27-Zoll-Bildschirm. Er hatte den iMac mit dem Geld gekauft, das er durch das Stipendium des Bundesministeriums erhalten hatte. Achttausend steuerfreie Euro vom Staat. Zweitausendfünfhundert gingen für den iMac drauf, viertausend für einen beschissenen Gebrauchtwagen – einen alten Volvo. Die restlichen eineinhalbtausend Euro drückte er seinem Dealer in die Hand, der ihm ein wunderbares Überraschungspaket zusammenstellte. Wie Weihnachten, nur noch besser. Erwachsener. Endlich eine Weile ausgesorgt. Er starrte auf den Bildschirm. Davor hatte er einen Dell mit zwei Bildschirmen gehabt. Gut, aber im Vergleich zum iMac ein langsamer, veralteter Kasten. Er drückte auf die Leertaste und kontrollierte seine letzten Schritte. Die Übergänge passten, die Tonspur war in Ordnung. Die Untertitel fehlten noch. Dann noch ein paar Bilder von fahrenden Autos, Ampeln, wartenden Fußgängern und fertig. Sieben, vielleicht noch acht Stunden Arbeit. Easy. Schade, dass der Hype um seine Videos bald vorbei sein würde. Es war nur eine Frage der Zeit.

Er wandte sich vom Laptop ab, setzte sich wieder neben Sonja auf die Couch, blickte auf die Uhr, beobachtete, wie der Sekundenzeiger eine letzte Runde auf dem Zifferblatt machte, griff schließlich, als es so weit war, nach dem kleinen Spiegel und zog das Kokain durch das Röhrchen in die Nase. Herrlich. Seine Gedanken so klar wie nie zuvor. Koks, die perfekte Droge.

„Kokain ist Gottes Art, dir mitzuteilen, dass du zu reich bist", sagte Sonja kichernd.

„Reich und berühmt", antwortete Levin und gab das Röhrchen an Sonja weiter. Sie machte es ihm gleich, lehnte sich zurück und schloss die Augen. Mit einem geübten Griff fuhr er zwischen Couch und Sonjas Rücken und öffnete einhändig ihren BH. Sie grinste nur.

Januar 2015 – München

„Bist'n Türke, oder?"

Levin schaute den Schnösel an, der sich neben ihn auf die niedrige Mauer gesetzt hatte. Er musste sich konzentrieren. Das Dope, das er gerade eben geraucht hatte, lag wie eine schwere Decke auf seinem Hirn. Schnell zu denken war da nicht angesagt.

„Ne", sagte er. „Bin kein Türke."

„Nicht?"

„Nein."

„Schaust aber ein bisschen so aus", sagte der Fremde. „No offense!"

„Nope", sagte Levin. „Kein Türke. Werde nur schnell braun."

„Hätte mich ja eigentlich auch gewundert", sagte der Fremde.

Levins Freund Mike, der neben ihm saß, und in dessen Joint nur Gras und kein Tabak gewesen war, grinste vor sich hin und starrte geradeaus in Richtung der langsam vorbeiziehenden Menschenmenge. Er las die Schilder der Demonstranten, murmelte „Überfremdung ist Völkermord“, „Ich suche meine Heimat“, und flüsterte immer wieder: „Pe-Gi-Da. Ba-Gi-Da.“

Plötzlich drehte Mike seinen Kopf und zuckte sichtlich zusammen, als er bemerkte, dass sich jemand zwischen ihn und seinen Freund gesetzt hatte. Der Fremde schaute ihn an.

„BAGIDA klingt wie Buggy“, sagte Mike viel zu laut. „PEGIDA! BAGIDA! PEGIDA! BAGIDA!“

Der Fremde schüttelte den Kopf und drehte sich von ihm weg.

„Ist er bekifft?“, fragte er.

„Bist du Bulle?“, war Levins Antwort.

„Scheiße, nein. Die stehen alle da drüben bei den Linken.“ Der junge Mann zeigte in Richtung der Gegendemonstranten, die mit Trillerpfeifen, Trommeln und Sprechchören bewaffnet hinter einer Reihe aus Polizisten und Einsatzwagen standen.

„Scheiß linke Gutmenschen“, sagte Levin und musste sich ein Grinsen verkneifen.

„So schlimm sind die gar nicht“, sagte der junge Mann, holte eine Zigarettenpackung aus seiner Jackentasche und bot Levin eine an. Mike bekam keine. Es schien ihm nichts auszumachen. „Die kapieren bloß nicht, worum es eigentlich geht.“

Sie rauchten schweigend und betrachteten die langsam vorbeiziehenden Demonstranten.

„Warum spazierst du nicht mit?“, fragte der junge Mann Levin irgendwann.

„Hab' mich beim Fußball verletzt. So ein Spinner ist mir mit gestrecktem Bein voll reingerutscht. Jetzt kann ich kaum stehen."

Das Lügen funktionierte ohne Probleme. Er musste nicht einmal nachdenken.

„Fuck", sagte der junge Mann und schaute auf Levins Bein. „Aber Hauptsache, du bist hier."

„Genau", sagte Levin.

„Genau", sagte Mike und grinste.

„Ist wichtig", sagte der Fremde.

„Scheiß wichtig", sagte Mike und versuchte ernst dreinzublicken. „Wegen dem Abendland und so."

„Will der mich verarschen?", fragte der Fremde.

„Er ist immer so", nahm ihn Levin in Schutz. „Und das klingt wirklich etwas scheiße, oder etwa nicht? Patriotische Europäer gegen die Islamisierung des Abendlandes."

Der Fremde grinste und zog an seiner Zigarette.

„Voll scheiße!", sagte er und lachte. „PEDIGA, wer hat sich denn das einfallen lassen. Und Bayerns BAGIDA ist ja auch voll dämlich."

Er kicherte.

„Baaa Gida!", rief Mike.

„Anscheinend soll es ja in Frankfurt sogar die *Fragida* geben", sagte Levin und lachte ebenfalls.

„Fragida!", rief Mike und prustete los. Die drei krümmten sich vor Lachen. Es dauerte, bis sie sich wieder beruhigten. Schließlich bot der Fremde auch Mike eine Zigarette an. Mike nahm an. Wieder beobachteten sie die Demonstranten.

„Der Name ist scheiße und dass hier so viele Idioten dabei sind, das ist auch scheiße“, sagte der Fremde schließlich.

„Rechte“, sagte Levin.

„Nazis“, sagte Mike.

„Stimmt, ja. Rechtsradikale und Nazis. Aber die sind zum Glück nur der Bruchteil. Auf die könnte jeder verzichten. Wichtig ist die Botschaft, auf die kommt's an, findet ihr nicht? Und die Botschaft, die stimmt.“

„Nämlich?“, fragte Levin.

„Wer hier leben will, der muss sich anpassen. Es macht mir nichts aus, wenn Leute aus Kriegsgebieten zu uns kommen, weißt du. Das passt schon. Wenn's bei uns Krieg geben würde, dann wäre ich der Erste, der abhaut. Aber wenn man irgendwo ist, dann muss man die Regeln, die es dort gibt, auch beachten, findest du nicht auch?“

„Eigentlich schon, ja“, sagte Levin.

„Das Problem ist, dass alle, die ganze Gesellschaft, viel zu nachsichtig ist. Political Correctness und der ganze Stumpfsinn. Ja, unbedingt alle Facetten der fremden Kultur akzeptieren. Mehr noch. Man verlangt, dass man die Sitten und Gebräuche richtiggehend umarmt. Auf keinen Fall darauf hinweisen, dass es hier anders zugeht als bei ihnen zu Hause. Das führt natürlich dazu, dass sich dann die meisten so verhalten, als wären sie immer noch in Syrien oder Afghanistan oder wo auch immer. Gehen bei Rot über die Ampel, behandeln ihre Frauen wie Menschen zweiter Klasse, rauchen in öffentlichen Gebäuden.“

„Weil es ihnen niemand erklärt“, sagte Levin.

„Weil jeder Schiss hat, dass man sofort als Rechter abgestempelt wird", antwortete der Fremde.

„Sie können aber auch nicht Deutsch", sagte Levin. „Wie sollten sie es denn verstehen?"

„Man müsste es ihnen auf Arabisch erklären!", sagte der Fremde. „Gleich, wenn sie ankommen: Leute, hört zu! Hier läuft es so ab! Diese Regeln müsst ihr beachten, dann nimmt man euch ernst. Dann werdet ihr akzeptiert."

„Die Rolle der Frau in der deutschen Gesellschaft", sagte Levin.

„Alles, was für uns selbstverständlich und bei ihnen zu Hause anders ist."

„Ein Ratgeber", sagte Levin. „Ein kleines Buch, das man allen Flüchtlingen gleich von vornherein in die Hand drückt."

„Das liest kein Schwanz", sagte er Fremde. „Und viele kommen aus ländlichen Gebieten und haben gar keine Schule besucht. Als Video müsste es so etwas geben."

„Als Video", wiederholte Levin nachdenklich. In seinem Gehirn fing es trotz des Dopes an zu rattern.

„Und nicht so langweilig und belehrend, sondern richtig gut gemacht, dass man es auch gerne anschaut", sagte der Fremde.

„Auf Arabisch, damit sie's auch verstehen."

„Mit deutschen Untertiteln, damit auch die Deutschen wissen, was da vermittelt wird. Dann könnten sogar die Rechten nichts dagegen sagen."

„Keine schlechte Idee", sagte Levin.

„Und darum geht's heute", sagte der Fremde und stand auf. „Gute Besserung für dein Bein."

„Was ist mit meinem Bein?“, fragte Levin.

Der Fremde hörte ihn nicht mehr. Er tauchte ein in die Masse aus PEGIDA-Demonstranten. Nur ein weiterer Verfechter des Abendlands.

September 2018 – Österreich, Wien – Deutschland, Berlin

Er war wieder einmal auf Tour und ging wie jeden Tag seine Checkliste durch. Hosen, T-Shirts, Unterwäsche, Socken, Zahnbürste, Duschgel, Laptop, Beamer, Pass. DVDs, Flyer, Broschüren für die Einrichtungen und die Helfer. Ein Päckchen Gras, Papes, Tabak und zusätzlich ein Säckchen Koks für ihn. Er setzte seine graue Wollmütze auf. Sein Markenzeichen. In dem Bericht über ihn vor zwei Jahren, der mehrmals im ganzen deutschsprachigen Raum ausgestrahlt worden war, hatte er die Mütze getragen. Und in den Videos, die er machte, tat er es ebenfalls. Jetzt erwarteten die Leute, dass er sie immer trug. War das nicht der Fall, waren sie enttäuscht. Der Bericht, das Porträt über Levin Malki, Sohn syrischer Auswanderer, geboren in Deutschland. Er, der beide Seiten kannte, der Verfechter der Aufklärung, der endlich etwas zurückgeben wollte. Das Porträt, der Moment, der sein Leben veränderte. Das war kurz nach dem Stipendium gewesen, das er erhalten hatte. Er hatte damals im Jahr 2015 – das war nicht lange nach dem Gespräch mit dem PEGIDA-Fremden gewesen – einige kurze Videos zusammengeschustert, ein schwammiges Konzept geschrieben und das Ganze beim Bundesministerium eingereicht. Nie hätte er erwartet, dass man seine Idee ernst nehmen würde. Falsch gedacht. Er traf einen Nerv und alle wollten plötzlich über ihn und seine Videos berichten. Er bekam Interviewanfragen von Radiosendern und Tageszeitungen. Ein Fernsehteam kam zu ihm nach Hause, wies ihn an, wo er sich hinsetzen solle, in welche Richtung er sprechen und was er tun solle, ob er denn nicht bitte die graue Wollmütze aufsetzen und vielleicht noch einen Schal um den Hals legen könne. Sie hätten zufällig gerade einen dabei. Das sehe gut aus. Richtig gut. Drei Tage danach wurde über ihn berichtet. Die Liberalen, die Gutmenschen und Merkelanhänger, die die Willkommenskultur und die Wir-schaffen-das-Einstellung der Bundeskanzlerin vertraten, sahen in Levin einen ehrenhaften Menschen, der den Flüchtlingen eine Chance geben wollte, sich besser in diesem fremden Land zurechtzufinden, der den armen Menschen half, der sich entschieden hatte, das Richtige zu tun, seinen Beitrag zu leisten. Und die anders gerichtete Gruppe, die Merkel-Kritiker, die besorgten Bürger, die Vertreter des Abendlandes, die AfDler sahen in Levin einen Verfechter der deutschen Werte, der die Ausländer darauf hinwies, dass sie sich gefälligst anpassen sollten. Einer, der die Fremden daran erinnerte, dass sie hier nicht in Afghanistan, Irak, Syrien oder wo auch immer waren, dass hier „unsere“ Regeln galten und dass nur diejenigen willkommen waren, die sich anpassten und integrierten. Wer sagte denn, man könne es nicht allen recht machen? Dass er die Videos lediglich aus dem Grund produziert hatte, um etwas Geld damit zu verdienen, interessierte niemanden. Zwei Filme hatte er auf YouTube gestellt. Innerhalb von ein paar Tagen hatte er über fünfzigtausend Hits gehabt. Heute, drei Jahre später, hatte man sein beliebtestes Video bereits über drei Millionen Mal angeklickt. Aus ihm war ein Internetstar geworden. Reich wurde man damit nicht, aber die jungen Frauen öffneten ihre Beine für Berühmtheiten. Das war ja auch schon was. Und es war auch der Grund, wieso er sich gerade in Wien befand und am Tag zuvor nicht nach München zurückgefahren war. Diese Sonja, die er hier bei einem seiner Vorträge kennengelernt hatte, war ziemlich heiß und wusste ganz genau, was sie tat.

Zusätzlich hatte ihm Ende 2016 das österreichische Arbeitsmarktservice, das Pendant der Bundesagentur für Arbeit, auch noch zwei Filme abgekauft, die nun auf den Bildschirmen in den Warteräumen auf Dauerschleife liefen. Gute Publicity und gutes Geld. Doch auch das würde bald vorbei sein. Das große Problem war, dass beinahe keine neuen Flüchtlinge mehr kamen. Das hieß, dass es niemanden mehr gab, der nicht eh schon einen Ethikkurs oder so etwas in dieser Richtung über sich ergehen lassen musste. Die Flüchtlinge hatten längst kapiert, wie das Leben in Deutschland funktionierte, und das machte seine Videos über kurz oder lang überflüssig.

Seine Eltern würden sich freuen. Sein Vater und auch seine Mutter waren von seinen Filmen von vornherein nicht begeistert gewesen. Sie hatten ihn als Kind und als Jugendlichen dazu gezwungen, Arabisch zu lernen, um den Koran lesen und verstehen zu können. Bis vor Kurzem hatte er es als verschwendete Zeit angesehen, nun öffnete ihm dieses Wissen viele neue Türen. Als er sich zum ersten Mal mit seinen Eltern über sein Projekt unterhielt, hätte er erwartet, dass sie stolz auf ihn wären, doch das war nicht der Fall.

„Ich verstehe nicht, warum man jetzt plötzlich alle mit dem Silberlöffel füttern muss", hatte sein Vater gesagt. „Uns hat damals auch niemand geholfen. Wir mussten uns um alles selbst kümmern. Zu unserer Zeit kam niemand auf die Idee, den Flüchtlingen Deutschkurse zu bezahlen."

„Das Integrieren muss eine selbstständige Entscheidung sein", sagte Levins Mutter. „Zwingen kann einen niemand. Auch du mit deinen Filmen nicht."

Als Levin betonte, dass er nicht deswegen seine Videos machte, blockten seine Eltern ab. Danach sprach er mit ihnen nicht mehr über seine Arbeit.

Koffer zu, kurzer Verabschiedungsquickie mit Sonja, Dope ins Handschuhfach, ab ins Auto. Fünfeinhalb Stunden Fahrt von Wien über die österreichisch-deutsche Grenze nach Nürnberg. Er entschied sich für die kürzeste Strecke über den Ort Suben. Er hatte Bauchweh dabei, da dieser Grenzübergang nach wie vor kontrolliert wurde. Kurz hatte er mit dem Gedanken gespielt, über Garmisch-Partenkirchen zu fahren, da diese Grenze nur sporadisch besetzt war. Der Gedanke, mit dem ganzen Dope und Koks an Zöllnern vorbeizufahren, stresste ihn unglaublich. Und doch entschied er sich schließlich gegen Garmisch, da diese Route noch zwei Stunden länger gedauert hätte.

Einige Kilometer vor Suben überlegte er kurz, das Zeug aus dem Fenster zu werfen. Er tat es nicht. An der Grenze dann: Stau, kilometerlang, Levin mit zitternden Händen, ernste Polizisten, die ihn kurz beäugten und ihn dann durchwinkten. Die ganze Aufregung umsonst.

Erster Stopp: Nürnberg. Eine Gemeinschaftsunterkunft nahe dem Bahnhof. Auto parken, eine Line durchziehen, Lächeln aufsetzen. Die Angestellten, die Leute von der Caritas, die Freiwilligen, insgesamt nicht einmal zwanzig Leute, die meisten davon Frauen, waren alle bereits da. Sie empfingen ihn überschwänglich, applaudierten sogar. Sie kannten ihn. Nicht persönlich zwar, aber alle dachten sie trotzdem, dass sie und er auf der gleichen Welle surften, dass sie das gleiche Ziel hatten, nämlich einfach nur helfen zu wollen. Bullshit. Seine Videos hatten ihn berühmt gemacht. Vor zwei Jahren noch ein Niemand, heute ein Star. Lächerlich.

Dann kamen natürlich noch einige Flüchtlinge. Nicht viele, viel weniger als noch vor einem Jahr, dieses Mal gerade fünfzehn. Anfangs waren es immer knapp hundert gewesen, manchmal sogar noch mehr. Das hatte sich geändert. Die Freiwilligen erklärten ihm, dass es kaum „neue" Flüchtlinge geben würde. Nur noch Familiennachzüge. Und alles wegen dieser verdammten Grenzen, dachte sich Levin. Das Business boomte, als es noch keine Grenzzäune und keinen Stacheldraht gegeben hatte, als man die Flüchtlinge einfach von einem Land ins nächste gewinkt hatte. Von der Türkei nach Griechenland, über die Balkanroute, hinein ins schöne Österreich und danach ins Sozialparadies Deutschland. Ein paar besorgte

Bürger mehr, aber dafür Aufträge en masse. 2016 dann schloss man die Balkanroute. Zäune, Mauern, bewaffnete Soldaten. Sollten die Flüchtlinge doch wieder die Route über das Mittelmeer nehmen und auf dem Weg nach Europa ersaufen. Und irgendwann kamen dann noch die Kontrollen an den Grenzen zu Österreich. Scheiß CSU. Das half doch niemandem. Ganz besonders ihm nicht. Er war froh, dass es noch genug Schlepper und Seenotrettungsschiffe gab, die ersaufende Flüchtlinge aus dem Meer fischten und sie nach Europa brachten.

Die Freiwilligen applaudierten, die Fremden reagierten nüchtern. Das war immer so. Die einen spielten mit dem Handy, manche ignorierten ihn und der Rest musterte ihn skeptisch. Sie hatten, seitdem sie ihr Land verlassen hatten, schnell gelernt, dass beinahe niemand etwas nur aus Menschenliebe tat. Und sie erkannten auch bei ihm auf Anhieb, dass er diese Filme nicht aus Gutherzigkeit produzierte. Und doch war ihnen klar, dass die Videos für sie nützlich waren. Wertvolle Tipps in einer abgefuckten Gesellschaft. Anfangs hatte Levin bei diesen Veranstaltungen noch Kontakt gesucht, hatte sich mit den Gästen, wie die Menschen von der Caritas sie nannten, auf Arabisch unterhalten. Er sprach ein eingerostetes Hocharabisch und die Flüchtlinge verbesserten ihn immer wieder. Das konnte er nicht ausstehen, besonders da sie ihn auch auf die Fehler in seinen Filmen hinwiesen. „Dieses Wort falsch!" „Kann man nicht so sagen!" „Fehler!"

Beim Gedanken, dass seine viralen Videos sprachliche Fehler enthielten, die nun von tausenden Menschen gesehen wurden, wurde ihm richtiggehend schlecht. Irgendwann schaffte er es jedoch, diese Tatsache zu verdrängen und einfach nicht mehr daran zu denken. Meistens jedenfalls. Der erste Schritt war, dass er sich nicht mehr mit den Flüchtlingen unterhielt, sondern sich auf die jungen, weiblichen Ehrenamtlichen fokussierte.

Man führte Levin in den Gemeinschaftsraum, stellte ihn vor, zuerst auf Deutsch, dann auf Arabisch. Levin bedankte sich, ebenfalls auf Deutsch und Arabisch, baute den Beamer und die Leinwand auf, hielt einen kurzen Vortrag über seine Filme – er kannte den Text auswendig –, dann vier ausgesuchte Videos: „Die Rolle der Frau in der deutschen Gesellschaft", „Müll und Sauberkeit", „Basic Verkehrsregeln" und „So ticken wir hier". Der letzte Kurzfilm war eher für die Helfer gedacht. Es gefiel ihnen, sich selbst in den stereotypen Darstellungen wiederzufinden. Sie waren sogar stolz darauf.

„Stimmt", hörte man immer wieder. „Das ist völlig korrekt! Genau so sind wir. Pünktlich. Fleißig. Gewissenhaft."

Viele nickten.

„Und ein bisschen verrückt", sagte ein anderer.

Nicken, kichern.

Levin hatte das Video mit einer Portion Spott und Zynismus eingefärbt, doch das fiel beinahe niemandem auf. Im Film sah man Levin, wie er nüchtern, seiner Meinung nach in schönem Hocharabisch, über das deutsche Essverhalten sprach. Er erklärte, dass viel Fleisch, unter anderem auch Schweinefleisch, gegessen wurde, dass es aber auch viele Menschen gab, die sich vegetarisch oder vegan ernährten. Schnitt. Eine Gruppe Hipster in engen

Jeans, Lederstiefeln und Hornbrillen, mit perfekt gestylten Bärten, die in einem Restaurant vor ihrem Teller sitzen und skeptisch das Gemüse vor sich begutachten. Einer der Hipster ruft den Kellner, deutet auf das Essen und sagt: „Wo wurde das Gemüse denn angebaut? Ich hoffe doch stark, dass es bio ist.“ Am unteren Rand des Bildes der Text auf Arabisch und auf Deutsch. Die verdammten Fehler, dachte er sich wieder einmal und ärgerte sich, dass er sie noch nie korrigieren hatte lassen. Doch letztendlich war es ja egal, da die Betreuer und diejenigen, denen er seine Honorarnote schickte, die Fehler mit Bestimmtheit nicht bemerken würden. Der Kellner im Video nickt, versichert, dass sie nur mit zertifizierten, lokalen Biobauern zusammenarbeiteten.

„Genau so sind wir“, hörte er einen der Freiwilligen hinter ihm sagen. „Das ist uns wichtig!“

„Ich *bin* Veganerin“, sagte eine junge Frau, vielleicht Anfang zwanzig.

„Das Thema ist zentral!“, sagte ein anderer. Levin hasste den Wichser jetzt schon. „Was man heutzutage serviert bekommt, ist oft das Gegenteil von bio!“, rief er in die Gruppe.

„Giftig! Gespritzt mit Gift!“

„Verseucht fast schon.“

Levin schloss die Augen. Einen Moment lang schämte er sich für das Video. Die Flüchtlinge, die in diesem Raum saßen, hatten Krieg und Verfolgung erlebt. Einige hatten gesehen, wie mit Chlorgas gefüllte Fässer aus Hubschraubern geworfen wurden. Und jetzt waren sie hier, in einem Land, in dem man sich sicher war, dass

Bäume, Karotten und Salat eine Seele hatten. Als die Filme fertig waren, konnten noch Fragen gestellt werden. Immer kamen sie nur von den Freiwilligen. Die Flüchtlinge selbst unterhielten sich flüsternd. Hie und da warf man Levin einen ablehnenden Blick zu. Dunkle Augen aus dunklen Gesichtern. Er mochte es nicht, konnte diese Blicke nicht ausstehen. Jedes Mal war er sich sicher, dass sie ihn durchschauten. Er sehnte sich danach, einen Joint durchzuziehen, und schielte auf die Uhr. Noch ein paar Minuten. Kurz schloss er die Augen. Er wollte endlich wieder raus aus dieser seltsam riechenden, trostlosen Unterkunft. Doch gleichzeitig war ihm der Gedanke, dass er nach dieser jämmerlichen Veranstaltung noch weiterfahren musste, schwer zuwider. In seinem Kopf ging er die Liste der Flüchtlingsunterkünfte, Caritasstellen und Schulen durch, die er in den nächsten Tagen abklappern musste. Heute hatte er noch einen weiteren Termin in einem kleinen Camp in einem winzigen Ort in der Nähe von Coburg. Bestimmt hatte auch diese Einrichtung längst ihr Ablaufdatum überschritten. Eineinhalb Stunden Fahrt und dann das ganze Programm von vorne. Er hasste diese beschissenen kleinen Orte in Oberfranken. Dort lebte die Sorte Mensch, die stolz den urtypischen Bayer raushängen ließ. Etwas, das einem richtig Angst machen konnte.

„Wenn es keine Fragen mehr gibt, dann bedanke ich mich recht herzlich bei Levin für sein Kommen und seine Zeit“, sagte die Leiterin des Heims. Levin öffnete seine Augen wieder. Wie lange hatte er sie geschlossen gehabt? „Du bist ein Vorbild für uns alle und es ist fantastisch, was für einen riesigen Beitrag du und deine Videos zur Integration unserer Gäste leisten."

Erzwungene Assimilation, dachte Levin, nickte, ließ den Applaus über sich ergehen und verabschiedete sich. Er verließ das Gebäude, ging zu seinem Auto und ließ sich in den Fahrersitz fallen. Sollte er gleich hier einen Joint rauchen? Warum eigentlich nicht? Er durchwühlte gerade den Rucksack auf dem Beifahrersitz, als jemand gegen die Fahrerscheibe klopfte. Es war die junge Veganerin. Er ließ das Fenster runter.

„Ich wollte mich nur noch einmal für deinen Vortrag bedanken", sagte sie. „Ist wirklich super, was du da machst." Levin grinste breit. „Musst du gleich weiter oder bleibst du heute in Nürnberg?", fragte sie.

„Eigentlich müsste ich weiter", sagte er herausfordernd. „Oberfranken lechzt nach mir." Er machte eine kurze Pause. „Oder sollte ich lieber hierbleiben?"

„Für eine Tasse Kaffee hättest du sicher noch Zeit, oder?", fragte sie und lächelte.

„In einem Café oder bei dir zu Hause?", gab Levin grinsend zurück.

„Was ist dir lieber?", fragte sie neckisch.

„Wenn wir anstatt des Kaffees ein Glas Wein bei dir zu Hause trinken, dann bleibe ich gerne noch ein wenig länger", sagte er und sah, wie sie rot wurde.

Scheiß auf Oberfranken, dachte er sich.

Die nächsten paar Tage fühlten sich an, als wäre er in diesem alten Täglich-grüßt-das-Murmeltier-Film. Er fuhr mit seinem Auto durch Deutschland, klapperte Caritasstellen,

Flüchtlingsheime, Schulen und Pfarrsäle ab, ärgerte sich, dass viele Camps inzwischen schon fast leer waren, dass man immer wieder betonte, dass keine neuen Flüchtlinge mehr kamen und man das Heim spätestens im nächsten Jahr schließen würde, sprach ein wenig über die Videos, betonte, wie nützlich sie für die Ankommenden seien, zeigte die vier Filme, musste sich anhören, wie die Helfer sich selbst darin erkannten, packte alles zusammen und fuhr dann wieder weiter. Das Koks hielt seine Konzentration während des Tages, das Dope half ihm abends beim Einschlafen. Die Vorträge in den Schulen stressten ihn am meisten. Unruhige Schüler, die seine Filme langweilig fanden und mit diesem ganzen Thema nicht wirklich was am Hut hatten. Es gab Flüchtlinge in ihren Klassen, viele sogar. Doch das war allen egal. Die meisten prahlten sogar damit, dass sie mit ihnen befreundet waren. Es war cool, Freunde aus Damaskus und Aleppo zu haben. Früher waren es Nike-Schuhe und iPhones gewesen, heute war es eine Freundschaft mit einem Flüchtling. Das neue Statussymbol.

Die Schüler zeigten während seines Vortrags auf und fragten ihn, warum er denn überhaupt diese Videos mache.

„Zur Aufklärung", war Levins Standardantwort.

„Was soll das heißen?"

„Damit die Menschen lernen, auf was sie in Deutschland achten müssen."

„Das wissen die doch schon längst, wie's bei uns zugeht. Da braucht es keine Filme", sagte eine Schülerin in ihrem beschissenen, kaum verständlichen sächsischen Dialekt.

„Die sind ja nicht dämlich", rief ein anderer.

„Ich würde mir wie ein Vollidiot vorkommen, wenn man mit mir so umgehen würde!"

Die ausländischen Schüler stimmten ihnen zu. Manche applaudierten sogar. Die Lehrer riefen sie zur Ordnung. Oft halbherzig, da sie sich plötzlich nicht mehr so sicher waren, ob Levin wirklich der Held war, für den sie ihn gehalten hatten.

Verdammte kleine Wichser, dachte Levin.

Am fünften Tag kam er in Berlin an, dem Ground Zero der deutschen Flüchtlingskrise. Dem größten Flüchtlingsheim Deutschlands, wie so viele Zeitungen damals geschrieben hatten. Noch vor drei Jahren war diese Stadt völlig überrannt worden. Abertausende Refugees hatten die Stadt überflutet, die Zustände in den Heimen waren katastrophal gewesen, vor dem LAGeSo gab es Unruhen, Prügeleien, Demonstrationen. Linke Zecken trafen auf rechten Abschaum. Eine brisante Mischung. Überall hatte man davon berichtet. Doch inzwischen spürte man davon gar nichts mehr. Berlin war eine Weltstadt, die eine derartige Unruhe locker verkraften konnte.

Gerade vor zwei Monaten war Levin das letzte Mal in Berlin gewesen. Man hatte ihm einen Preis überreicht. Eine lächerliche Angelegenheit, gerade mal ein paar hundert Euro. Aber besser als nichts. Zumindest blieb er so im Gespräch und war nicht sofort Schnee von gestern. Dort hatte er Monika kennengelernt, eine überengagierte junge Lehrerin, die sich Hals über Kopf in ihn verknallte. Sie verbrachten die Nacht miteinander, kifften und koksten gemeinsam, und in den Wochen danach besuchte sie ihn zwei Mal in München. Er war nicht an einer Beziehung interessiert, aber Monika war der Hammer im Bett. Sie war erfinderisch, fordernd, wusste mit Mund und Fingern umzugehen und war manchmal richtig verrückt. Und das Koks machte sie unglaublich horny. Seiner Meinung nach war sie zu tief in dem ganzen Flüchtlingsding involviert, aber das spielte letztendlich ja keine Rolle. Die Zivilcourage und ihren Antrieb, Gutes zu tun, habe sie vermutlich von ihrer Mutter geerbt, erklärte sie ihm. Die sei noch viel krasser. Sie habe sogar wegen der Flüchtlinge ihren Vater verlassen. Ein alter, verbitterter Mann mit Nazitendenzen.

Als er in Berlin ankam, fuhr er direkt zu Monika. Sie zogen gemeinsam eine Line durch und vögelten über eine Stunde lang. Danach ging Monika unter die Dusche und er lag nackt und verschwitzt auf der Couch und sah fern. In den Nachrichten berichtete man über ein Seenotrettungsschiff vor der maltesischen Küste, das mit Flüchtlingen vollbesetzt war und aufgrund eines Formalfehlers nicht anlegen durfte. „Die Genfer Flüchtlingskonvention verbietet es, die Menschen wieder zurück nach Libyen zu bringen", sagte der Kapitän in einem Interview. Er sah ziemlich fertig aus. Lange würde der diese Sache auch nicht mehr machen.

„Der österreichische Bundeskanzler wirft den Seenotrettern vor, gemeinsame Sache mit den Schleppern zu machen", kam es aus dem Off. True Story, dachte Levin und schaltete den Ton ab, als Monika, ein Handtuch um ihren nackten Körper gebunden, zurückkam.

Er hatte keinen Bock auf dieses Thema. Es war in seinem Job eh schon omnipräsent. Sie ließ sich neben ihm auf die Couch fallen und starrte eine Weile lang auf den stummen Bildschirm.

Irgendwann zeigte Monika auf einen Mann, der mit ernstem Gesicht in die Kamera blickte.

„Der rechte Wichser kommt hierher!", rief sie.

Levin erkannte ihn nicht.

„AfDler?", fragte er.

„Ganz genau!", rief Monika hektisch. Sie war das Koks nicht so gewohnt wie er und war immer noch ziemlich drauf. „Morgen kommt er nach Berlin", sagte sie. „Stimmung machen."

„Also kommen Flüchtlingsbefürworter wegen dem Symposium und die Rechten wegen diesem Motherfucker zur gleichen Zeit nach Berlin. Das kann ja noch spannend werden. Da gibt's sicher wieder Zoff."

„Scheiß auf diese Nazis!", rief Monika und schaute ihn intensiv von der Seite an. Levin mochte das nicht.

„Was?", fragte er genervt.

„Du hast mich noch gar nicht gefragt, wie es mir geht!"

„Sorry", antwortete Levin und rieb sich die Augen. „Also: Wie geht es dir?"

„Ich hab' einen neuen Job", sagte Monika.

„Cool", antwortete Levin und wollte sich wieder dem Fernsehbericht widmen.

„In der Schule haben sie mich rausgeschmissen, weißt du."

„Ich dachte, Lehrer sind fast unkündbar."

„Ich war voll drauf. Im Unterricht. Ich hab' in der Pause was durchgezogen und die Co-Lehrerin hat's gemerkt und mich beim Direktor gemeldet."

„Co-Lehrerin?", fragte Levin.

„Wir machen Team-Teaching. Ist so ein Versuch. In den Klassen unterrichten immer zwei Lehrer gleichzeitig."

„Und die andere hat dich gemeldet?"

„Ja, genau!"

„Schlampe", rief Levin.

„Voll! Aber ich hab' eh noch Glück gehabt. Der Direktor wollte keinen Skandal und hat gesagt, wenn ich selbst kündige, dann würde er es nicht melden."

„Und du hast gekündigt?", fragte Levin.

„Was denkst du denn? Klar. In ein, zwei Jahren ist das vergessen und dann kann ich wieder unterrichten. Jetzt fang ich jedenfalls so eine Ausbildung an. Basisbildung und Alphabetisierung. Dann sind wir fast im gleichen Business."

„Und der Direktor erzählt das nicht weiter?"

„Ich glaub nicht", sagte sie. „Scheiß auf ihn! Und die kleinen Arschlöcher in der Schule sind mir eh schon voll auf die Nerven gegangen."

Levin dachte an seinen letzten Vortrag in der Schule.

„Diese kleinen Wichser", sagte er.

„Ganz genau. Ich hab' eh die Schnauze voll von denen."

„Na dann passt's ja", sagte er und schaute sich nach dem Koks um.

„Scheiß auf alle!", rief Monika, lachte und griff Levin zwischen die Beine. „Eine Line und ready for round two?", fragte sie, griff nach dem Säckchen, öffnete das Handtuch und streute sich etwas von dem weißen Pulver auf ihre nackten Brüste.

Ready for round two, dachte Levin.

Am Nachmittag besuchten sie Monikas Vater. Der Typ war noch schlimmer, als sie ihn beschrieben hatte. Ein ungebildeter Prolet, dessen Wohnung nach Müll, Zigarettenrauch und abgestandenem Wein stank. Der alte Mann selbst war strohdumm, aber harmlos. Monika hatte Levin erzählt, dass ihr Vater regelmäßig Naziparolen auf Blogs und Onlineforen postete.

„Hast du von der Journalistin gehört, die mit den Flüchtlingen reist und darüber berichtet?" Levin nickte. Natürlich hatte er von ihr gehört. Sie war schon fast eine Berühmtheit. Überall sprach man über sie, ihren Mut und ihre Aufopferung und die ganze Scheiße. Ihren Blog konnte man in sämtlichen Weltsprachen aufrufen. Sie hatte überall Supporter, die ihre Texte für sie übersetzten. Kostenlos! Die Kohle und den ganzen Ruhm bekam alleine sie. Als er zum ersten Mal von ihr hörte, ärgerte er sich, dass er diese Idee nicht vor ihr gehabt hatte. Mit den Refugees herumzuziehen und darüber zu bloggen, das war ja eigentlich kein Problem. Es wäre sogar spannend gewesen, ein bisschen zu reisen, was zu erleben und darüber zu schreiben. Das hätte er auch gekonnt. Das hätte ihn noch weitaus berühmter gemacht als seine Videos. Und danach hätte er Interviews geben, ein Buch schreiben und dieses Thema richtig ausschlachten können. So wie es diese Tussi bestimmt auch machte. Bestimmt würde es dann auch einen Film darüber geben. Er wäre der perfekte Held gewesen.

„Ich folge ihrem Blog“, unterbrach Monika seinen Gedankengang. „Das ist wirklich eine unglaubliche Frau. Jung, stark, unabhängig und weise. Voll das Vorbild für mich. Jeden Tag lese ich, was die so macht. Und was glaubst du, von wem sehe ich da einen Kommentar auf ihrer Seite?“

„Dein Alter?“, fragte Levin.

„Ganz genau. Schreibt unter seinem echten Namen, dass sie und das ganze Ausländerpack verrecken sollen. Ersaufen im Mittelmeer. Genau so, mit diesen Worten.“

„Hast du nichts gesagt?“

„Ich hab's aufgegeben, mit ihm über so etwas zu sprechen. Meine Mutter hat ihn wegen seiner Einstellung verlassen und seitdem vermeiden wir dieses Thema.“

„Ist sicher am besten so“, sagte er.

Levin war froh, dass er kurz vor dem Treffen mit dem Alten noch einen ziemlich heftigen Joint durchgezogen hatte. So blieb ihm letztendlich beinahe nur der Geschmack des Apfelkuchens im Gedächtnis. Worüber sie sich in dieser Stunde unterhalten hatten, wusste er bereits beim Verlassen des Hauses nicht mehr.

Am Tag darauf: Symposium in der Tempelhofer Freiheit.

„Dein großer Tag“, flüsterte Monika, die nackt neben ihm im Bett lag. „Aufgeregt?“

Er war tatsächlich aufgeregt. Er war es inzwischen gewohnt, vor dreißig, vierzig Menschen zu sprechen, doch an diesem Tag sollten mehrere hundert Personen kommen. Politiker, wichtige Persönlichkeiten, Experten. Natürlich war sein Vortrag nur einer von vielen, und doch überkam ihn ein mulmiges Gefühl.

„Ich hab' da noch eine Überraschung", sagte Monika, rollte sich aus dem Bett und holte zwei Briefchen aus ihrer Handtasche. Eines davon warf sie Levin zu. „Ist was ganz Besonders. Hab' ich von einem Arbeitskollegen."

„Ex-Arbeitskollege, meinst du wohl", sagte Levin grinsend.

„Wichser", antwortete sie und zeigte ihm den Mittelfinger.

„Was ist es denn?", fragte Levin.

„Eine spezielle Mischung. Geil stark. Zieht voll rein. Hast Lust?"

Levin war verführt, eine Line durchzuziehen. Das würde vermutlich gegen seine Nervosität helfen. Er überlegte es sich dann aber doch anders.

„Danach dann wieder, okay?", sagte er.

„Komm schon", sagte Monika genervt. „Sei nicht so spießig. Alleine ist es scheiße."

„Ich spreche später noch vor hunderten Leuten", sagte Levin. „Wenn ich da voll drauf bin, dann wirkt das voll unprofessionell."

„Du bist ein fucking Langweiler", antwortete Monika, tat etwas beleidigt, nahm ihr Briefchen mit ins Bad und kam fünf Minuten später zurück, das graue Pulver klebte noch an ihrer Nase.

„Gut?", fragte Levin neidisch.

„Fick dich", antwortete Monika, zeigte ihm noch einmal den Mittelfinger und blinzelte wie verrückt.

Sie fuhren zum ehemaligen Flughafen. Er fuhr. Monika war zu high dafür. Die Tempelhofer Freiheit oder das Tempelhofer Feld, wie es die Berliner nannten, war ein beeindruckendes Areal. Das frühere Flughafengelände war inzwischen eine Art Freizeitpark, in dem die Menschen Rad fahren, skaten, Fußball spielen und Bier trinken konnten. In der Aussendung zum Symposium hatte man es als Ort der Begegnung beschrieben. Ein öffentlicher Raum, der für alle da war und der in den letzten Jahren auch als Flüchtlingsunterkunft diente. Man hatte einen Hangar umfunktioniert und inzwischen gab es dahinter ein Containerdorf, in dem es sich hunderte Familien gemütlich gemacht hatten.

Sammelplatz für das Symposium war das Gelände vor dem Hangar. Überall tummelten sich Leute, standen in kleinen Gruppen zusammen, unterhielten sich. Hier die Politiker mit Anzug und Krawatte, da die Ehrenamtlichen in Freizeitkleidung, Schals und biologisch abbaubaren Klamotten, da die Mitarbeiter der verschiedenen Heime aus ganz Deutschland und überall kleine Grüppchen von Flüchtlingen, die wie so oft das Treiben skeptisch beobachteten. Es war ein schöner Tag und Levin wäre es viel lieber gewesen, draußen in der Sonne zu bleiben und einen Joint zu rauchen, als in irgendeiner Halle zu sitzen und den ganzen Tag langweiligen Vorträgen über Flucht und Asyl zuzuhören. Er streckte sich, hörte, wie es in seinem Brustkorb knackte, blinzelte in die Sonne und betrachtete das riesige Areal. Einige hundert Meter entfernt sah er zwei Personen auf Longboards mit Segeln in einem ziemlichen Tempo um die Wette fahren. Windskaten nannte man das.

„Ziemlich cool eigentlich, findest du nicht“, sagte er zu Monika, die immer wieder die Augen zusammenkniff und keine Sekunde lang ruhig stehen konnte. „Richtig chillig hier."

Monika schlug ihm ohne Vorwarnung mit der Faust auf den Oberarm. Levin zuckte zusammen.

„Fuck you!", rief sie viel zu laut. „Beschissen ist das!"

„Was ist beschissen?", fragte Levin irritiert.

„Ja, checkst du es nicht?", brüllte Monika.

„Beruhige dich", sagte Levin und legte ihr die Hand auf die Schulter. Sie stieß ihn weg.

„Ich war da, als sie den Hangar zu einem Camp gemacht haben!", rief sie. „Das war überhaupt nicht chillig! Glaubst du mir das?" Levin zuckte gelangweilt mit den Schultern und rieb sich den Oberarm. „Interessiert dich nicht?", fragte sie gereizt.

„Ich habe jetzt keinen Bock auf eine Diskussion, okay?", sagte er leise. „Ich hab' den ganzen Tag mit dem Scheiß zu tun."

„Mit dem Scheiß!", wiederholte sie brüllend. „Mit dem Scheiß! Dieser chillige Ort, du Arschloch, der war für verdammte Flugzeuge gedacht, nicht für Menschen! Und dann kamen die Flüchtlinge. Ich war hier! Ich hab's gesehen! Tausende Flüchtlinge! Und die hat man hier hineingezwängt!" Monika sprach viel zu laut. Das Koks war ihr ins Hirn gestiegen. Er wusste, was jetzt kommen würde, so gut kannte er sie schon, sie würde sich in Rage reden, würde eine Szene machen. Er legte ihr die Hand auf den Arm. Wieder stieß sie ihn weg. „Es war furchtbar! Alle mussten stundenlang auf ihr ekliges Essen warten und haben sich dann darum gestritten, es gab Krankheiten, die Klos liefen über, alles stank nach Scheiße! Man stellte

Zelte auf und trotzdem hatten über tausend Flüchtlinge kein Dach über dem Kopf. Supernett, oder? Würdest sicher auch gerne hier Urlaub machen, oder? Campingurlaub! Campen mit den Refugees! Das wär doch was!"

„Klingt toll", sagte Levin in der Hoffnung, die Situation etwas zu entspannen.

„Ja, voll super klingt das!", schrie Monika, die weit davon entfernt war, sich zu beruhigen. „Es gab tausende unbegleitete Minderjährige, Levin! Und von hunderten weiß man inzwischen nicht mehr, wo sie sich rumtreiben! Die sind einfach weg! Vermutlich in einem Puff in Rumänien. Aber das ist dem Internetstar Levin Malki alles scheißegal." Sie wendete sich an die Menschen, die um sie standen und sie peinlich berührt beobachteten. „Levin Malki ist alles scheißegal!"

„Jetzt halt doch mal den Mund", flüsterte er scharf. „Das ist scheiße. Ich weiß schon. Ich kann jetzt aber auch nichts dagegen machen, oder?"

„Ja! Scheiße!", brüllte Monika.

Die Herumstehenden begannen, sich nach ihnen umzudrehen.

„Lass uns reingehen."

„Damit du wieder deine verfickten Videos zeigen und dich feiern lassen kannst, nicht wahr? Damit du wieder von irgendeiner Ehrenamtlichen einen Blowjob auf dem Klo bekommen kannst? Levin Malki! Der Held der Refugees! Weißt du eigentlich, dass dein Arabisch voll lächerlich klingt? Wie das von einem Volksschüler. Das haben mir die Flüchtlinge gesagt. Sie machen sich über dich lustig, du Arsch! Und die wissen übrigens auch, dass du das nur fürs Geld machst. War dir das klar? Alle haben dich durchschaut, Levin! Alle!“

Levin wäre am liebsten im Erdboden versunken.

„Du bist voll drauf“, flüsterte er ihr zu.

„Fick dich!“, rief sie, drehte sich abrupt um und ging in Richtung des Ausgangs.

Levin schaute ihr nach, wollte ihr zunächst folgen, überlegte es sich dann doch anders, als er bemerkte, dass sämtliche Grüppchen in der Nähe ihn beobachteten. Vermutlich war es besser so. Er holte sein Handy aus der Tasche und blickte so lange auf das Display, bis er nicht mehr das Gefühl hatte, von allen Anwesenden geächtet zu werden.

Das Symposium würde den ganzen Tag dauern. Am Vormittag zuerst eine Führung, dann die Begrüßung und ein ewig langer Vortrag des Heimleiters, dann ein Caritasmensch und dann hielt noch der Berliner Bürgermeister eine viel zu lange Rede. Er schmierte zuerst den Politikern, dann den Mitarbeitern des Heims, dann den Freiwilligen und letztendlich sogar den Flüchtlingen Honig ums Maul, erwähnte, dass zwar nicht immer alles ganz glatt gelaufen sei, dass sie die Situation jetzt aber im Griff hätten und sich letztendlich alles zum Besten gewandelt habe. Als wäre die Krise bereits vorbei. Als gäbe es keinen Krieg mehr. In Wahrheit waren die einzigen Gründe, wieso das Containerdorf nicht mehr zum Bersten überfüllt war, hunderte Kilometer Stacheldraht und die Schließung der Grenzen. Problem gelöst.

Mittags gab es ein Buffet. Lachs, Wildreis, lokales Gemüse, Mousse au Chocolat, das in winzigen Gläschen serviert wurde und mit Himbeeren und Schokoladenplättchen verziert war. Zum Glück etwas anderes als das, was die Bewohner des Hangars jeden Tag serviert bekamen, dachte Levin und holte sich noch einen Nachschlag.

Am Nachmittag gab es eine Podiumsdiskussion zum Thema „Migration und Integration als Herausforderung für die Gesellschaft und die Polizei“, bei der viel zu viele Leute viel zu lange sprachen. Erst danach folgte Levins Vortrag. Kurz davor dachte er sich, dass er vielleicht doch noch eine Line hätte durchziehen sollen. Er war viel nervöser als sonst, sprach seinen auswendig gelernten Text runter, verhaspelte sich immer wieder, betonte stotternd, wie wichtig und gleichzeitig schwierig es für die Flüchtlinge sei, die deutschen Sitten und Gebräuche zu verstehen, zeigte zwei seiner Kurzfilme und gab den Besuchern dann wie immer die Möglichkeit, Fragen zu stellen. Das Interesse hielt sich in Grenzen. Es gab nur zwei Wortmeldungen, wobei eine von einem Imam kam, der die Grundidee lobte, jedoch vorschlug, Levin solle die Erklärungen in seinen Videos einem professionellen Sprecher mit besseren Arabischkenntnissen überlassen. Levin spürte sein Gesicht heiß werden, bedankte sich für die konstruktive Kritik. Die zweite Wortmeldung kam von einer Frau Mitte vierzig, die fragte, ob es diese Videos denn überhaupt noch brauche. Die meisten Flüchtlinge seien bereits seit mehr als einem Jahr in Deutschland, viele sogar schon länger. Diese Videos wären bestimmt im Jahr 2015 sehr wichtig gewesen, doch inzwischen gebe es weitaus zentralere Themen, wie zum Beispiel die Integration in den Arbeitsmarkt. Ob er vielleicht Videos zu diesem Thema gemacht habe.

Levin verneinte. Das habe sie sich gedacht, sagte die Frau, schüttelte leicht den Kopf und setzte sich wieder. Was für eine Bitch, dachte Levin und fragte, ob es noch weitere Meldungen gebe. Als das nicht der Fall war, verließ er unter schwachem Applaus mit eingezogenem Kopf die Bühne. Er war wütend auf diesen scheiß Imam und diese klugscheißende Tussi und er schämte sich für seine Filme. Zum Glück gab es danach eine halbstündige Pause. Er schaute auf die Uhr. Halb fünf. Ohne auf die Blicke der Gäste zu achten, ging er schnell aufs – für diesen Anlass perfekt gereinigte – WC und sperrte sich in einer Kabine ein. Er setzte sich auf die Kloschüssel und fragte sich, ob er nicht einfach verschwinden konnte. Doch man hatte ihm gesagt, dass er nach Abschluss der Veranstaltung noch eine Honorarnote unterschreiben musste. Beim Gedanken daran, nach diesem peinlichen Auftritt wieder unter die Leute zu gehen, wurde ihm richtiggehend schlecht. Als Nächstes sollte es noch ein Theaterstück geben, das einige Flüchtlinge vorbereitet hatten. Danach war dieser beschissene Tag endlich vorbei. Er hoffte, dass es keine Zwischenfälle mehr geben würde, und erinnerte sich an einen Vorfall in Österreich, bei dem eine Gruppe rechter Studenten ein von Flüchtlingen inszeniertes Theaterstück unterbrochen, Kunstblut verspritzt und rechtsradikale Plakate ausgebreitet hatte. Auf so eine Szene hatte er absolut keinen Bock. Vorsichtig holte er sein Säckchen mit dem Coke aus der Hosentasche und schüttelte sich ein Häufchen auf seinen Handrücken. Er zitterte und so wurde das Häufchen etwas größer als geplant. Scheiß drauf, dachte er und zog das Pulver in seine Nase. Augenblicklich spürte er die Wirkung. Das angespannte Gefühl von gerade eben verflog. Klarheit in seinem Kopf. Scheiß Imam, dachte er sich. Scheiß heilige Monika mit ihrer besserwisserischen Art. Seine Hände hörten auf zu zittern. Sein Kopf leer. Fast. Er dachte an Monika und ihre vollen Lippen und ihre weiche Haut und ihre großen Brüste. Bestimmt fickte sie gerade jemand anderen. Ob er sich ein Hotel suchen müsste? Das Briefchen mit dem Zeug von Monikas Ex-Arbeitskollegen fiel ihm ein. Er holte es heraus, legte es auf seinen Schoß und öffnete es vorsichtig. Darin war ein gräuliches Pulver. Was ganz Besonderes, hatte Monika es genannt. Er feuchtete seine Fingerspitze an, tippte vorsichtig auf das Pulver und rieb es sich auf das Zahnfleisch. Sofort spürte er, wie sein Mund taub wurde. Geil, dachte er, fischte den abgeschnittenen Strohhalm aus der Hosentasche und schnupfte das ganze Zeug in einem Zug weg. Er drückte seine Augen zusammen und spürte, wie die Droge direkt ins Hirn schoss. Dann war das Zittern wieder da. Eine Hitzewelle durchfuhr ihn, er begann zu schwitzen, ihm wurde schlecht. Zu viel, dachte er. Das kam vor. Er ließ sich von der Kloschüssel gleiten, schob die Klobürste zur Seite, setzte sich auf den Boden, lehnte sich an die Wand. Kühle Fliesen. Angenehm. Er presste seine Wange dagegen. Draußen die Stimmen der Gäste, so laut und unruhig, Rufen, Brüllen, das Geräusch von Urin, vom Wasser in den Pissoirs, Türen wurden auf- und zugeschlagen. Monikas Zeug schlug ebenfalls, boxte, trommelte gegen sein Gehirn, Chuck Norris machte einen

Roundhousekick und prügelte ihm den Verstand aus dem Kopf, noch mehr Schreien und Aufregung. Diese Wichser sollten doch alle gefälligst mal die Schnauze halten. Er hätte sie gerne darauf hingewiesen, doch sprechen war gerade nicht drin. Türen auf, Türen zu. Menschen schrien: Feuer! Feuer! Immer wieder Feuer. Er dachte an diesen einen Song aus den Neunzigern. One – Two – Three – Fire! Was für ein beschissenes Lied. Er wollte aufstehen, doch seine Füße gehorchten ihm nicht. Scheiß drauf, dachte er sich. „Ist da noch jemand drin?", schrie irgendwer, klopften gegen die Tür. Du – draußen. Ich – drinnen, dachte Levin. Eine gute Tür. Was drin ist, bleibt drin, was draußen ist, bleibt draußen. Dicke. Graue. Klotür. Kühle. Angenehme. Weiße. Fliesen. Er schloss die Augen. Für eine Sekunde vielleicht. Vielleicht auch mehr. Scheiß drauf. Keine Ahnung. Augen zu. Dann war es still. Endlich. Seine Hände hatten aufgehört zu zittern. Das war doch schon mal was. So still. Er hustete. Scheiß Rauch, dachte er sich und rieb sich die Augen. Er robbte zur Klotür, hustete, sperrte auf. Einfach liegenbleiben? Das wäre doch was. Nein. Bewegen! Bei Feuer musste man sich am Boden entlang bewegen, das wusste er. Instinktiv. Er robbte weiter. Zum Glück hatte man den Boden geputzt. Vor zwei Jahren wäre es bestimmt nicht so sauber gewesen. Scheiße überall. Er öffnete die Tür zum Gang. Hier war der Rauch viel dichter. Verdammt, dachte er, und Monika kam ihm in den Sinn. Monika, die bestimmt gerade mit irgendeinem Typen im Bett lag und sich vögeln ließ. Er schloss einen Moment lang die Augen. So ein verfluchter Stress. Er würde sich echt noch eine Schlafgelegenheit suchen müssen. Irgendwo am Bahnhof. Oder vielleicht doch bei einer Freiwilligen. Die mochten ihn und seine Mütze. Das kam gut bei den Mädels an.

Er hustete. Der Rauch wurde dichter.

Libyen, Zuwara
September 2018

Mohamed Kubar

Wieder einmal ging Mohamed am Hafen von Zuwara entlang und bewunderte die edlen Fischkutter, die sich sachte im Takt der Wellen bewegten. Er blieb vor einem wunderschönen, schnittigen, vielleicht acht Meter langen weiß-blauen Kutter stehen. Er war hervorragend gepflegt, das Deck sauber, die Netze gewissenhaft aufgerollt, die Farbe an den Außenwänden dick aufgetragen, satt und spiegelglatt. Er stellte sich vor, wie es wäre, aus dem Ruderhaus zu treten, auf dem Deck aus dunklen Eichenbrettern zu stehen, den Geruch einzuatmen, den es nur auf offener See gab, den Hebel für den starken Deckkran umzulegen und zu sehen, wie das nasse Netz langsam voller zuckender Sardinen aus dem Wasser glitt. Er sah sich und seine imaginäre Crew vor seinem inneren Auge, wie sie in orangem Ölzeug, wie es die Hochseefischer trugen, den Fang in kleine Kunststoffcontainer verluden und sich aufgrund der Masse und der Qualität der Fische gegenseitig stolz zugrinsten. Für ein Kilo Sardinen bekam man in Zuwara ungefähr vier Dinar, mit so einem Boot konnte man innerhalb von zwei, drei Tagen bestimmt drei- oder vierhundert Kilo aus dem Meer holen. Genug für ein gutes Leben. Anders als bisher, aber gut. Und sicher. Eventuell müsste er, wenn er tatsächlich so viel fing, öfters mal zum Markt in az-Zawiya, vielleicht sogar nach Tripolis fahren, um den Fang zu verkaufen. Er als Kapitän des Kutters würde den Löwenanteil bekommen, das war klar. Das würde bestimmt auch seine Crew einsehen. Dass er gerade mal Mitte zwanzig war, spielte da keine Rolle. Respekt und Autorität waren nicht immer eine Frage des Alters. Er war in den letzten Jahren gewachsen, hatte gelernt, abgebrüht und selbstbewusst aufzutreten. Er würde zwei oder drei Leute anstellen, vielleicht sogar Flüchtlinge. Die waren oft motivierter als die Einheimischen. Er würde ein guter Kapitän sein. Hart, aber gerecht, so wie es sein Vater gewesen war. Seinen Cousin Halil würde er aber bestimmt nicht mehr engagieren.

Der Besitzer des Bootes trat durch das Ruderhaus ins Freie, nickte Mohamed zu und holte ihn so zurück in die Wirklichkeit. Mohamed schüttelte den Kopf. Er kannte sich mit den Preisen für Boote aus. Ein Fischkutter wie dieser kostete gut und gerne fünfundzwanzigtausend US-Dollar. Und davon war er noch weit entfernt.

Er vermisste es, Fischer zu sein. Irgendwann, bald hoffentlich, würde er wieder zu seiner Berufung zurückkehren. In seinem Inneren war er nach wie vor ein Mann des Meeres. Wie es auch sein Vater und sein Großvater gewesen waren. Beides strenge Männer mit wettergegerbten Gesichtern, dichten Bärten, buschigen Augenbrauen und rauen Händen. Den dichten Bartwuchs und die Augenbrauen hatten ihm die zwei vererbt, sein Gesicht und seine Hände waren jedoch inzwischen zu denen eines Menschen geworden, der die meiste Zeit an Land verbrachte. Ein *Landmensch*, diesen Ausdruck hatte Mohameds

Vater immer verwendet. Es war kein abschätziger Ausdruck gewesen, doch in diesem Moment schämte er sich dafür, diesen Namen zu verdienen. Noch vor etwas mehr als zwei Jahren war das anders gewesen. Damals hatte er jeden Tag gemeinsam mit seinem zwei Jahre jüngeren Cousin Halil auf dem Wasser verbracht, manchmal mehrere Tage lang durchgehend. Mit dem kleinen Fischkutter, den Mohamed von seinem Vater geerbt hatte, nachdem dieser drei Jahre zuvor im jungen Alter von achtundfünfzig an einem Herzversagen gestorben war, waren sie stets aufs offene Meer gefahren, hatten ihre Netze ausgeworfen und sie händisch wieder eingeholt. Das Boot war klein gewesen, nichts im Vergleich zu diesem Kutter im Hafen von Zuwara, vor dem er nun stand. Die grüne, von der Sonne und den Elementen ausgebleichte Farbe war bereits an vielen Stellen abgeblättert gewesen, die Netze hatten zum Teil Knoten gehabt, die weder er noch Halil je wieder lösen konnten, einige Bretter an Deck waren morsch und verfault und hätten längst ausgewechselt gehört. Man musste ständig auf der Hut sein, sich nicht an einem rostigen Metallteil zu schneiden. Es wäre möglich gewesen, das Boot wieder auf Vordermann zu bringen, hätten beide, Mohamed und Halil, ihr mühsam erspartes Geld zusammengelegt und es in die Reparaturen investiert. Doch Halil hasste die Arbeit auf See, wurde nicht müde, dies zu betonen, und war nicht dazu bereit, seinen sowieso bereits geringen Verdienst in einen Kutter zu stecken, der nicht einmal ihm gehörte. Er war, wie so viele andere, ohne es zu planen, in das Fischergewerbe gerutscht, hatte nichts anderes gelernt und wusste dadurch auch nicht recht, was er sonst tun hätte können. Er hatte sich in früheren Jahren als Kleinkrimineller versucht, dealte eine Zeit lang in Tripolis mit Haschisch und Koks – das war im Jahr nach Gaddafis Sturz gewesen, eine Zeit des Umbruchs, in der alles möglich schien –, bis man ihn eines Tages in eine Seitengasse zog, ihm die Seele aus dem Leib prügelte und Halil bewusstlos im Dreck liegen ließ. Er brauchte Monate, um sich von den Verletzungen zu erholen, und kam schließlich wieder nach Zuwara zurück. Mit eingezogenem Kopf schlurfte er damals auf Mohameds Vater zu, sein eigener wollte nichts mehr mit seinem Sohn zu tun haben, und fragte, ob dieser Hilfe brauchen könne. Mohamed stand daneben, als sein Vater Halil mit zusammengekniffenen Augen und abschätzigem Blick von oben bis unten musterte und dann beinahe unmerklich nickte.

„Er wird Ärger machen", hatte der damals noch nicht einmal zwanzigjährige Mohamed zu seinem Vater gesagt.

„Er ist Familie", antwortete dieser. Seine Stimme verriet, dass es keinen Raum für Diskussion gab.

Und so kam es, dass Mohameds Vater nicht nur seinem einzigen Sohn, sondern auch seinem Neffen alles beibrachte, was er über die Fischerei wusste. Zu dritt fuhren sie in dem kleinen grünen Kutter, der schon damals reparaturbedürftig war, aufs offene Meer, fischten, holten schweigend die Netze ein, sortierten schweigend die Fische aus, lagerten sie in gelben Kisten, lösten schweigend die Knoten der Netze und warfen sie schweigend wieder ins Meer, rollten schweigend die Gebetsteppiche aus, beteten gemeinsam auf den ächzenden Deckbrettern, rollten die

Teppiche wieder ein, kochten ihr Essen auf einem kleinen Gaskocher, saßen abends auf dem Deck, spielten Karten und beobachteten die Sonne, wie sie rotglühend ins Meer tauchte, und schliefen in Hängematten. Mohamed liebte dieses einfache Leben. Er kannte nichts anderes und wollte auch gar nichts anderes kennen. Sein Vater war ein ruhiger Mann gewesen, ernst und nachdenklich. Nie wurde er grundlos wütend, nie schrie er einen der beiden an, wenn ihnen einmal ein Seil auskam, das Netz mit all den Fischen darin zurück ins Meer kippte und die Ausbeute damit verloren ging. Machten sie etwas falsch, schloss der Vater einen Moment lang die Augen, schüttelte beinahe unmerklich den Kopf und atmete tief aus. War dies der Fall, fühlten beide, Mohamed und Halil, sich schuldig und taten alles daran, ihr Versagen wieder gutzumachen. Waren sie erfolgreich dabei, zog der Vater den linken Mundwinkel etwas nach oben, ein Ausdruck, der entfernt an ein Lächeln erinnerte und der Mohamed stolzer machte als all die Fische, die ihnen ins Netz gingen. Auch Halil schien dieses Leben zu gefallen, da Mohameds Vater ihm das Gefühl gab, gebraucht zu werden.

Und dann, vor drei Jahren, starb der Vater. Sie befanden sich gerade auf offener See und waren dabei, das schwere Netz einzuholen, als dem Vater das dicke, raue Leinenseil entglitt – etwas, das weder Mohamed noch Halil jemals zuvor gesehen hatten –, er sich an die Brust griff und die beiden jungen Männer ernst anblickte. Er atmete tief aus und ließ sich auf das Deck sinken, saß zuerst einige Sekunden lang still da, die Hand immer noch auf die Brust gedrückt, und legte sich schließlich auf den

Rücken. Er blickte wortlos in den blauen Himmel, biss auf seine vom Salz und Wind aufgerissenen Lippen, verzog schmerzerfüllt das Gesicht, hielt den Atem an, stieß ihn aus, schüttelte, scheinbar genervt, den Kopf und schloss die Augen. Sie brauchten drei Stunden, bis sie den Hafen in Zuwara erreichten. Inzwischen hatte der Vater aufgehört zu atmen. Nun war Mohamed der Kapitän des Kutters und gleichzeitig verantwortlich für seine Mutter, seine Frau Helin und seine fünfjährige Tochter Lara.

Mohamed und Halil brachten den Vater zur Moschee, wo er gewaschen, gesalbt und in drei weiße Kefen gelegt wurde. Wie es der Koran vorschreibt, wurde er am nächsten Morgen beerdigt. Bereits zwei Tage später verließen Mohamed und Halil zum ersten Mal ohne den Vater den Hafen von Zuwara. Sie hatten sich davor noch überlegt, einen weiteren Mann anzuheuern, beschlossen aber, die Arbeit vorerst zu zweit zu versuchen. Schnell wurde auch Halil bewusst, dass der Vater ihm einen Gefallen getan hatte und dass es ihn nicht gebraucht hätte. Eine Erkenntnis, die Mohameds Ansehen seinem Vater gegenüber noch steigerte, Halil jedoch sehr wütend machte. Er fluchte, schimpfte, sagte, dass er etwas Besseres mit seiner wertvollen Zeit hätte anfangen können, doch als er merkte, wie sehr er Mohamed dadurch verletzte, schluckte er, zumindest eine Zeit lang, seinen Stolz hinunter und versicherte seinem Cousin, dass er in Wahrheit dankbar war, dass sein Vater ihm diese Möglichkeit gegeben hatte. Mohamed und Halil fuhren weiterhin jeden Tag aufs Meer, verbrachten nach wie vor oft mehrere Tage hintereinander auf dem Boot, warfen die Netze aus, zogen sie wieder ein, luden die Fische in Plastikkisten, lösten die Knoten und begannen wieder von vorne. Mit dem Unterschied, dass sie sich nun dabei unterhielten und immer wieder einmal Streit ausbrach. Bei Sonnenuntergang kochten sie ihr Essen auf dem kleinen Gaskocher und spielten Karten. Halil bemerkte eines Abends, dass dieses Spiel zu dritt besser gewesen war. Mohamed stimmte ihm zu. Irgendwann wollte Halil lieber mit seinem Handy spielen und Mohamed tat es ihm gleich. Ab diesem Moment spielten sie nur noch selten Karten. Die Monate vergingen und Halil wurde von Tag zu Tag unruhiger und unzufriedener. Es brodelte in ihm. Immer öfter beschwerte er sich über die harte Arbeit, über den jämmerlichen Lohn, dass die Fischerei doch keine Zukunft hätte. Er begann, an den Abenden Haschisch zu rauchen, und erzählte immer wieder von seiner Zeit in Tripolis, seiner kleinen Wohnung am Rande der Medina, wo er die Soldaten mit Drogen versorgt und sich die Zeit mit Nutten vertrieben hatte. „Fatima, oh Fatima", sagte er oft, zog an seinem Joint und schilderte grinsend eine junge Prostituierte, deren Haut so weich wie Samt und deren Brüste so groß wie Wassermelonen gewesen seien.

„Eine Frau wie diese findest du in ganz Zuwara nicht", versicherte er seinem Cousin. „Da kannst du suchen, solange du willst."

Er reichte Mohamed den Joint, dieser zog vorsichtig daran, spürte das Kratzen im Hals, schmeckte die Süße auf seiner Zunge, spuckte aus und gab Halil den Joint zurück. Er schüttelte den Kopf und lachte.

„Fatima, oh Fatima. Gesegnet seien deine Titten."

Mohamed konnte es nicht ausstehen, wenn Halil so große Reden schwang. Er sah es als Angriff auf seine eigene Lebenssituation, seine Ehe, seine Frau, sein Kind. Und gleichzeitig war er neidisch auf Halils Erfahrungen. Er selbst hatte, so wie es sein Vater und sein Schwiegervater gewollt und geplant hatten, mit siebzehn geheiratet. Helin war damals sechzehn gewesen. Sie war in der Nachbarschaft aufgewachsen und Mohamed kannte sie vom Sehen, sie war ihm jedoch nie so richtig aufgefallen. Helin war keine wirklich schöne Frau. Sie hatte ein breites, dunkles Gesicht, eine markante Nase und buschige Augenbrauen. Ihre Augen standen etwas zu nahe zusammen, was sie ein wenig naiv, wenn nicht sogar dumm wirken ließ. Mohameds Vater hatte seinem Sohn einige Tage vor der Hochzeit geraten, dass er sich etwas an seiner zukünftigen Frau suchen solle, das er attraktiv fand. Jede Frau besitze so eine Eigenschaft, hatte er ihm versichert. Und so war es auch gewesen. Mohamed bemerkte bereits in den ersten Tagen, dass er es mochte, mehr noch, dass er es liebte, wenn Helin lachte. Sie besaß einen ausgeprägten Sinn für Humor, alberte manchmal wie ein kleines Kind und hatte ein heiseres Lachen, bei dem sich ihre Lippen zurückzogen, sodass ihre Zähne und ihr Zahnfleisch sichtbar waren. Mohamed konnte nicht anders, als ebenfalls in dieses Lachen einzustimmen. Inzwischen kam dies jedoch nur noch sehr selten vor. Eineinhalb Jahre nach ihrer Heirat, Helin war gerade im fünften Monat ihrer Schwangerschaft, verunglückten ihre Eltern bei einem Busunfall. Sie waren auf dem Weg nach Misrata gewesen, um dort Helins

Großeltern zu besuchen, als der Bus von der Fahrbahn abkam, gegen einen Brückenpfeiler prallte und zu brennen begann. Es gab mehr als dreißig Verletzte und elf Tote. Darunter Helins Eltern. Ihre Leichen waren derart schwer verbrannt, dass es mehrere Tage dauerte, sie zu identifizieren. Helin hatte ein sehr enges Verhältnis zu ihrer Mutter gehabt und es machte ganz besonders in den ersten Monaten den Anschein, als würde der Verlust sie brechen. Sie kümmerte sich nach wie vor um Lara und den Haushalt, ging einkaufen, kochte, traf sich hie und da mit Freundinnen. Aber sie war nicht mehr die ausgelassene und lustige Frau, die Mohamed geheiratet hatte.

Insgeheim beneidete er Halil um sein Leben, seine Erfahrungen und seinen Stand als Junggeselle. Mohamed war ein ruhiger Mensch und hatte geheiratet, bevor er sich die Hörner abstoßen konnte. Helin war die erste und bisher einzige Frau, mit der er geschlafen hatte. Zuwara war klein, Prostituierte gab es hier nicht und selbst wenn er die Möglichkeit gehabt hätte, eine Affäre zu beginnen, hätte er zu viel Angst gehabt, dass dies eines Tages auffliegen würde. Helin hätte es ihm nie verziehen.

Es war zu dieser Zeit, im Sommer 2015, in der Mohamed Halil beinahe jeden Morgen überreden musste, aufs Boot zu steigen, in der dieser sich ständig über den Fischgeruch am ganzen Körper beschwerte, in der er Mohamed immer wieder daran erinnerte, dass alles besser sei, als Fischer zu sein, als sich ihrer beider Leben durch einen eigentlich kleinen Vorfall ändern sollte.

Sie befanden sich auf offener See und wollten gerade ihre Netze auswerfen, als sie auf ein Flüchtlingsboot stießen, das unterzugehen drohte. Flüchtlingsboote anzutreffen war keine Seltenheit, das kam immer wieder mal vor, doch das war nicht immer so gewesen. Als Gaddafi das Land noch führte, war auch das, so wie vieles, anders gewesen. Er hatte zwar viele Migranten ins Land gelassen, doch diese blieben meist in Libyen und fanden als billige Arbeitskräfte einen Job in den Städten. Gaddafis Armee sicherte die Küsten und nur wenige wagten den gefährlichen Weg über das Mittelmeer nach Italien. Wurde man von einem der vielen Patrouillenboote erwischt, blühte den Flüchtlingen ein ungewisses Ende. Gaddafi hatte sich um das Problem gekümmert und die Welt immer wieder gewarnt, dass – sollte er eines Tages nicht mehr an der Macht sein – Europa von einer Flüchtlingswelle aus Afrika überschwemmt würde. Und so kam es dann auch. Nicht sofort, aber nach und nach. Gaddafis Sturz änderte alles und um dieses Problem kümmerte sich niemand mehr. Es gab Wichtigeres. Die Grenzen zu Niger und dem Tschad im Süden waren offen und tausende strömten nach Norden, um irgendwie nach Europa zu kommen. Vor allem ab 2014 wurden es dann immer mehr. Wie eine Welle brachen die Menschen über die Städte ein, wohnten in Zelten etwas außerhalb oder in primitiven Camps, die die Übergangsregierung schnell errichtet hatte, und heuerten dann irgendwann einen Schlepper an, der sie über das Meer ins gelobte Land führen sollte.

Schon Ende 2013, Mohameds Vater war damals noch am Leben, trafen sie zum ersten Mal auf ein Flüchtlingsboot. Es war ein kleines Schlauchboot gewesen, so klein, dass es das Radargerät nicht angezeigt hatte. Gerade mal so groß, dass eine Familie, ein älterer Mann, eine Frau, ein junger Mann und drei Kinder, darauf Platz gefunden hatten. Sie waren damals mit ihrem Kutter zu dem Boot gefahren, der Vater hatte sich kurz mit den Flüchtlingen unterhalten und ihnen schließlich etwas Obst und die drei Rettungswesten gegeben, die eigentlich für ihn selbst, Mohamed und Halil bestimmt gewesen waren. Daraufhin hatten sie sich verabschiedet und das Boot hinter sich gelassen.

Vielleicht ein halbes Jahr später, als sie nach einem harten Sturm wieder auf dem Weg zurück zum Festland waren, trafen sie erneut auf ein Boot, dieses Mal ein größeres aus Holz, auf dem bestimmt über fünfzig Personen Platz gehabt hätten. Es war gekentert, lag verkehrt auf dem Wasser, lediglich der hellblaue, mit Algen und Muscheln überzogene Schiffsrumpf war sichtbar und weit und breit sah man keine Menschenseele. Der Vater hatte einmal tief ein- und ausgeatmet, die Augen zusammengepresst und dann angestrengt in alle Richtungen geblickt. Schließlich schüttelte er den Kopf und rief Halil zu, dass er gefälligst den Hafen ansteuern solle.

Und dann, zwei Jahre später, im Juli 2015, der Vater tot, der Kutter reparaturbedürftig, die Netze zum Teil löchrig und verknotet, das Radargerät veraltet und Halil unmotiviert und verärgert, trafen sie auf das rote, vielleicht drei Meter lange Schlauchboot, auf dem sich eng aneinander gedrängt knapp zwanzig Personen befanden. Es hatte sich mit Wasser gefüllt und war manövrierunfähig, da der kleine Außenbordmotor sich vollständig unter Wasser befand. Als die Menschen auf dem vollgestopften Schlauchboot Mohameds Kutter sahen, begannen sie zu winken und schrien um Hilfe. Ohne groß darüber nachzudenken, fuhren Mohamed und Halil neben das Schlauchboot, warfen ihnen ein Seil zu und halfen den Menschen an Bord. Es waren insgesamt neunzehn Personen, elf Männer, vier Frauen und vier Kinder. Alle waren sie nass bis auf die Knochen und zitterten vor Kälte. Eng aneinander gedrängt fanden sie gerade Platz auf dem kleinen Kutter. Die zwei kleinsten Kinder weinten erbärmlich, die Mütter versuchten sie zu beruhigen. Halil setzte Tee auf dem Gaskocher auf, Mohamed gab ihnen ihre Schlafdecken und fand zusätzlich noch eine alte, dreckige Plane, mit der sich die Kinder zudecken konnten. Ein Mann, der Vater von zweien der Kinder, erzählte Mohamed und Halil, dass die Gruppe gemeinsam vor zwei Monaten aus Syrien geflohen sei. Ein Schlepper hatte sie mit einem Boot in den Osten Libyens gebracht. Von dort aus hatte sie ein Lkw nach Tripolis gefahren, wo sie beinahe einen Monat blieben, um dann schließlich von weiteren Schleppern zu einem Strand vielleicht eine Stunde westlich von Tripolis gebracht zu werden. Dort gab man ihnen das Schlauchboot und einen Kompass und versicherte der Gruppe, dass sie, sobald sie die Zwölf-Meilen-Grenze hinter sich gelassen hätten, ein größeres Boot aufsammeln und nach Italien bringen würde. Wohin genau, wusste keiner von ihnen. Vor vielleicht zwei Stunden seien jedoch ein paar größere Wellen über den Rand des Schlauchboots geschwappt und dadurch sei der Motor abgestorben. Das habe Panik ausgelöst und durch die schnellen Bewegungen sei noch mehr Wasser ins Boot gekommen. Als sie den Kutter sahen, dachten sie, das wäre der Schlepper, auf den sie warteten.

Mohamed und Halil überlegten, was sie als Nächstes tun sollten. Am einfachsten wäre es gewesen, die Menschen wieder zurück ans libysche Festland zu bringen. Als sie der Gruppe diese Entscheidung unterbreiteten, flehten die Männer die beiden an, das nicht zu tun. Sie hätten bereits am Strand die Gebühr für die Überfahrt bezahlen müssen. Achthundert US-Dollar pro Person. Lediglich für die Kinder hatten die Schlepper vierhundert verlangt. Mohamed überschlug die Beträge in seinem Kopf: Dreizehntausendsechshundert US-Dollar. Das waren über neunzehntausend Dinar. In seinem gesamten Leben hatte Mohamed noch nicht so viel verdient. Woher hatten diese Leute derart viel Geld?

„Was zahlt ihr, wenn wir euch zu dem Schlepper bringen?“, schoss es aus Halil. Der Mann blickte ihn flehend, jedoch keineswegs verwundert an. Er sagte, dass sie alles für den Weg von Syrien nach Libyen und schließlich für diese Überfahrt bezahlt hatten und dass sie nichts mehr hätten, was sie geben könnten.

„Dann gibt es genau zwei Möglichkeiten“, antwortete Halil und Mohamed erschrak über die Härte in dessen Stimme. „Ab ans Festland, wo euch die Polizei festnehmen wird, oder zurück ins Boot.“ Er deutete auf das mit Wasser gefüllte Schlauchboot.

„Bitte“, flehte der Mann erneut.

Halil nickte Mohamed zu.

„Wir fahren ans Festland“, sagte er befehlend.

„Aber –", wollte Mohamed erwidern. Er wurde jedoch von Halil scharf unterbrochen.

„Nichts aber!", rief er. „Wir fahren zurück. Die Typen hier sind nicht unser Problem."

Mohamed blickte die Flüchtlinge an, durchnässte Gestalten, die alles verloren hatten, die vor dem Krieg in ihrem Heimatland geflohen waren und deren Hab und Gut in einen einzelnen Rucksack passte. Er hätte ihnen gerne geholfen, doch er war eingeschüchtert von Halils hartem Ton. So ging er ins Ruderhaus und ließ den Motor an. Auf dem Radar sah er, dass sich zwei Boote, das eine sieben Meilen, das andere gerade mal drei Meilen entfernt befanden. Es konnte gut sein, dass eines davon der Schlepper war, der die Flüchtlinge abholen sollte. Es war jedoch auch möglich, dass es sich um ein Fischerboot oder vielleicht sogar ein Polizeiboot handelte. Wäre dies der Fall und würden sie mit den Flüchtlingen an Bord auf dieses Boot zufahren, würde man sie mit Sicherheit für Schlepper halten.

Mohamed schob den Gashebel nach vorne und der Kutter nahm Fahrt auf. Einer der syrischen Männer ging auf Halil zu und sprach ihn an. Mohamed konnte aufgrund des Maschinenlärms nicht hören, was gesprochen wurde, doch nach nur wenigen Worten kam Halil grinsend ins Führerhaus, legte seinem Cousin die Hand auf die Schulter, deutete auf den grünen Punkt auf dem Bildschirm des Radars und sagte: „Fahr hierhin. Sie hatten doch noch ein bisschen Geld übrig."

Mohamed wollte seine Bedenken äußern, wurde aber wieder von Halil unterbrochen. „Wir bringen sie zu dem Boot", sagte er, ohne Einspruch zuzulassen. „Fahr!"

Es war tatsächlich der Schlepper. Ein etwas größerer, alter Kutter, dessen Farbe an vielen Stellen abgeblättert war. Die Flüchtlinge verließen Mohameds Boot, Halil warf dem Kapitän das Seil zu, mit dem sie das mit Wasser gefüllte Schlauchboot abgeschleppt hatten, dieser nickte, warf Halil ein Ersatzseil zurück und sie fuhren los, ohne zurückzublicken. Halil ging, immer noch grinsend, zu Mohamed ins Führerhaus, drückte ihm wortlos dreihundert US-Dollar in Fünfzigerscheinen in die Hand und ging dann unter Deck. „Ruf mich, wenn wir in Zuwara angekommen sind", sagte er. „Heute wird nicht mehr gefischt."

Mohamed betrachtete die dreihundert Dollar. Wenn alles perfekt lief und ihre Netze stets voll waren, brauchten sie zwei, vielleicht drei Wochen, um gemeinsam so viel zu verdienen. Die Kosten für den Diesel und die Netze nicht mit eingerechnet. Er drehte sich um und blickte durch das kleine Fenster auf der Rückseite des Führerhauses. Durch das schmutzige und vom Salzwasser verschmierte Plexiglas sah er den immer kleiner werdenden Kutter des Schleppers, der Richtung Norden, in Richtung eines besseren Lebens unterwegs war.

Mit dem Geld würde er Helin ein Geschenk kaufen. Und Lara auch. Helin liebte türkischen Honig. Er würde in den kleinen Süßwarenladen in der Altstadt gehen und ihr dort einen Geschenkkorb zusammenstellen lassen. Das würde sie bestimmt freuen. Es war lange her, dass er ihr das letzte Mal einfach so etwas geschenkt hatte. Vielleicht würde sie diese Geste ein wenig aus ihrem Alltag holen. Er wusste schon, dass sie es nicht leicht hatte. Er, beinahe nie zu Hause, sie alleine mit der kleinen Lara und Mohameds Mutter, die seit Vaters Tod auch nicht mehr die Alte war. Süßigkeiten für Helin, eine Puppe für Lara und ein paar Blumen für die Mutter. Mohamed musste lächeln beim Gedanken daran, wie sehr sich die drei freuen würden.

Als Mohamed am nächsten Morgen am Hafen auf Halil wartete, erschien dieser nicht. Er versuchte ihn auf dem Handy zu erreichen, doch Halil nahm nicht ab. Mohamed dachte an das Geld, das sie am Vortag verdient hatten, und ging schließlich wieder nach Hause. Sie hatten sich einen kurzen Urlaub verdient.

Vier Tage lang hörte Mohamed nichts von Halil. Erst dann meldete er sich bei ihm. Am Telefon war sein Cousin aufgeregt, sprach schnell und undeutlich. Mohamed vermutete, dass er unter Drogen stand. Etwas, das in letzter Zeit immer wieder mal vorgekommen war. Sie trafen sich etwas später, aßen in einem kleinen Restaurant am Hafen gemeinsam zu Mittag und Halil unterbreitete seinem Cousin ein Angebot, das Mohamed trotz anfänglicher Bedenken letztendlich nicht abschlagen konnte. Halil hatte Kontakt mit seinen ehemaligen Bekanntschaften in Tripolis aufgenommen. Viele der Leute, die er von damals kannte, waren inzwischen im Schleppergewerbe und suchten zuverlässige Mitarbeiter.

„Wir warten draußen auf die Boote mit den Flüchtlingen, geben vor zu fischen, schleppen sie ab, bringen sie Richtung Italien und setzen dann einen Notruf ab. Daraufhin kommt ein Rettungsschiff, das die Flüchtlinge nach Italien bringt. Und wir sind schon längst wieder auf dem Weg zurück. Kein Risiko, aber eine Menge

Kohle. Und vor allem stinken wir nicht die ganze Zeit nach Fisch."

Mohamed empfand den Geruch von Fisch nicht als Gestank. Er genoss es, draußen auf See zu sein, und räumte dieses Argument ein.

„Das bist du ja immer noch", sagte Halil und klopfte ihm auf die Schulter. „Nur mit dem Unterschied, dass du dir irgendwann ein richtiges Boot leisten kannst. Unser scheiß Kutter ist völlig am Ende. Der macht es keine zwei Jahre mehr. Und glaubst du wirklich, dass du dir mit dem Geld, das du mit den Fischen verdienst, irgendwann ein neues Boot leisten kannst?"

„Wir könnten sparen und das Boot herrichten", sagte Mohamed halbherzig.

„No way!", rief Halil. „Du kannst das ja gerne machen, aber ich werde mit den Flüchtlingen reich." Er grinste. „Willst du das nicht auch, Cousin? US-Dollar! So viele US-Dollar, dass wir gar nicht mehr wissen, was wir damit machen sollen! Money, Money, Money!"

„Ist es nicht unrecht, mit dem Elend dieser Leute Geld zu verdienen?", fragte Mohamed. Ein Klischee, nur um sein Gewissen ein wenig zu erleichtern.

„Das sind Feiglinge", erwiderte Mohamed. „Als bei uns Krieg herrschte, bist du auch nicht geflohen, oder?", gab ihm Halil, ohne nachzudenken, zurück. Mohamed schüttelte den Kopf. „Ganz genau. Das Heimatland ist kein Hotel, in dem man auscheckt, sobald der Service etwas schlechter wird. Das sitzt man aus. Und außerdem: Hättest du tausend Dollar für eine Fahrt nach Europa? Und dann noch mal tausendfünfhundert für Helin und

Lara?“ Mohamed schüttelte erneut den Kopf. Nie im Leben. „Na dann, sag mir bitte, wer von uns ärmer ist. Die Flüchtlinge oder wir?“

Die neue Arbeit war in Wirklichkeit keine Arbeit. Halil und Mohamed fuhren spätabends mit dem Kutter in Richtung Norden. Sie warfen halbherzig die Netze aus, warteten im Stockdunklen, Halil telefonierte hie und da per Satellitentelefon mit dem Festland, sie beobachteten das grün schimmernde Radar, holten die Netze wieder ein und fuhren, wenn sie ein Signal erkannten, in Richtung des Flüchtlingsboots, warfen ihnen ein Seil zu, zogen es nach Norden Richtung Malta oder Lampedusa, den Blick pausenlos auf das Radar gerichtet. Die Flüchtlingsboote, einst kleine Schlauchboote, wurden immer größer. Sie hatten zwar einen kleinen Außenbordmotor, doch meist waren die Boote derart voll besetzt, dass der kleine Motor nie die Kraft gehabt hätte, die Menschen über das offene Meer nach Italien oder Malta zu bringen. Mohamed und Halil wichen gezielt den Fracht- und Passagierschiffen aus, die klar auf dem Radar zu erkennen waren. Und kam wirklich mal eines direkt auf sie zu, kappten sie das Seil zum Flüchtlingsboot, schlugen einen anderen Kurs ein und kamen dann, sobald die Luft rein war, wieder zurück. Dann, nach ungefähr acht, neun Stunden Fahrt, etwa dreißig Meilen vor der jeweiligen Küste, setzten sie per Satellitentelefon einen Notruf an das RCC, das italienische Rescue Coordination Center, und das SAR, das maltesische Search-and-Rescue-Team ab, gaben die Koordinaten des Flüchtlingsbootes und die ungefähre Anzahl der

Personen durch, kappten die Leinen und fuhren wieder zurück Richtung Heimat. Zuhause angekommen drückte Halil Mohamed nach jeder Fahrt zweihundert Dollar in die Hand.

Das war im Sommer und Herbst 2015 gewesen, als noch keine Drohnen und Helikopter die Region überflogen und als noch wenige Kriegsschiffe die Küsten patrouillierten. Doch das änderte sich binnen weniger Monate. Alles änderte sich in dieser Zeit. Immer mehr Flüchtlinge kamen nach Zuwara, zu tausenden strömten sie in die Hafenstädte, immer wieder trafen Halil und Mohamed auf ihren Fahrten auf primitive und absolut nicht seetaugliche Boote mit hunderten Menschen an Bord. Die Patrouillenboote und auch die Rettungsschiffe von Organisationen mit den heroischen Namen *Poseidon*, *Frontex* oder *Safe Haven* oder der ihm unbekannten Abkürzung MOAS mehrten sich. Es wurde immer schwieriger, unbemerkt nach Italien zu kommen. Und immer öfter sahen die zwei Cousins auch gekenterte Flüchtlingsboote. Hunderte Menschen, viele in leuchtenden orangen Rettungswesten, die sich an umgedrehte Boote klammerten, um Hilfe schrien und manchmal sogar eine Leuchtrakete in die Luft schossen. Nie kamen sie diesen Menschen zu nahe. Das war die Arbeit von anderen. Mohamed rechtfertigte sich damit, dass sie – selbst wenn sie den Menschen helfen wollten – nie genug Platz auf ihrem Boot gehabt hätten. Die Menschen hätten sich gegenseitig bekämpft und vielleicht wäre ihre Verzweiflung auch für Mohamed und Halil gefährlich geworden. So drehten sie jedes Mal ab, sobald sie ein solches Flüchtlingsboot sahen, und schlugen einen anderen Kurs ein.

„Aus den Augen, aus dem Sinn“, pflegte Halil schulterzuckend zu sagen. „Nicht unsere Baustelle.“

Es war an einem Tag im November 2015 um vier Uhr morgens, Mohamed und Halil waren vielleicht noch sechzig, siebzig Meilen von Lampedusa entfernt und hatten ein mit über hundert Personen gefülltes Flüchtlingsboot im Schlepptau, als sich ein Motorboot mit irrsinnigem Tempo auf sie zubewegte. Halil wäre dafür zuständig gewesen, das Radar im Auge zu behalten, doch es war schon viel zu spät.

„Das ist die Polizei!“, rief Mohamed Halil zu und lief panisch von der einen Seite des Kutters zu anderen. Die Menschen im abgeschleppten Boot bemerkten die Unruhe und riefen in einem unverständlichen Durcheinander in Mohamed und Halils Richtung. „Wir enden im Gefängnis“, schrie Mohamed seinem Cousin zu. „Sie werden uns einsperren.“

Halil ging auf Mohamed zu und packte ihn hart an den Schultern.

„Beruhige dich, zum Teufel“, stieß er zwischen zusammengepressten Zähnen hervor. „Niemand geht hier ins Gefängnis, okay?“ Dann ging er zum Heck des Bootes und schrie auf Arabisch und auf Englisch in Richtung der Flüchtlinge: „Seid ruhig! Shut up! Shut the fuck up!“

Auf Mohamed hatte dies jedoch die genau entgegengesetzte Wirkung. Panisch fragte er seinen Cousin, was sie jetzt machen sollten. Ohne Vorwarnung holte Halil aus und schlug ihm mit der Faust in den Magen. Mohamed wurde schwarz vor Augen, er sank auf die Knie.

„Geh ans Steuer, du Trottel, und fahr weiter. Egal, was passiert.“

Mohamed schloss einen Moment lang die Augen, stand auf und stellte sich wortlos ins Führerhaus. Halil ging unter Deck und kam mit einer Taschenlampe in der Hand wieder zurück. Sie sahen das Licht näherkommen und Mohamed war sich sicher, dass es ein Patrouillenboot sein würde, das ihn und Halil festnehmen würde. Doch es kam anders. Das Motorboot verlangsamte, Halil leuchtete in dessen Richtung und Mohamed sah, dass sich an Bord sechs mit Gewehren bewaffnete Männer befanden. Es waren vier Afrikaner und zwei Araber, die Mohamed und Halil auf Hocharabisch zuriefen, dass sie Polizisten seien und sie das Boot stoppen sollten.

„Du fährst weiter", rief Halil Mohamed zu.

„Sind das wirklich Polizisten?", fragte Mohamed leise.

„Einen Scheiß sind das", antwortete Halil und holte das Satellitentelefon aus seiner Jackentasche. Er telefonierte kurz mit dem Auftraggeber in Zuwara und Mohamed hörte über den Lautsprecher des Telefons, wie man Halil anwies, die Fahrt fortzusetzen. Mohamed blickte Halil fragend an.

„Du hast es gehört", sagte er scharf.

Mohamed drückte den Gashebel nach vorne und gab vor, die Männer auf dem Motorboot nicht zu bemerken. Das kleine Motorboot folgte ihnen, kam immer wieder näher heran, umkreiste den Kutter und das Flüchtlingsboot, und ständig riefen die Männer ihnen zu, dass sie den Motor abstellen sollten. Einmal fuhren sie direkt vor den Kutter und wollten ihn so zum Anhalten zwingen. Als Halil das sah, rannte er zu Mohamed ins Führerhaus und schob den Gashebel auf Anschlag. Der Kutter beschleunigte, das kleine Motorboot kenterte beinahe und die bewaffneten Männer schrien und fluchten.

Dann sah Mohamed im Schein des Mondlichts, wie einer der Männer sein Gewehr anlegte, zuerst demonstrativ auf ihr Boot zielte, dann jedoch in die Luft schoss. Das Mündungsfeuer erhellte sein Gesicht und das Geräusch des Schusses durchbrach hart die Stille der Nacht, die bis dahin nur die Motorengeräusche der Boote und die Rufe der Männer störten. Mohamed zog den Kopf ein und Halil rannte unter Deck. Als die Männer auf dem Motorboot bemerkten, dass der Kutter nach wie vor nicht langsamer wurde, legte ein weiterer das Gewehr an. Wieder erklang ein Schuss, doch dieses Mal hörte Mohamed, wie die Kugel krachend in die hölzerne Außenwand des Kutters einschlug. Ein weiterer Schuss, noch einer, dann eine ganze Salve, dann das Schreien der Menschen auf dem vollbesetzten Boot hinter ihnen.

„Anhalten!“, rief einer der Männer auf dem Motorboot erneut und wieder fielen Schüsse. Dieses Mal zielten die Männer auf den Kutter und auf das Flüchtlingsboot. Erneut eine Salve, erneut schrien die Flüchtlinge auf. Mohamed zitterte vor Angst.

Dann kam Halil wieder an Deck. Sein Gesicht war gerötet, in der Hand hielt er einen Revolver. Er stellte sich an den Rand des Kutters, streckte seinen Arm gerade aus und schoss mehrmals auf das Motorboot. Mohamed war sich nicht sicher, ob er das Boot oder einen der Männer getroffen hatte, doch die Angreifer drehten ab und fuhren davon.

Es dämmerte, bald würde die Sonne aufgehen. Mohamed drosselte den Motor, rief den Menschen im

Boot hinter ihnen zu, dass sie sich beruhigen sollten, und fragte, ob jemand verletzt sei. Das panische Schreien war Antwort genug.

„Wir brauchen ein First Aid Kit!“, rief ein Mann am Bug Mohamed zu. Mohamed drehte sich zu Halil, dieser schüttelte den Kopf. „Sie haben das Boot getroffen!“, rief ein anderer Mann den zweien zu. „Wir werden untergehen!“

Halil stellte sich neben seinen Cousin.

„Wir müssen zurück“, sagte Halil leise. „Durch die Einschusslöcher läuft Wasser in den Kutter.“

„Wir müssen die Pumpen einschalten“, sagte Mohamed.

„Eine ist kaputt. Die andere läuft bereits.“

Mohamed schaute auf das langgezogene Boot hinter ihnen und hatte das Gefühl, dass es sich bereits ein wenig zur Seite neigte.

„Was sollen wir machen?“, fragte Mohamed verängstigt.

„Wir kappen die Leine, setzen einen Notruf ab und dann fahren wir zurück.“

Mohamed blickte auf das Radar. Außer dem sich entfernenden Motorboot waren weit und breit keine Schiffe zu sehen.

„Das kann dauern, bis Hilfe kommt“, sagte er leise.

„In unser Boot läuft Wasser! Kapierst du das?“, rief Halil laut. „Wir fahren jetzt sofort zurück. Den Rest schaffen die mit dem eigenen Motor.“

Mohamed war sich da nicht so sicher.

„Die wissen doch nicht einmal, in welche Richtung sie fahren sollen“, sagte er.

Halil beachtete ihn nicht und versuchte über das Satellitentelefon das RCC zu erreichen, doch der Anruf wurde nicht bestätigt. Dann versuchte er es beim SAR. Auch hier keine Antwort. Wortlos ging Halil ans Heck des Kutters und löste die Vertäuung zu dem Flüchtlingsboot. Als die Menschen das erkannten, begannen sie zu schreien, Mohamed sah, wie einige Männer über Bord sprangen und versuchten, in Richtung des Kutters zu schwimmen.

„Wenn die uns erreichen, zerfleischen sie uns", sagte Halil zu Mohamed, drängte sich an ihm vorbei ins Führerhaus und gab Gas.

Mohamed probierte noch einige Male, jemanden zu kontaktieren, schaffte es schließlich und konnte die Koordinaten des Flüchtlingsboots an SAR durchgeben. Sie fuhren in Richtung Festland zurück, Halil versuchte, die Einschusslöcher in der Wand zu stopfen, und Mohamed beobachtete im Halbdunkeln, wie das vollbesetzte Boot hinter ihnen immer kleiner wurde und schließlich, nach einer gefühlten Ewigkeit, endlich hinter dem Horizont verschwand.

Nach diesem Vorfall änderte sich vieles. Als sie im Hafen von Zuwara ankamen, stand im Inneren des Kutters das Wasser bereits kniehoch. Halil sagte, er müsse den Vorgesetzten, die Mohamed noch nie zu Gesicht bekommen hatte, von dem Angriff erzählen, und ließ seinen Cousin alleine mit dem Boot zurück. Mohamed lieh sich von zwei Fischerbooten, die ebenfalls im Hafen angetaut waren, sechs Pumpen aus und reparierte im Laufe des Tages gemeinsam mit einem der Fischer notdürftig die Löcher in der Bordwand. Mohamed erwartete, dass sich der Fremde nach den Einschusslöchern erkundigen würde, was dieser jedoch nicht tat. Als er die Löcher sah, zuckte er lediglich mit den Schultern und machte sich an die Arbeit. Am Abend, Mohamed gab gerade die Pumpen zurück und bezahlte den Fischer für seine Hilfe, kam Halil mit einem ernst dreinblickenden, vielleicht fünfzigjährigen Mann, dessen Haare und Bart mit grauen Streifen durchzogen waren, zum Hafen und stellte ihn als einen Freund vor, dem sie viel zu verdanken hätten. Zu dritt standen sie am Pier, betrachteten den alten Kutter und Halil fragte den Mann, was er davon halte.

„Nicht mehr viel wert", antwortete dieser gelangweilt, ohne den Blick vom Boot zu wenden. „Vielleicht zweitausend."

„Mehr, viel mehr", sagte Halil. „Siebentausend. Mindestens."

Der Mann schnaufte durch die Nase.

„Viel zu wenig Platz darauf. Siebentausend. Ha!" Er kramte ein kleines Taschentuch aus Stoff aus seiner Hosentasche hervor und tupfte sich damit den Nacken ab. „Vielleicht zweitausendfünfhundert. Mehr ist aber nicht drin."

Mohamed nahm seinen Cousin zur Seite.

„Warum willst du unser Boot verkaufen?", fragte er leise.

„Das Boot ist am Arsch", flüsterte Halil. „Wir verkaufen es und ziehen die Sache anders auf. Mehr Geld, weniger Risiko. Keine Sorge, ich kenne da Leute."

Halil wendete sich ab.

„Siebentausend ist ein guter Preis!", rief er und ging wieder auf den Mann zu, der kopfschüttelnd vor dem

Boot stand. „Aber für Sie könnte ich noch etwas runtergehen. Weil wir uns kennen. Sagen wir sechstausendsiebenhundert? Was meinen Sie?“

„Viel zu viel!“, rief der Mann und schnäuzte sich in das Taschentuch.

Mohamed wollte sich einmischen, wollte sagen, dass er das Boot des Vaters gar nicht verkaufen wolle, dass er, ganz besonders nach der letzten Nacht, viel lieber wieder als Fischer arbeiten würde. Und doch hielt ihn irgendetwas zurück. Er dachte an Helin, der er, seitdem er als Schlepper arbeitete, viel mehr bieten konnte und deren Laune sich in den letzten Monaten deutlich verbessert hatte. Er dachte an Lara, die bald in die Schule kommen würde. Als Fischer hatte er sich ständig Sorgen machen müssen, dass sie anständige Kleidung trug, dass er sich weder die Schulbücher noch eine neue Schultasche für seine Tochter leisten konnte. Derartige Sorgen gehörten inzwischen der Vergangenheit an. Er verdiente durch die Fahrten in den Norden zwischen vierhundert und achthundert Dollar pro Woche. Und nun hatte er die Möglichkeit, einige tausend Dollar auf einen Schlag zu verdienen. Und zusätzlich hatte Halil gesagt, dass er einen Weg kenne, noch mehr Geld zu machen. Mehr Geld, weniger Risiko.

„Sechseinhalbtausend“, unterbrach er die Verhandlung zwischen seinem Cousin und dem Fremden. „Das ist ein guter Preis. Fair.“

Der Fremde blickte zuerst ihn, dann Halil düster an.

„Niemand hat ihn gefragt“, sagte er. Seine Stimme war nicht mehr gelangweilt, sondern wütend und genervt.

„Ich lasse mich von euch zwei Hurensöhnen sicher nicht über den Tisch ziehen.“

„Entschuldigen Sie meinen Cousin“, sagte Halil kleinlaut. „Er kennt Sie nicht. Was wäre denn Ihr letztes Angebot?“

Der Mann beruhigte sich wieder, tupfte sich nochmals mit dem Taschentuch den feuchten Nacken ab und sah die beiden an.

„Ich gebe euch viertausend Dollar. Und ihr akzeptiert gefälligst. Mit dem verrotteten Ding da tue ich euch sogar noch einen Gefallen.“

Mohamed wollte etwas erwidern, doch Halil legte ihm den Arm um die Schulter.

„Viertausend für Sie. Das geht in Ordnung.“ Der Mann nickte. „Auf gute Zusammenarbeit?“, sagte Halil fragend und reichte ihm die Hand.

„Das will ich hoffen“, antwortete der Mann genervt, blickte einen Moment lang auf Halils Hand und schüttelte sie schließlich nach einer gefühlten Ewigkeit.

Mohamed starrte auf das Boot, das nun nicht mehr seines war, und fragte sich, was wohl der Vater zu dieser Entscheidung gesagt hätte.

„Viertausend Dollar sind gut, Cousin“, sagte Halil, als der Fremde gegangen war, und klopfte ihm fest auf die Schulter. „Gut, gut.“

Mohamed sagte nichts. Irgendwann würde er sich wieder einen Kutter kaufen. Einen größeren, besseren Kutter. Er musste zuerst Geld verdienen und dann würde er wieder Fischer sein. Fischer auf einem großen Boot mit einer guten Crew. Und er wäre der Kapitän.

Halil erklärte Mohamed den nächsten Schritt. Sein Plan war einfach. Sie würden von nun an mit einer größeren Gruppe zusammenarbeiten, deren Chef ebendieser Mann war, der ihnen das Boot abgekauft hatte. Mohamed und Halil bekamen einen alten weißen Van mit verdunkelten Scheiben gestellt. Damit fuhren sie in die eine Stunde entfernte und bedeutend größere Stadt az-Zawiya, wo sie nach potenziellen Kunden Ausschau halten und diese für eine Fahrt nach Italien anwerben sollten. Wenn sie genug Passagiere gefunden hatten, fuhren sie mit dem Van wieder zurück und brachten die Menschen in eines der Häuser am Rande von Zuwara, wo diese so lange ausharren mussten, bis ein Boot für sie bereitstand. Wen sie aussuchten, war Mohamed und Halil überlassen. Wichtig war alleine, dass die Menschen das Geld für die Überfahrt und die Übernachtungen in dem Haus hatten. Achthundert Dollar war der Preis, den Mohamed und Halil den Flüchtlingen nennen sollten.

Halil begann, auch tagsüber und auf der Fahrt nach az-Zawiya Haschisch zu rauchen. Das machte ihn gereizt und ungeduldig. Wäre es nach ihm gegangen, hätten sie stets die erstbesten Flüchtlinge angeworben. Doch Mohamed wusste, dass das ein gefährliches Spiel war. Zum einen konnten sie nicht einschätzen, was das für Menschen waren, ob sie verlässlich waren, Ärger machten oder überhaupt genug Geld hatten. Zum anderen mussten sie auf der Hut sein, dass die örtliche Polizei nicht auf sie aufmerksam wurde. Diese war zwar durch den Ansturm der Flüchtlinge völlig überfordert – anscheinend befanden sich zwischen hundert- und zweihunderttausend Menschen aus Syrien, Mali, Niger oder dem Tschad allein in dieser Stadt –, doch es war allgemein bekannt, dass die Polizei mit Schleppern kurzen Prozess machte. In az-Zawiya gab es ein großes Auffanglager, das in Wahrheit nichts anderes als ein Gefängnis war, in dem die Häftlinge – aus dem Meer gefischte Flüchtlinge als auch festgenommene Schlepper – eingesperrt, misshandelt, geschlagen und laut Gerüchten sogar gefoltert oder versklavt wurden. Mohamed fürchtete sich davor, eines Tages in diesem schrecklichen Ort zu enden, und so arbeitete er äußerst vorsichtig. Zusätzlich wurde er immer wieder von seinem schlechten Gewissen geplagt. Er versuchte, so gut es eben ging, seinem Tun einen Sinn abzugewinnen. Halil ging es anders. Ihn langweilte diese Aufgabe, er beschwerte sich oft, fing manchmal sogar Streit mit den Flüchtlingen an, bis Mohamed Halil anbot, er könne ja in der Stadt auf ihn warten, bis er die Menschen ausgesucht hatte. Halil war das nur recht und von diesem Tag an arbeitete Mohamed die meiste Zeit alleine. Er ging entweder zum Hafen oder in die Nähe des Einkaufszentrums, wo man zu jeder Tageszeit auf sehr viele Flüchtlinge traf, sprach sie vorsichtig an – viele von ihnen fürchteten sich vor zivilen Polizisten –, unterhielt sich mit ihnen, nahm sich Zeit, erkundigte sich nach dem Herkunftsland und deren Geschichte und bot denen, die er sympathisch, harmlos und zuverlässig fand – bevorzugt Familienverbänden und Frauen mit Kindern –, die Möglichkeit an, mit einem Boot nach Europa zu fahren. Die Menschen waren trotz des enorm hohen Betrags unglaublich dankbar. Die meisten kannten die Preise, waren deshalb auch nicht schockiert darüber. Am späteren Nachmittag traf er sich stets mit Halil, der den Tag wer weiß wo verbracht hatte. Sie fuhren mit dem Van zu einem mit den Klienten ausgemachten, etwas abgelegenen Platz. Entweder in der Nähe der Abu Sabaa Moschee, in einer Seitengasse hinter der Post, die sich direkt an der Hauptstraße befand und die, gerade weil sie so exponiert war, für andere Schlepper nicht infrage kam, oder beim Park neben der Imam Ali Moschee. Dort holten sie die Flüchtlinge ab und brachten sie nach Zuwara. Mohamed erklärte ihnen während der Fahrt, wo sie untergebracht würden, dass man sie in den nächsten Tagen abholen werde, und wünschte ihnen viel Glück für die Weiterreise. Das Geld für seine Arbeit erhielt er nach wie vor von Halil, der den Kontakt zu den anderen Schleppern und zum Chef, den Mohamed am Hafen von Zuwara getroffen hatte, hielt. Halil hatte sein Versprechen – mehr Geld, weniger Risiko – nicht halten können. Mohamed bekam bedeutend weniger als zu der Zeit, in der sie noch selbst mit dem Boot in Richtung Norden gefahren waren, doch es war immer noch weit mehr, als er als Fischer je hätte verdienen können. Zusätzlich war er froh, dass er nicht mehr in eine solche Situation kommen konnte wie damals, als die bewaffneten Männer auf ihr Boot feuerten. Dieses Bild, das helle Mündungsfeuer in der tiefschwarzen Nacht, das Gesicht des Mannes und Halils Anblick, wie er mit einem Revolver in der Hand auf das andere Boot schoss, verfolgte ihn. Nie wieder wollte er in eine derartige Lage geraten.

Mohamed machte seine Sache gut. Die Menschen, die er aussuchte, hatten stets das Geld für die Überfahrt bereit, es gab nie Ärger mit ihnen, niemand stellte sich quer oder beschwerte sich. Lange ging es so weiter, bis es schließlich eines Tages hieß, er und Halil müssten eine Zeit lang pausieren, da angeblich die Polizei auf Mohamed aufmerksam geworden sei. Er hatte zwar stets versucht, unauffällig vorzugehen, doch Halil sagte, dass er sich zu oft in denselben Gebieten aufgehalten habe und sein Gesicht inzwischen bekannt sei.

„Keine Sorge, Cousin. Der Chef hat die Polizei geschmiert", erklärte Halil. „Das ist ein guter Mann. Aber wir müssen trotzdem vorsichtiger sein."

„Wir?", fragte Mohamed genervt. Halil grinste, zog einen Joint aus der Brusttasche seines Poloshirts und zündete ihn an. „Was sollen wir nun machen?", fragte Mohamed und hoffte insgeheim, dass die beiden gezwungen waren, mit der Schlepperei zu brechen.

„Wir organisieren", antwortete Halil ungewohnt souverän, zog an dem Joint, kniff die Augen zusammen und atmete den Rauch aus der Nase aus. „Organisieren, kaufen und verkaufen. Das ist ein Schritt nach vorne. Das Anwerben war doch scheiße. Hat doch keine Zukunft."

Mohamed war selbst überrascht, wie gut er mit der Aussage seines Cousins zurechtkam und wie schnell er sein neues Schicksal akzeptierte.

Die Situation hatte sich wieder einmal verändert. Die Türken und auch die Europäer hatten ihre Grenzen dicht gemacht, Stacheldrahtzäune aufgezogen, die den Landweg nach Europa unmöglich machten. Von nun an führte der Weg beinahe ausschließlich über das Mittelmeer. Mohamed wusste nicht, ob er für diese Veränderung dankbar sein sollte. Natürlich konnten Halil und er nun noch mehr Geld verlangen, machten noch mehr Gewinn, doch gleichzeitig wusste er auch, dass das Meer für die Landmenschen gefährlich war. Viele Boote sanken, viele schafften die Reise nicht. Und dazu kam, dass er, Mohamed, insgeheim genau wusste, dass er nicht mit dem Schleppen aufhören konnte, solange das Business noch so gut lief. Es waren tausende Dollars, die er verdienen konnte. Geld, das seiner Frau und seiner Tochter zugutekam. Und Halils Plan – organisieren, kaufen und verkaufen – war wirklich ein Schritt nach vorne.

Sie begannen, verschiedene, manchmal auch sehr kleine Häfen an der libyschen Küste, von Zuwara bis nach Misrata, abzufahren und Boote auszusuchen, die sich für die Überfahrt nach Italien eigneten. Sie gaben ihre Informationen weiter und der Mann, der auch Mohameds Kutter gekauft hatte, traf sich mit den Besitzern und verhandelte mit ihnen.

Doch nicht nur Mohameds und Halils Situation hatte sich verändert. Politische Entscheidungen in der Türkei und in der EU hatten ihr Geschäft auf den Kopf gestellt, es weitaus gefährlicher und somit natürlich auch lukrativer gemacht. Inzwischen nahm fast niemand mehr die Gefahr in Kauf, die Flüchtlinge ins Schlepptau zu nehmen und bis in die Nähe von Lampedusa zu bringen. Das Schließen der Grenzen in Europa hatte die libysche Polizei und das Militär in die Pflicht genommen. Enorm viele Boote der Küstenwache und sogar Kriegsschiffe patrouillierten die Gewässer. Immer wieder griff man Schlepper auf, verhaftete sie, brachte sie nach az-Zawiya oder nach

Tripolis, wo sie ohne Verhandlung eingesperrt wurden. Von den meisten hörte man nie wieder etwas. Ihr Business hatte sich ebenfalls verändert. Es gab nun verschiedene Pakete zu unterschiedlichen Preisen, die man bei Anwerbern, wie Mohamed einer gewesen war, oder sogar über Facebook reservieren konnte. Am günstigsten für die Flüchtlinge war es, wenn man völlig spontan bereitstand, um noch offene Plätze auf einem Schlauchboot zu füllen. Diese in einer Lagerhalle in Zuwara umgebauten Boote fassten zwischen fünfzig und hundert Personen, hatten einen starken Außenbordmotor und wurden von Flüchtlingen gelenkt, die zuvor eine kurze Einschulung bekamen, wie man den Motor und das Ruder handhabte. Das Problem bei diesen Booten war, dass sie nicht dafür gemacht waren, über das offene Meer bis nach Italien zu fahren. Es war schlicht und einfach nicht möglich. Die Menschen an Bord mussten irgendwie die 12-Meilen-Grenze hinter sich bringen, um dann einen Notruf abzusetzen. Das große Problem war, dass natürlich auch die libysche Küstenwache diesen Notruf erhielt und es gut sein konnte, dass die Menschen von der Polizei festgenommen, wieder nach Libyen zurückgebracht und dort interniert wurden. Je mehr Distanz sie zwischen sich und das libysche Festland brachten, umso höher war ihre Chance, von einem Seenotrettungsschiff, und nicht von der Polizei, gefunden zu werden.

Ein weiteres Problem mit den Schlauchbooten war, dass sie nicht gerade wetterfest waren und bei hohem Wellengang schnell Wasser ins Innere des Bootes kommen konnte. Brach dann noch Panik aus, was sehr leicht geschah, konnte das Boot kentern. Auf offener See hatte das fatale Folgen. Doch trotz allem waren die Schlauchboote bei den Schleppern und auch bei den Kunden sehr beliebt. Kamen sie wie durch ein Wunder tatsächlich in Malta oder Lampedusa an, wurden sie von Mitarbeitern vor Ort zerlegt – besonders der Motor war gefragt – und auf Fischerbooten wieder zurück nach Libyen gebracht. Die Schlauchboote waren im Vergleich unglaublich billig, da sie in China produziert, im Internet bestellt und dann über Malta nach Libyen verschickt wurden. Im Gegensatz zu größeren Booten waren Schlauchboote zivile Güter, die beliebig importiert und exportiert werden durften. Zollbeamte waren machtlos und durften die Ware weder stoppen noch beschlagnahmen. Mohamed war sich der Ironie bewusst, dass Malta – gerade jenes Land, das Drohnen und Schiffe der Küstenwache benutzte, um Flüchtlinge fernzuhalten – den Schleppern letztendlich half. Doch das war alles nicht sein Problem.

Etwas teurer als die Schlauchboote mit Außenbordmotor war die Überfahrt in einem Holzboot mit Schiffsturbine. Bei diesem Paket gab es zwei Kategorien. Das Oberdeck und das Unterdeck. Mohamed wusste, dass das Unterdeck lebensgefährlich sein konnte, und doch war es stets übervoll. Es gab zwar Belüftungsrohre, die nach oben ins Freie führten, doch es kam immer wieder vor, dass Menschen in den Zwischenkammern an den Abgasen der Maschine erstickten. Wäre Mohamed noch Anwerber gewesen, hätte er seinen Klienten diese Gefahr nicht vorenthalten und sie mit Sicherheit überzeugt, etwas mehr Geld für einen Platz am Oberdeck zu investieren. So aber wussten die Menschen, die das Unterdeck betraten, meistens nichts von dem Risiko, das sie eingingen.

Die dritte, sicherste und natürlich auch teuerste Möglichkeit war, an Bord eines Fischkutters nach Norden zu fahren. Der Kutter wurde zuvor in einer Halle in Zuwara zerlegt. Ausleger, Netze, Lademast, Deckkran, alles wurde abmontiert, damit das Boot möglichst viele Personen unterbringen konnte. Das war das Schicksal, das auch Mohameds Boot gehabt hatte. Auch bei diesem Paket wurden ein oder zwei Flüchtlinge eingeschult, wie man das Boot steuerte, auf Kurs hielt und wie man das Radar bediente. Wenn alles glatt lief, fuhren bis zu zweihundert Personen auf einem Boot in Richtung Lampedusa, wo sie allerspätestens – wenn die Menschen nicht zuvor festgenommen oder „gerettet" wurden – zwanzig, dreißig Seemeilen vor der Küste von italienischen Schleppern, ebenfalls in einem Fischkutter, auf kleinere Schlauchboote umgeladen wurden. Der libysche Kutter wurde dann von den Italienern wieder in Richtung offenes Meer gefahren, wo erneut eine Übergabe stattfand. So konnte ein und dasselbe Boot mehrere Überfahrten machen. Win-win. Und selbst wenn das Schlepperschiff verlorenging, oder, was nicht selten vorkam, vom Militär abgeschossen und versenkt wurde, blieb immer noch ein großer Gewinn, denn ein einfaches Boot in akzeptabler Größe gab es bereits um sechs- bis neuntausend Dollar.

Halil überraschte Mohamed, indem er eines Tages wie in einem schlechten Film eine Sporttasche voller Geld brachte und seinem Cousin verkündete, dass sie die Aufgabe hatten, die verschiedenen Häfen abzufahren, Boote auszusuchen, sie den Besitzern, meist armen Fischern, wie sie selbst einst welche gewesen waren, abzukaufen und dann nach Zuwara zu bringen. Die Aufgabe war weitaus einfacher, als Mohamed erst gedacht hatte. Beinahe immer verkauften die Fischer ihre Boote, da die Verlockung, schnell an einen großen Geldbetrag zu kommen, einfach zu attraktiv war. Niemand fragte nach, was man mit dem Kutter machen würde. Stets fuhr Halil mit dem Auto zurück und Mohamed fuhr die Boote nach Zuwara. Es waren diese Stunden auf dem Wasser, die er am meisten genoss und in denen er sich sein früheres Leben sehnlichst zurückwünschte.

Und so kam es, dass er, nachdem er einen Kutter nach Zuwara geführt hatte, am Hafen entlangspazierte, dort ein wunderschönes, schnittiges und robust wirkendendes weiß-blaues Boot sah und sich wieder einmal wünschte, wie früher Fischer zu sein und seine Tage auf dem Meer zu verbringen. Doch wenn er ehrlich zu sich selbst war, musste er sich eingestehen, dass dieses Ziel nicht einfach zu erreichen war. Er verdiente zwar inzwischen nicht schlecht, doch hatte er, ohne es großartig zu bemerken, auch seinen Lebensstil an das größere Einkommen angepasst. Er hatte sich ein neues Auto gekauft, einige Reparaturen in der Wohnung vorgenommen, die längst notwendig gewesen waren, verwöhnte seine Mutter, Helin und Lara, die inzwischen in die Schule ging, und schaffte es nicht wirklich, Geld auf die Seite zu bringen.

Das alles ging ihm durch den Kopf, als er am Hafen stand und plötzlich die dunkle Rauchsäule erblickte, die ganz in der Nähe in den Himmel zog. Wie er später erfahren sollte, stand genau die Halle in Brand, in der die Schlauchboote für die Fahrten nach Italien hergerichtet und gelagert wurden. Den ganzen Tag sah man den schwarzen, für Kunststoff typischen Rauch über den Dächern von Zuwara. Erst am nächsten Tag schaffte die Feuerwehr es, den Brand vollständig zu löschen. Schnell merkte man die Auswirkungen. Die beliebten Schlauchboote waren plötzlich rar, China kam aufgrund der hohen Nachfrage mit der Produktion nicht nach und die Preise für die Überfahrt nach Lampedusa stiegen. Halil, oft völlig verplant und unzuverlässig, überraschte seinen Cousin erneut, indem er ihm sagte, dass sie diese Krise nutzen und von nun an eine eigene Schiene fahren würden. Wie er ihm verriet, hatte er in den letzten Monaten Kontakt zu verschiedenen anderen Schleusergruppen in Tripolis und Misrata aufgenommen. Diese Männer wussten, im Gegensatz zu ihrem jetzigen Arbeitgeber, wie sie trotz des Engpasses an Schlauchboote kommen konnten.

„Von nun an machen wir alles alleine", sagte er. „Du, ich und noch vier gute Männer, die ich von früher kenne."

„Gutes Geld?", fragte Mohamed.

„So gut, dass wir in einem Jahr in unseren wohlverdienten Ruhestand gehen können", lachte Halil und legte seinem Cousin den Arm um die Schulter. „Ich in einem Bordell in Tripolis und du, wenn du willst, auf einem luxuriösen Kutter mit einer Mannschaft, die für dich die ganze Arbeit macht."

Obwohl Mohamed wusste, dass es nicht so einfach werden würde, lächelte er beim Gedanken daran. Inzwischen wünschte er sich nichts sehnlicher, als aus diesem Schleppergewerbe wieder auszusteigen. Er vermisste die Einsamkeit auf dem Meer, die Ruhe, das Geräusch der Wellen, die gegen den Bug des Schiffes schlugen, das monotone Knattern des Dieselmotors. Es waren schöne Geräusche, viel besser als die Hektik in der Stadt und das panische Gebrüll, wenn es hieß, die Polizei sei in der Nähe.

Es lief folgendermaßen ab: Mohamed nahm trotz anfänglicher Bedenken wieder seine frühere Tätigkeit als Anwerber auf und fuhr regelmäßig nach az-Zawiya, wo er Klienten aussuchte, stets zwischen achtzig und hundert Personen, ihnen das „Reisepaket Italien" vorstellte und einen Treffpunkt und eine genaue Uhrzeit nannte. Er brachte die Leute jedoch nicht mehr selbst nach Zuwara. Das übernahm einer der Männer, die Halil angeheuert hatte und von denen Mohamed nur die Vornamen kannte, mit einem Lkw. Anders als zuvor war für die Klienten jedoch kein Zimmer vorgesehen. Sie mussten sich ein bis drei Tage in einem kleinen Wäldchen nordwestlich von Zuwara verstecken und darauf warten, dass man sie abholte und zum Ablegepunkt an einem sicheren Strand brachte. Halil und die anderen drei Männer kümmerten sich um die Aufbereitung der Schlauchboote, die ebenfalls mit einem Lkw entweder von Misrata oder von Tripolis nach Zuwara geliefert wurden. Die Fahrten starteten immer nachts von verschiedenen Stränden. Sie wechselten sich mit der Überprüfung der Strände ab, bei denen man abklären musste, ob sich dort Polizisten oder andere Schleusergruppen befanden. War der Ort gecleart und die Wetterverhältnisse in Ordnung, benachrichtigte man die anderen per SMS. Dann musste es schnell gehen. Einer war für das Schlauchboot zuständig, das per Anhänger mit einem Allradwagen zum Strand gekarrt wurde. Ein weiterer Fahrer brachte in einem Pick-up die Rettungswesten und die anderen zwei brachten die Flüchtlinge in Chargen zu fünfzehnt mit zwei Vans in die Nähe des Strands. Von dort aus mussten sie allein so schnell wie möglich zum Ablegepunkt kommen, wo man das Geld kassierte, den Klienten eine Rettungsweste in die Hand drückte und ihnen einen Platz im Schlauchboot zuwies. Mohamed hatte anfangs wie bisher Familien und Frauen mit Kindern angeworben, bis er merkte, dass sich diese manchmal beim Weg durch das Gebüsch schwertaten und immer auf das schwächste Glied warten mussten. Zeit, die sie nicht hatten. So veränderten sich seine Präferenzen. Aus Familien wurden Einzelpersonen, aus Frauen und Kindern wurden fast nur noch junge Männer, denen es egal war, wenn jemand zurückgelassen wurde. Selten waren noch Frauen dabei, doch Mohamed wählte nur diejenigen aus, die auch so wirkten, als würden sie den Druck und die Anstrengung auch aushalten. In der Zeit, in der das Schlauchboot beladen wurde, zeigte Jalel, wie sich einer der Männer nannte, die mit Mohamed und Halil zusammenarbeiteten, einem Klienten, wie man den Motor startete, das Funkgerät bediente und das Boot lenkte. Halil und Mohamed hielten sich meist im Hintergrund und die anderen zwei Männer standen – aufgrund des vielen kassierten Geldes und der Überzahl der Klienten – mit Gewehren bewaffnet links und rechts der Gruppe. Meist blieb zwar nur wenig Zeit, um den Ausgewählten einzuschulen und ihm zu erklären, wie man mithilfe eines Kompasses trotz manchmal harten Wellengangs und Dunkelheit auf Kurs blieb, doch Mohamed hatte stets das Gefühl, dass er eine zuverlässige Person für diese wichtige Aufgabe ausgesucht hatte. Es war nicht immer leicht, da es sehr oft Gruppen gab, von denen niemand je ein Boot betreten hatte. Die Allerwenigsten konnten schwimmen und beinahe keiner hatte auch nur die geringste Ahnung, wie weit Europa entfernt war. Oft hatten die Menschen Angst und so zeigten Halil oder er auf die Lichter am Horizont – Ölplattformen – und versicherten den Flüchtlingen, dass direkt dahinter Italien sei. Eine Lüge, die jedoch die Menschen etwas beruhigte.

Wenn das Boot voll war, schob man es ins Meer und erklärte demjenigen, der das Boot lenkte, er solle erst dann einen Notruf absetzen, wenn es unbedingt notwendig war. Man erzählte den Kunden, dass sie die besten Chancen auf Asyl hätten, wenn sie selbst Land erreichten. In Wahrheit ein Ding der Unmöglichkeit, doch dieses Detail ließen sie gewissenhaft aus. Sollten sie Hilfe benötigen oder tatsächlich in Seenot geraten, sagte man den Flüchtlingen, müssten sie unbedingt warten, bis sie nach 12 Meilen die Staatsgrenze hinter sich gebracht und die eingeschränkte Wirtschaftszone erreicht hätten.

„Früher bedeutet Gefängnis", betonte Mohamed jedes Mal. „Sicher seid ihr erst, wenn ihr europäischen Boden unter den Füßen habt."

Sobald das Schlauchboot im Wasser war, packten Mohamed, Halil und die drei Männer ihre Sachen und verließen getrennt den Strand. Sollte tatsächlich jemand von der Polizei aufgegriffen werden, würde dieser nicht wissen, wo sich die anderen befanden.

Es war Anfang September 2018 und Mohameds letzte Fuhre war schon über zwei Wochen her. Das anhaltende stürmische Wetter hatte ihnen immer wieder einen Strich durch die Rechnung gemacht. Alle, Halil, Jalel, Ali Reza, Kadir und Kamal – Mohamed kannte nach wie vor von allen nur die Vornamen – als auch Mohamed selbst waren äußerst angespannt und gereizt. Bereits drei Mal hatte es so ausgesehen, als könnten sie starten, hatten sie alle Vorbereitungen getroffen, die Klienten sogar bereits zum Strand gebracht, und konnten dann doch wegen zu hohen Wellengangs das Schlauchboot nicht zu Wasser lassen. Zusätzlich war es in den letzten Monaten immer gefährlicher geworden, da die libysche Regierung Anfang des Jahres einen Pakt mit der EU abgeschlossen hatte und sie nun auch von ausländischen Soldaten unterstützt wurde. Als wäre das nicht genug, flossen Millionen von Euros von Europa nach Libyen, um das Militär aufzustocken und die Grenzsicherung zu verstärken. Immer öfter patrouillierten Boote der Küstenwache und Militärjeeps die Küsten und angeblich wurden auch immer wieder Handys angezapft und abgehört. Ob das stimmte, wusste Mohamed nicht, und doch wurde ihm bei dem Gedanken angst und bange. Er redete sich ein, dass er nur noch so lange wie irgendwie nötig mit dem Schleusen weitermachen würde, doch er war nach wie vor weit entfernt davon, sich ein eigenes Fischerboot kaufen zu können. Geld zu verdienen heißt, es richtig einzusetzen, sagte Halil immer wieder. Doch die Autos, der Lkw, die Schlauchboote mit den teuren Motoren, alles kostete Geld. Um zu sparen, beschloss Halil vor einigen Wochen, ohne Mohamed zu fragen, zumindest auf die Rettungswesten zu verzichten.

„Zum einen sind die Boote inzwischen wirklich sicher und zum anderen bringt ihnen eine Rettungsweste auch nichts, sollten sie wirklich kentern. Wenn das passiert, werden sie, wenn ein Rettungsboot in der Nähe ist, gleich aufgesammelt. Und wenn kein Boot zur Stelle ist, na, dann ist alles zu spät, Rettungsweste hin oder her."

Mohamed musste seinem Cousin trotz einiger Bedenken und eines schlechten Gefühls im Magen zustimmen. Keine Westen bedeuteten größeren Gewinn, bedeuteten für ihn einen schnelleren Ausstieg aus diesem Business.

Das Wetter war immer noch nicht ideal, es stürmte nach wie vor, aber laut Wetterbericht sah es so aus, als könnten sie endlich starten. Um elf Uhr nachts bekam Mohamed endlich ein SMS von Ali Reza, der die Aufgabe gehabt hatte, den ausgewählten Strand zu clearen.

„Alles in Ordnung", hieß es im SMS. Mohamed holte Halil mit dem Jeep ab und sie fuhren gemeinsam mit dem Schlauchboot zur ausgemachten Stelle. Kadir, Jalel und etwa fünfzig Klienten warteten bereits auf sie. Kamal führte noch die restlichen Leute in die Nähe des Strands. Als Mohamed ausstieg, fiel ihm sofort das laute Donnern der Wellen auf.

„Ich glaube, das wird heute wieder nichts", sagte er.

„Das geht schon", rief ihm Jalel scharf zu. „Viel besser als gestern noch."

Halil wies Mohamed und einige der Klienten an, das Schlauchboot vom Anhänger abzuladen. Während sie auf die restlichen Flüchtlinge warteten, wies Jalel einen der Männer in die Handhabung des Bootes ein. Schließlich, es waren inzwischen vielleicht achtzig Menschen am Strand, ließen sie das Schlauchboot zu Wasser und bedeuteten den Klienten, einzusteigen. Bereits die ersten hatten aufgrund der starken Strömung und der hohen Wellen große Schwierigkeiten, in das Boot zu klettern, und zusätzlich beschwerten sich wie immer einige lauthals, dass es keine Rettungswesten gab. Doch Ali Reza, der in dieser Nacht besonders gereizt war, legte sofort sein Gewehr an, zielte auf die Gruppe und rief den Menschen zu, dass sie gefälligst ins Schlauchboot steigen sollten. Als es voll war, stießen Mohamed, Halil und Jalel das Boot ins Wasser. Im Schein des Mondes erkannten sie, dass immer wieder Wellen über den Rand des Schlauchbootes hineinbrachen. Die Klienten waren noch keine zehn Meter draußen, als sie Anstalten machten, umzudrehen.

„Was nun?“, fragte Mohamed und sah, dass Halil in einiger Entfernung gerade mit seinem Handy telefonierte. Die anderen drei Männer zuckten mit den Schultern.

Das Schlauchboot drehte um, fuhr zurück und war vielleicht noch fünf Meter vom Strand entfernt, als Halil auf die Gruppe zurannte und rief, dass die Polizei im Anmarsch war.

„Anscheinend kommen sie von drei Seiten!“, rief er panisch und Jalel und er schoben, ohne sich großartig absprechen zu müssen, den Anhänger ins Meer, um ihn dort zu versenken.

„Wenn sie kommen, müssen die da weg sein!“, schrie Ali Reza und zeigte auf das Schlauchboot. Wieder legte er sein Gewehr an. „Umdrehen!“, rief er in Richtung des Bootes.

„Die Wellen sind zu hoch!“, kam es vom Boot, einige der Klienten sprangen von Bord und schwammen in Richtung Ufer.

Ohne Umschweife schoss Ali Reza eine Salve in den Nachthimmel. Die Menschen schrien wild durcheinander. Die meisten Schwimmer klammerten sich am Schlauchboot fest.

„Umdrehen, habe ich gesagt!“, rief er und deutete sein Gewehr auf einen Mann und eine Frau, die vom Boot abgesprungen waren und gerade das Ufer erreichten.

„Bitte nicht!“, rief die Frau flehend und sank, vermutlich durch das Schwimmen erschöpft, auf die Knie. „Das Boot wird untergehen!“, brüllte sie in perfektem Hocharabisch.

„Dreh verdammt nochmal um!“, schrie Ali Reza und zielte mit dem Gewehr auf sie. „Zurück zu den anderen!“

„Ich kann euch Geld geben!“, rief die Frau panisch. „Ich bin Journalistin! Mein Name ist Lara Said! Ich bin Deutsche! Ich habe Geld! Bitte lasst mich –“

Ali Reza schoss gerade Mal einen Meter neben der Frau in den Sand. Wasser und Sandkörner spritzten durch die Luft. Der Blitz des Mündungsfeuers erhellte die Nacht und warf ein gespenstisches Licht auf das angsterfüllte Gesicht der Frau. Mohamed erinnerte sich an die Nacht auf ihrem Kutter, als man auf sein Boot geschossen hatte. Der Mann neben der Frau drehte augenblicklich um, sprang in die Wellen und schwamm zurück zum Boot. Mohamed, der den Namen Lara, den Namen seiner Tochter, noch im Ohr hatte, wollte die Situation beruhigen. Er griff nach Ali Rezas Schulter und erschrak, als dieser herumfuhr und das Gewehr auf ihn richtete.

„Wenn die Polizei kommt, sind die nicht mehr hier", wiederholte er seine Worte von vorhin. Dann ging er einen Schritt auf die Frau zu, legte sein Gewehr an und hielt ihr den Lauf nur wenige Zentimeter vors Gesicht. „Zurück ins Boot", sagte er tonlos.

Die Frau blieb noch einen Moment lang knien, blickte flehend in Mohameds Richtung, stand schließlich, als dieser nicht reagierte, auf, drehte sich um, stolperte vorwärts, kämpfte sich durch die Wellen, die sogar noch höher geworden waren, verlor einige Male das Gleichgewicht, schwamm schließlich die wenigen Meter zum Schlauchboot und wurde von den Flüchtlingen an Bord gezogen.

Einige Kilometer entfernt sah man die Lichter heranfahrender Autos. Das Schlauchboot hatte inzwischen Fahrt aufgenommen und entfernte sich in Richtung des offenen Meeres. Bis die Polizei hier war, dürfte das Boot wohl außer Sichtweite sein, dachte Mohamed und sehnte ein weiteres Mal sein ruhiges Leben als Fischer herbei. Vielleicht könnte man die Polizisten bestechen. Vielleicht würden sie alle mit einem blauen Auge davonkommen. Bisher hatte er ja auch immer Glück gehabt.

Syrien, Damaskus
September 2018

Omar Suliman

Omar lag wach. Jede Nacht inzwischen. Schlaf war ein Gut, das er sich nicht kaufen konnte. Wäre es zum Verkauf gestanden, er hätte alles dafür gegeben. All sein Geld? Ja. Seine Seele? Inzwischen ja. Die Augen schließen und weggleiten in die Dunkelheit, eine schwarze Decke, die sich über die Gedanken legte. Doch diese sich immerwährend bewegenden Gedanken ließen sich nicht abschalten. Obwohl er wach lag, tauchte Duma wie ein Albtraum in der Dunkelheit auf. Die zerbombten Gebäude, der Geruch von Tod in der Luft, der Dreck und der Staub, der sich als graues Tuch über die Straße und sämtliche Gebäude gelegt hatte, die Frauen mit ihren abgemagerten Kindern. Und natürlich dieses hässliche, bedrohliche Gefühl, dass jederzeit etwas passieren könnte. Eine Kugel, die sich durch sein Fleisch bohrte und seinem Leben ein plötzliches Ende setzte, eine Rakete, die direkt neben ihm einschlug und die ihn in tausend Stücke zerriss. Er spürte das Rumoren in seinem Bauch; die Unruhe in seinen Armen und Beinen, die Angst, die ihn lähmte. Und dann, aus dem Nichts, tauchte natürlich wieder der Mann ohne Gesicht auf. Omar spürte, wie sein Herzschlag schneller wurde. Er versuchte sich zu beruhigen, versuchte ruhig ein- und auszuatmen, versuchte das Bild loszuwerden.

Er lag auf dem Rücken und starrte in die Dunkelheit. Der Bildschirm seines Handys leuchtete auf und erhellte das ganze Zimmer in hässlichem Grün. Er bewegte sich nicht. Still liegen bleiben. Heute Nacht würde er die Bestellung nicht mehr erledigen können. Das Licht erlosch. Omar atmete langsam, wartete auf den Schlaf. Der Schlaf als Liebhaberin, die er so sehr begehrte und doch nicht haben konnte. Der Schlaf als Feind, der ihn stets nur beobachtete, ihn anvisierte, ihn nervös machte – und doch nie angriff. Omar hatte so viele verschiedene Metaphern für den Schlaf parat, erdacht in den vielen wachen Nächten. Er blickte an die dunkle Decke über ihm, lauschte dem Atmen seiner Frau neben ihm. Heute war es Alisar, die gutherzige Alisar, die seit mehr als zwanzig Jahren mit ihm verheiratet war, die ihn liebte, die viele Jahre lang versucht hatte, ihm ein Kind zu schenken, es dann schließlich auch getan hatte. Ein Mädchen. Es war zu früh zur Welt gekommen. Klein, viel zu klein, zu kleine Hände, zu kleine Beine, eine zu kleine Lunge. Das Atmen fiel ihr schwer. Die ersten eineinhalb Monate hatte sie in einem Brutkasten verbracht. Was für ein furchtbares Wort. Als wäre sie ein Tier. Alisar war durchgehend danebengestanden, hatte sie beobachtet und behütet, ihr beim Atmen zugesehen. Dann konnten sie das kleine Mädchen endlich mit nach Hause nehmen, doch die Schwierigkeiten verschwanden nicht. Sie war kränklich, trank zu wenig, schrie und weinte viel, oft die Nacht durch. Ein Schreien, das durch Mark und Bein ging. Alisar und Omar waren verzweifelt, wussten nicht, wie sie dem kleinen Wesen helfen hätten können. Es wurde nicht besser. Dann bekam sie eine Lungenentzündung und musste wieder ins Krankenhaus. Ihr Name war Ayasha gewesen. Ayasha, was so viel wie „das Leben“ bedeutete. Sie wurde elf Monate alt. In Omar hinterließ der Verlust eine Leere. Alisar brach er.

Omar blickte an die Decke, dachte an Ayasha und hörte Alisar atmen. Alisar, die immer nur das Beste in ihm sah. Einen ehrenhaften Mann, einen guten Mann. Omar, der gute Mensch, so nannte sie ihn oft. Omar, der gute Mensch, der sich um alle kümmerte, der es jedem recht machen wollte, der sogar einmal einem Menschen das Leben gerettet hatte. Omar, der Held. Er lauschte. Alisars Atem, leise, ein und aus, die Geräusche der vorbeifahrenden Autos, das Knattern der Dieselgeneratoren. Dieses verdammte Knattern der Dieselgeneratoren. Der Strom kam und ging. War er weg, warf man überall die Generatoren an. Ihr Geräusch verpestete die Luft, viel mehr noch als ihre Abgase. Dieses Geräusch, das Knattern, lärmte durch die engen Gassen, schlug hart bei jeder Hausmauer an, kroch an ihnen empor, suchte sich seinen Weg durch die Ritzen in den Wänden und den Fenstern, stellte sich neben Omars Bett und klopfte ihm auf die Schulter und die Stirn und die Schläfen und ließ ihn nicht schlafen. Die Dieselmotoren. Und er half, dass die Generatoren liefen. „Omar, wir haben keinen Diesel mehr“, hieß es dann. Und: „Omar, du hast versprochen, dass du –“ Verdammter Diesel. Er war zurzeit schwer zu bekommen. Und doch sagte Omar immer, dass er sich darum kümmern werde. Er sollte nicht immer zu allem und jedem Ja sagen. „Omar, kannst du mir das besorgen?“ Kein Nachdenken, kein Zögern. Die Antwort: „Ja, kann ich." Immer war er schon so gewesen. Ein Blender. Ich kann alles. In der Schule hatte es angefangen, als –

Donner. Er horchte auf. Es war nur leise, dieses Mal. Viele Kilometer entfernt. Dann noch einmal. Omar zählte bis dreißig, dann der dritte Schlag. Ein Mörser vermutlich, einhundertzwanzig Millimeter, mit einer Reichweite von vierhundertfünfzig Metern minimal bis sechstausendvierhundert Metern maximal. Circa vierhundert Meter Sprengradius.

„Omar, wieso willst du das denn alles wissen?", hatte man ihn in den letzten Jahren immer wieder gefragt. Die Soldaten und die Rebellen hatten sich über ihn lustig gemacht. Er, stets mit eingezogenem Kopf, und die Uniformierten, die eigentlich viel mehr Angst haben hätten müssen, mit einem dämlichen Grinsen auf den Lippen. „Wie weit, wie stark, das spielt doch für dich keine Rolle." Omar hatte dann stets genickt, auf den Boden geblickt und einem der Männer das Geld zugeschoben, sodass sie ihn endlich passieren ließen.

Es hatte ihn jedes Mal gewundert, dass man ihm so eine Frage stellen konnte. Diese Informationen waren doch wichtig. Omar hatte, während der Krieg in Damaskus wütete, Einblick gehabt, wo diese Rohre standen. Er hatte sich die Positionen gemerkt und sie auf einer Stadtkarte eingetragen. Es war eine große Stadtkarte, die er jeden Abend auf dem Küchentisch ausgebreitet hatte. Ein mit einem Bleistift eingezeichnetes X symbolisierte den Mörser, danach zeichnete er mit einem Zirkel die minimale und die maximale Reichweite ein. So gut er eben konnte. Der Bereich zwischen den zwei Kreisen war die gefährliche Zone. Die hieß es, so gut es ging, zu vermeiden. Es hatte so viele Kreise auf seiner Karte gegeben. So viele. Das Ausweichen war immer komplizierter geworden.

Und nun hieß es, der Krieg sei vorbei. In Damaskus zumindest. Er glaubte es nicht. Die Angst saß zu tief.

Omar lauschte. Das Donnern hatte aufgehört. Er schluckte. Sein Mund war trocken. Sein Magen schmerzte. Ein Brennen zwischen Rippen und Bauchnabel. Er atmete tief ein und aus. Die Schmerzen ließen etwas nach, doch der trockene Mund blieb. Ein Glas Wasser würde helfen. Aber wenn er jetzt aufstünde, würde er nie einschlafen. Der Schlaf war scheu wie ein Reh. Man musste ruhig sein, sehr, sehr ruhig, erst dann traute der Schlaf sich vielleicht heran. Jede Bewegung konnte und würde ihm Angst machen. Er würde sich verkriechen, fliehen, weit weg. Bewegungen machten ihm Angst. Omar kniff die Augen zusammen, so fest wie möglich. Dann drückte er seine Handballen in die Augenhöhlen, bis farbige Blitze in der Schwärze entstanden. Das half manchmal. Dieses Mal nicht. Er zuckte zusammen, als der Mann ohne Gesicht wieder aufblitzte. Omar öffnete die Augen, blinzelte, blickte an die Decke, lauschte und spürte die Dürre in seinem Mund. Seine Zunge, sein ganzer Rachen, war wie von einem dicken Pelz überzogen. Er öffnete den Mund, versuchte zu schlucken, bewegte seinen Kiefer nach links und nach rechts. Es knackte. Alisar drehte sich zu ihm, öffnete die Augen einen Spalt breit.

„Du schnarchst“, murmelte sie.

„Entschuldige“, flüsterte Omar zurück.

Er konnte förmlich spüren, wie der Schlaf einen Sprung nach hinten machte, ihm den Rücken zudrehte und davonlief. Omar richtete sich auf. Der Schlaf war weg. Über alle Berge. Er stand auf, ging in die Küche und holte sich etwas zu trinken.

Vielleicht um fünf, vielleicht aber auch erst um sechs hatte sich der Schlaf zurück getraut. Kurz zumindest. Omar war bis dahin wach gelegen. Um halb sieben wurde der Verkehr lauter, er öffnete die Augen, das erholsame Gefühl aufzuwachen blieb aus. Er blickte aus dem Fenster. Hatte er geschlafen? Er wusste es nicht. Nun war er jedenfalls hellwach. Alisar schlief immer noch. Wie sehr er sie um ihren Schlaf beneidete. Er griff nach seinem Handy. Zwei Anrufe, sechs SMS. Er las die Nachrichten durch – ich brauche dies, bring mir das –, antwortete und schrieb zwei weitere SMS an Luay. Das Bauchweh war wieder da. Er hustete, stand auf, seine Muskeln schmerzten. Er ging in die Küche, trank ein Glas Wasser und lauschte, kontrollierte, ob das leise Summen des Kühlschranks zu hören war. Es war da. Das bedeutete, dass der Strom ebenfalls da war. Er schaltete den Fernseher ein. Al Jazeera berichtete über weitere Anschläge in Syrien, über Krieg und Gewalt. Er schüttelte den Kopf. Dann berichtete man über eine spanische Sicherheitsfirma, die sämtliche Grenzen in Europa und der Türkei mit Zäunen ausgestattet hatte und die nun gerade eine Kooperation mit dem Libanon, Tunesien und Libyen aushandelte.

„Zu viele Menschen flüchten nach wie vor aus den Kriegs- und Armutsgebieten, in der Hoffnung, in Europa ein sicheres und besseres Leben führen zu können", hieß es in den Nachrichten. „Die spanische Sicherheitsfirma I.P.S. – International Passive Security – hat es sich zur Aufgabe gemacht, genau dies zu verhindern. Sie produzieren stationäre und mobile Sicherheitselemente, die innerhalb kürzester Zeit aufgebaut und installiert werden können."

Omar blickte auf das eingeblendete Logo der Firma. Es kam ihm bekannt vor. Er war sicher, es irgendwo schon einmal gesehen zu haben. Dann sah man einen Mann, Mitte vierzig, Anzug, Krawatte, ernster Blick, der vor einem Stacheldrahtzaun stand und mit einer ausholenden Bewegung auf die Anlage deutete:

„Ein Zaun symbolisiert eine Grenze", sagte er auf Englisch, am unteren Bildrand erschienen die arabischen Untertitel. „Zwei Seiten, die voneinander getrennt werden. So lange, bis man sich dafür entscheidet, die Grenze wieder zu öffnen. Bis das geschieht, gibt es nur Nord oder Süd beziehungsweise Ost oder West. Ein illegales Überqueren ist inakzeptabel."

Omar griff nach der Fernbedienung und wechselte den Sender. Er hielt derartige Nachrichten am Morgen nicht aus und suchte nach etwas Besserem, fand es auch. Die TV-Serie Dayaa Dayaa – Ein verlorenes Dorf. Syrisches Kulturgut. Er kannte die Folge. Joudi spielte mit dem Gedanken, das isolierte Dorf an der Nordküste Syriens zu verlassen und in die Stadt zu ziehen, und sein bester Freund Asaad verzweifelte buchstäblich beim Gedanken daran. Der Schauspieler Nidal Sigri spielte diesen Charakter und Omar liebte ihn. Er war so unglaublich lustig.

Alles, was er tat, brachte die Menschen zum Lachen. In den Medien hatte man ihn sogar den arabischen Charlie Chaplin genannt. In Wahrheit war er jedoch noch viel lustiger als dieser Chaplin mit dem seltsamen Hut und dem lächerlichen Schnurrbart. Asaad saß auf der steinernen Fensterbank, jammerte, weinte und betete zu Allah, dass Joudi bleibe. Omar grinste. Natürlich würde Joudi letztendlich das Dorf nie verlassen. Warum sollte er auch. Omar holte ein Glas mit selbstgemachten Makdous – eingelegten gefüllten Miniauberginen – aus dem Schrank, drehte den Deckel auf und setzte sich an den Küchentisch, ohne den Blick vom Fernseher zu wenden. Mit zwei Fingern griff er vorsichtig in das mit Öl gefüllte Glas und steckte sich eine Aubergine in den Mund. Andächtig kaute er, genoss den intensiven Geschmack, der ihn an seine Kindheit auf dem Land, an Unbeschwertheit, an Sorglosigkeit erinnerte. Er leckte seine öligen Finger und griff nach der nächsten Aubergine. Sein Magen rumorte und es stieß ihm scharf auf. Omar verzog das Gesicht und schluckte. Er konnte in letzter Zeit nicht mehr richtig essen. Sein Bauch rebellierte bei jeder Kleinigkeit. Er griff nach den Magentabletten und drückte zwei Stück aus dem silbernen Blisterstreifen. Er warf sie sich in den Mund und schluckte sie hinunter. Im Fernseher erklärte Joudi mit seinen geschleckten Haaren und den buschigen Augenbrauen gerade seinem Freund Asaad, dass er aufgrund seiner großartigen und weltmännischen Ausbildung – er versuchte gerade, das Abitur zu machen – zu gebildet für dieses Dorf sei. Omar schmunzelte. Er liebte diese Serie. Alle Menschen in Syrien liebten sie. Ganz besonders jetzt.

Sie spielte in einem abgelegenen, vollkommen isolierten Dorf in Oum Al Tanafes, der vielleicht schönsten Gegend Syriens. Es ging um zwischenmenschliche Geschichten, Freundschaften, um den Bürgermeister, der sich ständig behaupten musste, um Verwechslungen und um nichts. In Wahrheit ging es um nichts. Und genau das gefiel Omar so gut. Er hatte vor vielen Jahren mit Alisar in dieser Gegend Urlaub gemacht, war genau dort gestanden, wo die Serie spielte, genoss gemeinsam mit Alisar die wunderschöne Aussicht auf die grünen Berge und das dunkelblaue Meer. Sie waren am Strand gelegen, hatten gebadet, Eis gegessen und die Sonne auf ihre Haut brennen lassen. Und Omar erinnerte sich, dass er an nichts gedacht hatte. An nichts. Er wünschte, es könnte wieder so sein. Er schloss die Augen, atmete aus. Die Müdigkeit war wieder da. Die Unruhe und die Schlaflosigkeit der letzten Wochen nagten hart an ihm.

Ein lautes Krachen holte ihn aus seinen Gedanken. Er zuckte zusammen. Kein Schuss, nur die Fehlzündung eines Autos. Er griff nach seinem Handy, rieb sich die Augen, sie brannten, jeden Morgen brannten sie, eigentlich brannten sie den ganzen Tag über, las die Nachricht, die er soeben bekommen hatte.

„*Omar. Ich brauche breitband antibiotikum, nüsse – walnüsse und mandeln, je zehn kilogramm und speiseöl – ca. 50 liter. Kannst du liefern?*"

„*Ja*", schrieb Omar zurück. „*Bis morgen habe ich alles. Die Preise sende ich dir am Nachmittag.*"

Wieder ein Versprechen, das er vermutlich nicht halten konnte. Nüsse zu bekommen war schwierig. Momentan war das Mangelware. Er rief zwei Lieferanten an, beide sprachen von Lieferschwierigkeiten, aber sie würden sich im Laufe des Vormittags bei ihm melden. Dann werde man sehen, was man machen könne. Omar ging noch einmal alle Nachrichten auf seinem Handy durch, las ein weiteres Mal alle Bestellungen. Er würde es nicht allen recht machen können. Vielen hatte er etwas versprochen, das er in Wahrheit nicht halten konnte. Eine Hitzewelle strömte durch seinen Körper, doch schnell verdrängte er den unangenehmen Gedanken, stieß ihn wie einen lästigen Begleiter von sich. Es wirkte. Zumindest einen Moment lang.

Er stand auf und streckte sich, hörte, wie es in seinem Brustkorb knackte, grub seine Fingerspitzen ins Genick und knetete seine harten Muskeln. Er war verspannt, immer. Als läge ein Gewicht auf seinen Schultern, das er nicht loswurde. Omar blickte aus dem Fenster und gähnte. Autos und Taxis fuhren vorbei, hie und da ein Motorrad, eine Mutter brachte ihre Kinder zur Schule, ein Teeverkäufer schob gemächlich seinen Wagen vor sich her. Omar lauschte, versuchte das Geräusch der Raketen und Bomben zu hören, die ihn in den letzten Jahren verfolgt hatten. Er hörte sie nicht. Der Krieg ist nicht mehr in Damaskus, sagte er zu sich selbst. Die Gefahr ist vorbei! Doch er wusste, dass das nicht stimmte. Die Rebellen hatten keine Uniform mehr an, das schon. Doch sie waren immer noch da. Es war unmöglich, alle zu töten. Die Mutter blieb stehen, ging vor einem der Kinder auf die Knie und holte ein Taschentuch aus ihrer Handtasche. Sie hielt es dem Kind, einem vielleicht fünfjährigen

Mädchen, vors Gesicht. Dieses lehnte sich nach vor und schnäuzte sich die Nase. Die Mutter stand auf, steckte das Taschentuch ein und sie gingen weiter.

Wie war das möglich? Warum waren alle Menschen außer ihm selbst dazu in der Lage, die Situation, in der sie sich befanden, zu vergessen und ihr Leben zu leben, so zu tun, als wäre alles normal.

Alisar kam aus dem Schlafzimmer.

„Wir haben fast kein Makdous mehr", sagte Omar.

„Im Keller stehen noch ein paar Gläser", antwortete Alisar und setzte einen Kaffee auf.

„Wie viele?" Sie zuckte mit den Schultern. Omar war es gewohnt, am Morgen Makdous zu essen. Darauf wollte er nicht verzichten. „Du solltest wieder welche machen", sagte er. „Hast du alles?"

„Nüsse", sagte sie.

„Du brauchst welche?"

„Ja. Kannst du Nüsse besorgen?"

„Ja. Ich werde dir welche besorgen."

Eine klare Antwort, ohne nachzudenken. Anders: eine Lüge, ohne nachzudenken.

„Du bist ein guter Mann, Omar", sagte Alisar und fischte ein Makdous aus dem Glas. Er nickte geistesabwesend und kontrollierte die Nachrichten auf seinem Handy. „Ich habe gestern mit Samir telefoniert", sagte Alisar. „Es geht ihr gut."

Samir war Alisars beste Freundin gewesen. Vor knapp zwei Jahren waren sie und ihre Familie aus Syrien geflohen. Sie hatten niemandem Bescheid gegeben. Alisar hatte dies als Verrat an ihrer Freundschaft gesehen und war noch lange wütend auf sie gewesen. Inzwischen telefonierten sie jedoch wieder regelmäßig miteinander.

„Sie sind immer noch in Holland?"

„Ja."

Omar nickte.

„Die Leute sind nett?", fragte er, den Blick immer noch auf dem Display seines Handys.

„Die meisten, ja. Aber es ist schwierig. Ihr Bruder ist in Deutschland. In Berlin. Er hat einen Job gefunden als Übersetzer. Du weißt doch, dass er gut mit Sprachen ist." Omar murmelte ein „Ja" und beschäftigte sich weiter mit seinem Handy. „Samir hat mir gesagt, dass er zusätzlich gerade mit einigen anderen Flüchtlingen an einem Theaterstück arbeitet. Das führen sie dann bei einer großen Veranstaltung vor den Deutschen auf. Kannst du ihn dir als Schauspieler vorstellen? Ich irgendwie schon. Samir hat gesagt, dass es ihm schwerfällt, die Leute zu verstehen. Sie sprechen Dialekt."

Omar ging auf seinem Handy ins Internet und checkte die Nachrichtenseiten.

„Wie wir", murmelte er abwesend.

Alisar fischte noch eine Miniaubergine aus dem Glas.

„So vieles sei anders als bei uns", sagte sie kauend. „Es gibt zum Beispiel kein Makdous in Deutschland, hat er gesagt." Omar schüttelte den Kopf. „Ihr Bruder habe sie gefragt, wie man sich mit Menschen integrieren soll, die kein Makdous kennen. Ich habe ihnen gesagt, dass sie ja niemand zum Gehen gezwungen hat. Das Heimatland ist kein Hotel, das man verlässt, wenn der Service schlecht wird, habe ich gesagt. Nicht wahr?"

Omar blickte kurz auf.

„Gerade vor ein paar Monaten hat es einen Anschlag auf das Gericht in Rabwa gegeben“, sagte er. „Über dreißig Tote.“

Alisar atmete scharf ein. Peinlich berührt senkte sie den Blick. Samirs Mann Arif hatte dort als Anwalt gearbeitet, bevor sie das Land verließen. In den Monaten vor seiner Abreise hatten er und seine Familie öfters Morddrohungen erhalten.

„Stimmt schon. Ich erinnere mich“, sagte sie leise.

„Das war damals die Tahrir-al-Sham-Front. Die war ziemlich aktiv.“

„Hast du da welche gekannt?“, fragte Alisar. „Die Rebellen?“

„Wie viel Nüsse brauchst du denn?“, wechselte Omar das Thema, fischte sich noch eine Aubergine aus dem Glas und steckte sie sich in den Mund. Sein Magen rumorte.

„Viel“, sagte Alisar. „Ich möchte dieses Jahr einen guten Vorrat anlegen.“

Omar nickte.

„Ich werde dir viele Nüsse besorgen“, sagte er.

Natürlich hatte er Soldaten gekannt, die für die Tahrir-al-Sham-Front gekämpft hatten. So wie er auch Soldaten kannte, die für die Regierung oder gegen die Regierung arbeiteten. Omar war gut vernetzt, war es immer schon gewesen. Das machte ihn aus. Ein vertrauenswürdiges Äußeres, das auf die Menschen aufrichtig und ehrlich wirkte, und die Fähigkeit, sich Namen und Gesichter zu merken und jemanden bereits beim zweiten Treffen, ohne nachdenken zu müssen, mit dem Namen anzusprechen. In der Schule kannte man ihn und er wurde von fast allen gemocht und von den anderen zumindest geduldet. Danach, in der Zeit im Militärdienst, schloss er viele Freundschaften. Die harte Ausbildung schweißte zusammen. Als er dann bei einem eigentlich harmlosen Lauf durch den Hindernisparcours von einer drei Meter hohen Mauer stürzte und sich den Oberschenkelknochen und das Wadenbein zertrümmerte, war die Anteilnahme groß. Die letzten zwei Monate seiner Militärzeit verbrachte er damit, sein Bein ruhig zu stellen, Besuche zu empfangen, und mit den Kameraden Karten zu spielen. Das freute ihn und sollte für die Zukunft sehr nützlich sein. Das Bein verheilte nicht perfekt und so kam es, dass Omar ab diesem Zeitpunkt leicht humpelte. Die Antwort auf die Frage, wie er sich diese leichte Behinderung zugezogen hatte – „Beim Militär" –, kam bei allen gut an. Omar, der Held. Omar, der Veteran. Als dann viele Jahre später der Krieg ausbrach, wurde er wegen seines Beins als untauglich eingestuft. Glück gehabt. Omar, der seine Schuldigkeit fürs Vaterland bereits getan hatte. Nach dem Militärdienst begann er, in dem kleinen Lebensmittelgeschäft seines Vaters mitzuarbeiten. Diesen machte das stolz, er war sich sicher, dass sein Sohn irgendwann das Geschäft übernehmen würde – so war es dann auch –, und stellte ihn allen Lieferanten und den regelmäßigen Kundschaften vor. Kontakte knüpfen, Leute kennenlernen, sich gut mit ihnen stellen. Neun Jahre später hatte der Vater einen leichten Herzinfarkt und nahm dies als Anlass, das Geschäft seinem inzwischen knapp dreißigjährigen Sohn zu übergeben, der in Wahrheit schon seit einiger Zeit das Ruder übernommen hatte. Er war mittlerweile derjenige, der die Bestellungen machte, der Buch führte, der die Rechnungen zahlte. Die offizielle Übergabe des Ladens: ein reiner Formalakt.

Das Geschäft lief nicht schlecht, Omar arbeitete oft bis zu zehn Stunden am Tag, stand früh auf, richtete alles her und telefonierte mit den Lieferanten, stand danach hinter der Ladentheke, verkaufte, kassierte. Es war nicht einfach, den Laden alleine zu führen. Er musste ständig Kontakt zu den Händlern halten und die richtige Ware zur richtigen Zeit organisieren. Er musste die Preise vergleichen, die Qualität seiner Lebensmittel prüfen, musste im Blick haben, dass nichts ausging oder schlecht wurde, und gleichzeitig konnte er natürlich auch das Geschäft nie unbeobachtet lassen. Musste er austreten, blieb ihm nichts anderes übrig, als in das Gute im Menschen zu vertrauen und zu hoffen, dass niemand ihn bestahl. Manchmal half ihm Alisar für zwei, drei Stunden, doch das Jahr der Übergabe war auch das Jahr, in dem sie Ayasha verloren. Omar wollte Alisar nicht zu sehr belasten und spielte mit dem Gedanken, einen Helfer einzustellen.

Unglücklicherweise war dies auch die Zeit, in der die Unruhen begannen. Im Juli 2011 zog eine Demonstration direkt an seinem Laden vorbei. Zuerst hunderte, dann tausende Menschen, dann das Militär. Schließlich brach Panik aus – er hatte es kommen sehen, die Luft brannte vor Anspannung –, die Menschen stießen sämtliche Regale vor dem Geschäft um und zertrampelten sie mitsamt der ausgestellten Ware. Sogar die Scheibe seines Geschäfts ging zu Bruch. Ausgaben, die ihm keiner ersetzte. Zusätzlich war auch noch sein Auto, das er ebenfalls vor seinem Geschäft geparkt hatte, komplett demoliert worden. Omar musste alles ersetzen und reparieren lassen. Das kostete Geld und er beschloss, sich die Kosten für einen Mitarbeiter zu sparen. Natürlich bedeutete das mehr Arbeit und Stress. Doch Omar war sich sicher, dass er dem gewachsen war.

Das war damals. Inzwischen kam er nicht mehr mit dem Stress zurecht. Vieles hatte sich verändert. Nein, alles hatte sich verändert, und irgendwie auch gar nichts. Auf der einen Seite gab es die Panzer, die auch jetzt noch manchmal wie selbstverständlich durch die Straßen fuhren, als wären sie normale Fahrzeuge. Oder die bewaffneten Soldaten mit ihren Gewehren, die Straßensperren, die Kontrollen, die Staus, das Misstrauen. Und auf der anderen Seite der Alltag. Die Kinder, die von ihren Müttern zur Schule gebracht wurden, die Menschen, die ihrer Arbeit nachgingen, in den Parks und in der Altstadt spazierten, sich ein Eis holten, ausgingen, Shisha rauchten, Makdous aßen. Alle versuchten, wieder zum Zustand „davor" zurückzufinden. Und den meisten schien dies auch problemlos zu gelingen. Was blieb einem denn anderes übrig. Das Leben ging weiter. Man tat, als sei alles wie zuvor. Bis auf die Tatsache, dass bis vor ein paar Monaten eben auch der Krieg in dieser Stadt gewohnt hatte. Er war ein neuer Bewohner gewesen, der alles beobachtet, sich oft im Hintergrund gehalten hatte, den man manchmal, zumindest im Zentrum der Stadt, beinahe vergessen hatte können. Bis eben wieder mal eine Rakete ihren Weg ins so sicher anmutende Stadtzentrum fand und die Geschäfte geschlossen und die Kinder nach Hause geschickt, die Shishas weggeräumt und der Kopf eingezogen wurde. Man hatte ausgeharrt, gewartet, ob noch etwas passierte, war dann wieder aus den Verstecken gekommen, als ob die Luft nun rein wäre, und alles ging weiter seinen Lauf. Es schien so, als würde nur Omar dieses „Ignorieren“ des Krieges nicht gelingen.

Im Mai hatte die Regierung verkündet, dass Damaskus endlich wieder frei sei, dass die letzten Krieger des „Islamischen Staats“ aus den Vororten vertrieben waren. Natürlich lagen nun ganze Stadtviertel in Trümmern, das schon. Doch diesen Preis musste man für die Freiheit bezahlen. Vier Monate war das her, doch Omar fürchtete sich nach wie vor. Die Furcht, die er so lange von sich fernhalten konnte, begleitete ihn seit mehr als einem Jahr auf Schritt und Tritt. Sie hatte ihm aufgelauert, sich angepirscht und war in ihn gedrungen, Teil von ihm geworden. Was genau es gewesen war, was diese Furcht in ihn gepflanzt hatte, konnte er nicht definieren. So vieles kam infrage. Das Geräusch der Raketen zum Beispiel. Es war immer schon beunruhigend gewesen, doch irgendwann war aus dieser Beunruhigung lähmende Angst geworden. Oder das Knattern der Gewehre. Er sah das Bild ständig vor sich, wie er von einer Kugel getroffen, von einem Scharfschützen erschossen, von einer Bombe zerrissen oder einem Panzer überfahren, von einem einstürzenden Gebäude getötet wurde. Er sah sich selbst stundenlang auf dem Boden liegen, Schmerzen, die ihm die Sinne rauben, blutüberströmt, tot. Er sah seinen zerfetzten Körper am Straßenrand liegen, so wie der Mann ohne Gesicht dort gelegen hatte. Nicht dass er mehr an seinem Leben hing als andere. Hätte man ihn vor ein paar Jahren gefragt, ob er sich denn vor dem Tod fürchte, er hätte mit den Schultern gezuckt. Doch nun schnürte ihm die Furcht alles zu. Die Angst, der ständige Feind, diese Möglichkeit, dass innerhalb einer Sekunde alles vorbei sein könnte, hing wie ein Damoklesschwert über ihm und ließ ihn nicht mehr ruhig atmen. Das Damoklesschwert über Damaskus.

Er rieb sich die Augen. Er war so müde. Immer war er müde. Doch nachts löste die Schlaflosigkeit die Müdigkeit ab. Wie zwei Freunde, die sich die Arbeit teilten. Seine Augen brannten. Sein Genick war verspannt. Sein Magen rumorte.

„Willst du einen Kaffee?“, fragte Alisar.

Omar schüttelte den Kopf. Er vertrug keinen Kaffee mehr. Er drückte sich eine weitere Magentablette aus dem Blisterstreifen und schluckte sie. Sein Handy vibrierte. Er schaute auf das Display.

„*Omar, ich brauche Medizin. Faruk hat Fieber.*“

„Ich muss gehen“, sagte er und wollte die Wohnung verlassen.

„Du trägst weder eine Hose noch Schuhe“, sagte Alisar und schüttelte den Kopf.

Omar blickte an sich herab. Ob er wohl schlafen könnte, wenn er sich kurz ins Bett legen würde? Sein Handy vibrierte. Er ging ins Schlafzimmer, zog sich an und verließ die Wohnung.

Er fuhr zu seinem Geschäft im Zentrum der Stadt. Seine Augen brannten. Angespannt blickte er auf die Straße und versuchte, die Risse in seiner Windschutzscheibe auszublenden. Omar hasste diese dreiundzwanzig Minuten Autofahrt. Ganz besonders hasste er die vier Minuten, die er auf dem nach dem 7. April benannten Highway fahren musste. Es war jetzt zwar schon über zwei Jahre her, doch jedes Mal, jedes einzelne Mal, wenn er auf diesem Highway fuhr, erinnerte er sich an den Mann, den er dort am Straßenrand liegen hatte sehen und dessen Anblick ihn seither verfolgte. Ein Mann, vermutlich nicht älter als dreißig, er trug schwarze Stiefel, braune Shorts und die typische grün-schwarze Camouflage-Weste der Rebellen. Omar sah ihn aus dem Auto heraus, wurde unabsichtlich langsamer. Der Mann lag auf dem Rücken, als würde er den Himmel über sich betrachten. Seine Körperhaltung ließ auf den ersten Blick vermuten, dass er schlief. Omar verlangsamte sein Auto noch mehr und sah plötzlich, dass der Mann ohne Gesicht war. Alles war weg. Wo sein Gesicht hätte sein sollen, war stattdessen nur ein rotes, blutiges Loch.

Das war vermutlich ein Scharfschütze, hatte ihm Alisar damals am Abend erklärt. Diese Erkenntnis machte es nicht besser. Es waren an diesem Tag keine Autos auf der Straße gewesen, nur seines. Ein surrealer Moment. Er fragte sich noch heute, wie alle anderen erfahren hatten, dass dort gekämpft wurde. Vermutlich durch Social Media, Facebook, WhatsApp, Twitter. Seit diesem Vorfall nutzte er diese Dienste regelmäßig und holte sich all seine Informationen ebenfalls aus dem Netz. Und doch fühlte er sich nie wirklich sicher.

Er passierte die Stelle, versuchte an etwas anderes zu denken, doch wie immer gelang es ihm nicht. Er erinnerte sich, sah den toten Mann vor seinem inneren Auge, sah das blutige Loch dort, wo das Gesicht sein sollte. Omar drückte aufs Gas, fuhr schneller, wollte die Stelle und die Erinnerung hinter sich lassen, doch das Bild verfolgte ihn. Er spürte das Gewicht auf seinen Schultern, so schwer, so unangenehm, seinen Magen, der sich verkrampfte, er fuhr noch schneller, weiter, vorbei, raste vorbei an dieser entsetzlichen Stelle und beim Al-Mouwasat-Spital rechts durch bewohntere, sichere Gegenden in Richtung Zentrum. Erst dort wurde er wieder langsamer. Irgendwann wurde das Bild schwächer. Omar wusste, dass es nicht weg war, sondern sich lediglich in seinem Kopf versteckt hatte. Jederzeit bereit, wieder herauszukriechen und ihn zu terrorisieren.

Luay, Omars Helfer, den er vor einigen Monaten dann doch eingestellt hatte, wartete bereits auf ihn. Omar war froh, dass er ihn hatte. Wenn er ehrlich war, wäre er ohne Luay völlig aufgeschmissen gewesen. Omar nahm die Bestellungen entgegen und Luay besorgte den größten Teil. Noch vor einem Jahr hatte Omar alles selbst erledigt, doch die Sorgen und Ängste und die Schlaflosigkeit hatten ihn nachlässig werden lassen. Inzwischen war es zu viel, viel zu viel für ihn alleine.

Luay war schnell gewesen und hatte bereits all das hergerichtet, was Omar ihm vor einer halben Stunde per SMS gesendet hatte:

Mehrere Säcke Reis, Öl, Zucker, Tee, Kichererbsen in Dosen, Gewürze, Nudeln, Bohnen und Tomatenpaste.

Dazu Milch, Milchpulver, Verbandszeug und natürlich Wasser. Wasser in großen Zehn-Liter-Kanistern, das Omar am Tag zuvor von einem Lkw abzapfen hatte dürfen. Zu einem anständigen Preis natürlich. Wasser war zu einem der gefragtesten Güter geworden. Seit die Rebellen vor mehreren Jahren die Kontrolle über Damaskus' Wasserversorgung übernommen hatten, tranken nur noch die wenigsten das Wasser aus der Leitung. Man konnte sich nie sicher sein, ob es mit Öl verschmutzt war, ob es gezielt verunreinigt oder möglicherweise sogar vergiftet war. Viele, die es trotzdem tranken, wurden krank davon. Ganz besonders Kinder vertrugen es nicht. Und so gaben die Menschen viel für ein paar Liter sauberes Wasser.

Gemeinsam mit Luay lud er die Ware auf seinen Pick-up-Truck. Als sie fertig waren, zurrte er eine graue Plane über der Ladefläche fest. Danach lehnte sich Luay gegen den Wagen und zündete eine Zigarette an. Er drehte den Kopf und deutete mit dem Daumen auf das Auto.

„Du solltest deine Windschutzscheibe austauschen", sagte er. „Das ist nicht sicher."

Omar nickte.

„Werde ich machen", antwortete er. „Morgen vielleicht. Oder übermorgen."

Er zündete sich ebenfalls eine Zigarette an, nahm einen tiefen Zug und betrachtete seine leicht zitternde Hand. Dann erinnerte er sich an die Bestellung und an sein Versprechen, das er Alisar gegeben hatte.

„Haben wir Nüsse?", fragte er Luay.

Dieser schüttelte den Kopf.

„Zurzeit sind Nüsse rar. Alle wollen Makdous machen, da ist die Nachfrage groß."

„Wer könnte welche haben?" Luay zuckte gelangweilt mit den Schultern.

„Momentan wirst du keine bekommen", sagte er.

Er hätte nichts versprechen sollen, dachte er sich. Alisar würde enttäuscht sein. Sehr. Omars Magen rumorte.

„Haben wir noch Fieberzäpfchen?"

„Alle weg", antwortete Luay.

„Besorgst du welche? Ich brauche sie."

„Mal sehen, was ich tun kann", sagte Luay und holte sein Handy aus der Hosentasche.

Luay blieb beim Wagen und Omar ging in sein Geschäft, wo er ebenfalls sein Handy herausholte und hoffte, dass er Internet bekam. Es funktionierte. Aus reiner Gewohnheit besuchte er zuerst die Seite *Siegewatch*, die bis vor Kurzem einen aktuellen Überblick gegeben hatte, welche Gebiete von den verschiedenen Einheiten belagert wurden. Inzwischen brauchte er sie nicht mehr, besuchte die Website aber trotzdem täglich. Die Seite war auf Englisch, doch Omars Vater hatte sehr großen Wert darauf gelegt, dass sein Sohn mindestens eine Fremdsprache beherrschte, und hatte ihm, als er gerade mal zehn war, einen pensionierten Lehrer organisiert, der ihm zwei Mal in der Woche Englischunterricht gab. Davon profitierte er jetzt. Sein Englisch war nicht sehr gut, doch er fand sich im Internet zurecht und konnte sich, wenn es nötig war, auch verständlich machen. In den letzten zwei Jahren hatte er stündlich die Online-Karte studiert und auf Twitter nachgelesen, ob irgendwo in seiner Nähe aktiv gekämpft wurde. Dann hatte er die gefährlichen Gebiete mit seinen Bestellungen verglichen, die er an diesem und am vorigen Tag bekommen hatte. Es waren stets viel zu viele. Das hatte sich nicht geändert. Auch heute war es so. Niemals würde er alle Aufträge erledigen können. Sämtlichen Kundschaften hatte er versprochen, dass er ihnen die Bestellungen lieferte, doch die meisten würde er enttäuschen. Sie würden verärgert sein, das wusste er jetzt schon. Er würde sich rechtfertigen und dafür geradestehen müssen. Sein Magen zog sich zusammen, es stieß ihm sauer auf und er schluckte die ätzende Flüssigkeit wieder hinunter. Omar lud sich immer noch mehr auf. Anfangs hatte es funktioniert, inzwischen, das war ihm schmerzlich bewusst, jonglierte er viel zu viele Teller. Es würde alles zusammenbrechen. Auf seinem Display erschien eine weitere Meldung. Omar warf einen Blick darauf – wieder eine Bestellung – und steckte das Handy ein. Er ging zum kleinen Safe, der unter der Theke am Betonboden festgemacht war, und gab den achtstelligen Code ein. Er zählte das Geld. Es war nicht genug. Viel zu wenig. Luay kostete Geld, das Geschäft kostete Geld, die Ware kostete Geld. Er würde mehr Aufträge übernehmen müssen. Er würde noch mehr in die inzwischen relativ kleinen Gebiete liefern müssen, die nach wie vor sehr gefährlich waren. Beim Gedanken daran fingen seine Hände an zu zittern. Bisher war die Rechnung einfach gewesen. Je schwerer ein Gebiet zugänglich war, je härter umkämpft, je straffer der Besetzungsgürtel und je mehr man die Soldaten schmieren musste, desto mehr konnte er verlangen. Bis vor Kurzem waren viele Teile Damaskus' offiziell von verschiedensten Rebellengruppierungen besetzt gewesen. Das Militär regierte und kesselte die Rebellen – und natürlich gleichzeitig auch die Bevölkerung – ein. Man hatte einen Belagerungszustand ausgerufen, Zäune errichtet, Soldaten platziert, Mörser und Raketen in diese Sektoren geschossen und die Rebellen ausgehungert. Niemand durfte die besetzten Gebiete betreten oder verlassen. Bis auf ganz wenige Händler, wie Omar einer war. Er kannte die Soldaten und Offiziere, wusste, wen er bestechen konnte, und bekam immer wieder die Möglichkeit, seine Güter in diese Sektoren zu bringen und sie dann zu enorm hohen Preisen an die hungernde Bevölkerung zu verkaufen. Er half den Menschen. Omar fürchtete bei jeder Lieferung um sein Leben, immer wieder hörte er Schüsse oder das Krachen von Raketen. Die Angst saß durchgehend in seinem Nacken, machte sich in ihm breit, verursachte körperliche Schmerzen und verfolgte ihn auch, als er die gefährlichen Zonen längst wieder verlassen hatte. Und doch belieferte er diese besetzten Gebiete immer wieder. Es blieb ihm nichts anderes übrig. Er brauchte das Geld. Für seine Wohnung. Für Essen. Für Alisar. Für Saida. Für Faruk. Ganz besonders für den kleinen, kränklichen Faruk.

Und dann, im März 2018, meldete die syrische Regierung, Damaskus sei wieder frei. Die Rebellen ein für alle Mal vertrieben und die Gebiete wieder unbesetzt. Die Menschen feierten, endlich wieder ein Zeichen, dass zwar nicht Frieden, aber ein gewisses Maß an Normalität eintreten konnte. Nur Omar wusste nicht, was er fühlen sollte. Diese Meldung hieß, dass er keine Möglichkeit mehr hatte, so viel wie bisher für seine Waren zu verlangen. Und wieder spürte er, wie sich Angst in ihm breit machte. Dieses Mal war es die Furcht, zu wenig zu haben und alles, was er hatte, zu verlieren.

Es war in dieser unsicheren Zeit, als Luay ihm einen Vorschlag unterbreitete. Er erklärte Omar, dass Duma, eine mehrere hunderttausend Menschen fassende Stadt gerade mal zehn Kilometer nordöstlich von Damaskus, die bereits seit dem Jahr 2014 besetzt war, eine neue Geldquelle für sie sein könnte. Duma, das vier Jahre lang belagert, beschossen, besetzt, ausgehungert und nach wie vor von Rebellen gehalten wurde, dessen Einwohner wie in einem riesigen, tödlichen Gefängnis lebten, wo die Friedhöfe dermaßen überfüllt waren, dass die Leichen übereinander vergraben werden mussten, wo Lebensmittel und Wasser so knapp waren, dass man sich darum prügelte, und Raketenangriffe auf Rebellen und Zivilisten auf der Tagesordnung standen. Auch von dieser Stadt behauptete die Regierung, dass sie frei von Rebellen sei, doch das war eine offensichtliche Lüge. Es hatte im März 2018 mindestens einen Chlorgasangriff gegeben – man vermutete, dass die Regierung dahintersteckte, was natürlich aber niemand beweisen konnte –, bei dem das Grundwasser vergiftet wurde und es laut Berichten hundertfünfzig Tote und tausend Verletzte gegeben hatte. Offiziell verkündete man, dass diese Aktion alle Rebellen aus der Stadt vertrieben habe. Omar wusste aus guter Quelle und aufgrund eigener Erfahrungen, dass dies nicht stimmte. Die Regierung arbeitete mit der russischen Militärpolizei zusammen und versuchte nach wie vor, Soldaten der

Islamistenformation Dschaisch al-Islam ausfindig zu machen und sie aus der Stadt zu vertreiben.

Luay hatte Omar erklärt, dass sein Cousin Rauf für die Regierung kämpfte und vor einiger Zeit zu einem wichtigen Ansprechpartner geworden sei.

„Er hat Einfluss", hatte Luay mit einem verschwörerischen Grinsen erklärt. „Viel Einfluss. Er kommandiert eine große Truppe. Er kann dir vielleicht die Türe zu Duma öffnen."

Omar hatte nicht gewusst, ob er das wollte. Er hatte lange gehadert, die Für und Wider abgeschätzt, und schließlich doch – vor allem wegen des vielen Geldes, das er dort verdienen konnte – zugestimmt. Er stimmte immer zu, er konnte nicht anders, ein gutes Angebot müsse man annehmen, das hatte ihm sein Vater immer und immer wieder eingebläut. Luay hatte daraufhin ein Treffen mit seinem Cousin organisiert. Eine Zusammenkunft, die Omar schwer bereute, da Luays Cousin ein unberechenbarer Charakter war. Er war einer der rohen jungen Männer, die durch den Krieg ihre Skrupellosigkeit ausleben konnten und die in diesen schweren Zeiten ihr ganzes kriminelles und gewalttätiges Potenzial ausschöpften.

„Du darfst hinein und hinaus, mein lieber Omar. Ich erlaube dir, deine Ware zu verkaufen. Bei dir machen wir eine Ausnahme. Das darf sonst niemand, hörst du? Du bist privilegiert. Doch eine Hand wäscht die andere", hatte Rauf ihm erklärt. Ein kleiner Satz, der Omars Leben verändern sollte. Es war in diesen Zeiten nicht ratsam, bei Menschen wie Rauf in der Schuld zu stehen. Er hätte ablehnen sollen, hätte auf das Geld verzichten und diesen Ort vergessen sollen. Er wusste, dass nichts Gutes aus diesem Deal entstehen konnte. Und doch war Omar noch an diesem Tag mit seinem vollbeladenen Pick-up in Dumas Zentrum, wenn man es überhaupt noch so nennen konnte, gefahren. Seine Hände zitterten, ständig blickte er nach oben, kontrollierte den Himmel, als hätte er auf diese Art und Weise verhindern können, dass ihn eine Rakete traf. Er fuhr vorbei an zerstörten Gebäuden, an Menschen, die knapp vor dem Verhungern waren, an abgemagerten Kindern, deren zerrissene Kleidung an ihnen herabhing und die ihn mit großen Augen ansahen. Er hatte sich an diesem Tag mit einem Mann getroffen, dem ein kleiner Lebensmittelladen gehörte, der aber nichts mehr in seinen Regalen stehen hatte. Rauf hatte ihm den Namen des Mannes und die Koordinaten seines Geschäfts genannt:

„Du wirst deine Waren nur an ihn verkaufen, hast du gehört?", hatte er ihm beinahe schreiend mitgeteilt. „Ihm und sonst niemandem."

Omar hatte genickt. Er traf sich mit dem Mann, der bereits informiert war, und verkaufte sehr teuer an ihn. Die Menschen in Duma hatten nichts und waren trotzdem gewillt, beinahe jeden Preis zu bezahlen. Der Händler hatte ihm alles abgekauft, und als Omar mit seinem leeren Pick-up zurückfuhr, fühlte er sich schlecht. Sein Gewissen nagte hart an ihm und das gesehene Elend hatte ihm schwer zugesetzt. Als er den Stützpunkt wieder passierte, trat Luays Cousin an seinen Wagen und beorderte ihn in einen rostigen Container, in dem ein Tisch und zwei Stühle standen. Omar setzte sich, Rauf schulterte das Gewehr ab und ließ es auf den Tisch fallen, den Lauf auf Omar gerichtet.

„Alles gut gegangen?“, fragte Rauf freundlich. Omar wusste, dass diese Herzlichkeit nur Show war, und nickte wortlos. „Guter Deal mit viel Gewinn, nicht wahr?“ Wieder nickte Omar. „Bist du plötzlich stumm geworden?“, rief Rauf lachend und schlug mit der Faust auf den Tisch.

„Alles gut“, sagte Omar leise. „Danke.“

Er starrte auf das Gewehr.

„Bitte, lieber Omar!“, rief Rauf, stellte sich neben Omar und legte ihm die Hand auf die Schulter. Er konnte seinen scharfen Schweiß riechen. „Wie viel Geld hast du heute verdient?“, fragte er und sein Griff wurde härter. „Und denk gar nicht daran, mich zu belügen.“ Omar nannte ihm die Summe. „Das ist gut!“, rief er. „Viel mehr, als du in Damaskus verdienen kannst. Und alles nur meinetwegen! Du bist dankbar, nicht wahr, Omar?“

„Ja, bin ich“, antwortete er leise.

„Sehr gut! Dankbarkeit ist eine wichtige Grundlage für eine gute Zusammenarbeit. Du bist dankbar, mein Freund in Duma ist dankbar, die Menschen werden dankbar sein. Alles gut. Das können wir wieder machen.“

„Ich denke –“

„Du wirst jetzt jede Woche nach Duma fahren“, unterbrach ihn Rauf. „Du wirst viel Geld verdienen! Und ich bekomme die Hälfte von deinem Gewinn. Das ist nur fair.“

„Aber –“

„Das ist fair!“, rief Rauf laut und klopfte Omar hart auf die Schulter.

Schnell überschlug Omar die Zahlen in seinem Kopf. Obwohl er für seine Waren einen weitaus höheren Betrag erhalten hatte als sonst, würde er nach dieser Abgabe weniger verdienen, als wenn er die Waren in seinem Geschäft verkauft hätte.

„Ich dachte mir, das würde eine einmalige Sache sein", sagte er vorsichtig. „Duma ist zu gefährlich. Ich habe Angst."

Rauf schüttelte den Kopf.

„Nein!", rief er. „Du musst keine Angst haben. Alles gut. Du fährst einmal pro Woche nach Duma. Das wirst du machen, Omar."

„Bitte, Rauf. Ich kann dir die Waren bringen. Aber ich möchte nicht mehr in die Stadt fahren."

„Du bringst mir die Waren?"

„Ja!", sagte Omar, der einen Hoffnungsschimmer sah.

„Du lieferst mir also die Waren und ich bringe sie nach Duma und verkaufe sie dort." Omar schwieg. Rauf legte seine Hand auf das Gewehr. „Sehe ich aus wie ein verdammter Verkäufer?" Er klopfte auf die Abzeichen auf seiner Uniform. „Sieht so für dich ein Verkäufer aus?" Er ergriff das Gewehr, hob es einige Zentimeter nach oben und ließ es wieder auf den Tisch krachen. „Ich diskutiere doch nicht mit dir! Das war keine Frage! Du wirst tun, was ich dir sage, hörst du? Ein Deal ist ein verdammter Deal! Denkst du, du kannst mich verarschen?" Er lehnte sich vor, sein Gesicht war direkt vor Omars, der seinen sauren Atem riechen konnte. „Du wirst genau das tun, was ich von dir verlange!", rief er. „Ansonsten –"

Er führte den Satz nicht zu Ende. „Es ist illegal, Güter in von Rebellen besetzte Gebiete zu schmuggeln, das ist dir schon bewusst, Omar Suliman? Das hast du getan und diese Tatsache macht dich selbst ebenfalls zu einem Rebellen. Darauf steht Gefängnis." Omar blickte ihn flehend und wortlos an. „Ist das klar?"

„Ja", hatte Omar geantwortet und musste sich zurückhalten, sich nicht zu übergeben.

„Gut", hatte Rauf gemurmelt, nach seinem Gewehr gegriffen und Omar angedeutet, er solle sich aus dem Staub machen.

Und so musste Omar weiterhin nach Duma, ob er wollte oder nicht. Er musste noch mehr arbeiten und noch mehr Aufträge annehmen, um sein Geschäft am Laufen zu halten, um seine Miete bezahlen zu können und natürlich um Rauf jede Woche seinen Anteil zu bringen. Dieses verdammte Geld. Omar musste so viel verdienen wie möglich. Es ging nicht nur um ihn selbst. Andere waren abhängig von ihm. Er war ja letztendlich nicht nur für sich, sondern auch für Alisar und Saida und seinen noch nicht mal einjährigen Sohn Faruk verantwortlich.

Omar, der gute Mensch. So nannte man ihn gerne. Alisar, seine Frau, nannte ihn oft so. Und Saida, seine gerade mal neunzehnjährige Geliebte, bei der er viele Nächte verbrachte, tat das ebenfalls. Saida wusste von Alisar. Sie hatte es von Anfang an gewusst, tat, als sei es ihr gleichgültig. Später, als Saida schwanger wurde, war es ihr dann doch nicht mehr völlig egal. Als Omar ihr sagte, dass er Alisar nicht verlassen werde, antwortete Saida, dass sie das akzeptiere, eine Zeit lang zumindest, und dass er von nun an eben zwei Frauen zu versorgen habe. Als dann sein Sohn zur Welt kam, Saida gab ihm den Namen Faruk, sagte sie, dass er seine Augen habe und dass nun ein weiteres Leben von ihm abhängig sei. „Du wirst dich um uns kümmern, Omar. Ansonsten –" Sie führte den Satz nie zu Ende.

Omar wusste, was sonst sein würde. Saida würde Alisar alles erzählen. Würde er sie jemals verlassen, würde sie sich das Ziel setzen, sein Leben zu zerstören, es Schicht für Schicht abzutragen, bis nichts mehr davon übrig war. So war sie. So hatte er sie kennengelernt, hitzköpfig, heißblütig, voller Leidenschaft. Er hatte es gemocht. Er mochte es irgendwie noch immer. Doch die Drohung hätte es nicht gebraucht. Omar, der gute Mensch, hatte nicht vor, Saida und Faruk zu verlassen. Er liebte Faruk, den kleinen kränklichen Faruk, der auch gestern Abend wieder etwas fiebrig gewesen war. Er liebte seine großen dunklen Augen und seine dicken Backen, liebte sein Lachen und seinen oft so abwesenden Blick ins Leere, er mochte Saida, vielleicht liebte er sie ja auch, anders als Alisar, vollkommen anders, körperlicher, heftiger. Er fühlte sich für alle drei verantwortlich, wollte sich um sie kümmern. Und er wollte auf nichts verzichten. Er wollte Alisars Güte und Saidas Körper, er wollte das zweisame, ruhige Leben mit Alisar und gleichzeitig das Leben als Familienvater mit Saida und Faruk. So verbrachte er die meisten Nächte bei Alisar, besuchte Saida und seinen Sohn jeden zweiten oder dritten Tag und verbrachte hie und da mal eine Nacht bei ihnen. Alisar erzählte er, dass er eine Nachtlieferung hatte – was tatsächlich nicht selten vorkam –

und dass er danach am Morgen direkt ins Geschäft gehen würde. Sie schien es zu glauben. Nur manchmal sah sie ihn mit einem Blick an, den er nicht interpretieren konnte. Er fürchtete, es wäre so weit und Alisar würde jeden Moment sein Geheimnis lüften und sein Lügenkonstrukt ein für alle Mal zusammenfallen. Gerade an diesem Morgen, als sie über die Nüsse für das Makdous gesprochen hatten, hatte sie ihn wieder einmal so seltsam angesehen. Als wüsste sie alles.

Omars Lügen stapelten sich aufeinander, so hoch, dass alles zu schwanken begann. Ihm wurde schlecht bei diesem Gedanken. Alisar würde ihm nie verzeihen. Auch sie war dazu fähig, ihn vollends zu zerstören. Vielleicht suchte er sich unbewusst nach diesem Schema seine Partnerinnen aus. Frauen, die die Macht hatten, ihn zu brechen. Würde Alisar von Saida erfahren, würde sie allen Freunden, Verwandten und Bekannten davon erzählen, alle würden sich auf ihre Seite schlagen. Das war sicher. Einen Ehebrecher konnte niemand leiden.

Saidas Stimme: „Du wirst dich um uns kümmern. Ansonsten …"

Omars Magen rumorte. Er setzte sich auf einen Stuhl, zog die Schublade heraus, in der sich auch die Geldkassette befand, und griff nach der Packung mit den Magentabletten. Schnell schluckte er eine hinunter, wartete darauf, dass die Schmerzen etwas nachließen. Er lehnte sich zurück, schloss die Augen. Einen Moment lang war er kurz davor einzuschlafen, Dunkelheit machte sich breit, als wieder einmal ohne Vorwarnung der Mann ohne Gesicht auftauchte. Wie ein Blitz erschien er vor seinem inneren Auge. Der neben der Straße liegende Körper, das blutige Loch dort, wo das Gesicht sein sollte. Omar schrak auf, das Handy rutschte ihm aus der Hand und er wurde sich bewusst, wo er war. In seinem kleinen Lebensmittelgeschäft im Zentrum der Stadt. Sein Refugium. Der Ort, der sich trotz aller Veränderungen in den letzten Jahren kein bisschen verändert hatte. Er blinzelte mehrmals, versuchte das hässliche Bild des gesichtslosen Soldaten loszuwerden, versuchte sich abzulenken und schaute sich in seinem Laden um. Hier drinnen: Lebensmittel, Dosen, Flaschen, Gemüse und Obst. Da draußen: seine zwei Frauen, sein Kind, der Krieg, seine verärgerten Kunden, Rauf mit seinem Gewehr, Missgunst, Hass und Gewalt. Omar hob das Handy auf, steckte es ein, ging nach draußen zum Wagen und fuhr los in Richtung Norden, dahin, wo die Menschen nicht einfach so tun konnten, als hätten sie vergessen, dass der Krieg ihr Land fest umklammerte.

Omar hatte sich in den letzten Monaten sichere Routen in alle Himmelsrichtungen zusammengestellt. Er wusste, wo die Straßensperren waren und wo die Fahrzeuge kontrolliert wurden, und wich diesen Gebieten, wenn irgendwie möglich, großräumig aus. Zusätzlich hatte er viele Bekannte, die ihm eine SMS schrieben, wenn eine neue Sperre errichtet wurde. Alle wussten, dass Omar derartige Informationen honorierte. An den fix eingerichteten Kontrollpunkten, die er nicht umfahren konnte, hatte er inzwischen gute Beziehungen geknüpft. Einen Sack Orangen für den Kommandanten, einige Stangen Zigaretten für die fleißigen Soldaten, Feigen für ihre Frauen und Kinder. Das kam gut an. Inzwischen kannte man ihn, Omar grüßte jeden mit Namen und man winkte ihn meist durch. So war es auch an diesem Tag. Vorbei an den Straßensperren, raus aus der Stadt, vorbei an den unbewohnten Wohnungen und Häusern in Richtung Krieg, in Richtung Duma.

Luays Cousin Rauf trug die typische grüne Uniform, hatte eine Schirmmütze auf dem Kopf, eine Sonnenbrille verdeckte seine Augen, und er hatte, wie beinahe immer, ein Maschinengewehr umgehängt. Er lehnte an einem Pick-up Truck, auf dessen Ladefläche ein vielleicht anderthalb Meter hoher Raketenwerfer stand. Omar betrachtete dieses beunruhigende Bild und wieder einmal wünschte er sich nichts sehnlicher, als ein Leben fern dieser Welt zu führen. In der TV-Welt von Dayaa Dayaa. Dort hatten die Menschen nur Sorgen, die in Wahrheit keine waren. Er blickte zu Boden, dann schloss er die Augen. Er könnte nach wie vor versuchen, das Land zu verlassen, so wie die vielen anderen, die den Weg über die Türkei oder das Mittelmeer Richtung sicheres Europa gewählt hatten. Doch weder Alisar noch Saida würde mit ihm gehen. So unterschiedlich die beiden auch waren, diese Einstellung teilten sie. Das Heimatland verließ man nicht. Und er wollte keine der beiden verlassen. Weder seine Frauen noch seinen Sohn. Sie brauchten ihn. Sie waren abhängig von ihm. Und er wollte … Was wollte er? Er wusste es nicht mehr. Seine Gedanken ließen sich schon seit Wochen nicht mehr ordnen. Wenn er nur eine Nacht durchschlafen könnte, dann wäre alles wieder im Lot. Ganz bestimmt. Nur eine Nacht.

Das Geräusch einer einschlagenden Rakete holte ihn zurück in die Wirklichkeit. Er rieb sich die Augen, griff sich an den verspannten Nacken und blickte um sich. Neben ihm stand Luays Cousin, das Maschinengewehr in der Hand. Sie befanden sich am südlichen Rand von Duma, vor ihnen war zuerst ein vielleicht zweihundert Meter breiter, kahler Streifen. Dunkelbrauner Lehmboden, von Panzerketten aufgewühlt. Omar wusste, dass überall Minen versteckt sein hätten können. Dahinter befand sich die Stadt, graue Gebäude, denen man die Schrecken der letzten Jahre auf den ersten Blick ansah. Rauch stieg im Zentrum zwischen den Hochhäusern und Minaretten auf – „Das waren nicht wir", lachte Rauf – und immer wieder hörte man die dumpfen Schläge von Mörsern und Raketen und hie und da das helle Rattern von Gewehrsalven. Hinter der Stadt erhoben sich die weichen Hügel, die im Frühling satt grün und im Winter schneeweiß, zu dieser Jahreszeit jedoch gelb und kahl waren. Diese Stadt, dieses Gebiet war so völlig konträr zum Leben im Zentrum von Damaskus. Jahrelang war der Krieg nah gewesen, viel zu nah, manchmal so nah, dass Menschen ihr Leben lassen mussten. Und doch hatte der Alltag wie durch ein Wunder weiterhin seinen Lauf genommen und die Bewohner von Damaskus hatten es oft geschafft, sich selbst vorzuspielen, es gäbe keinen Krieg, keine Gewalt, keine Zerstörung. Hier in Duma war das anders. Diese Selbsttäuschung war unmöglich. Unzählige Gebäude waren zerschossen und unbewohnbar, Schutt versperrte die Straßen, es gab oft kein fließendes Wasser mehr, auf Strom konnte man sich nie verlassen, es gab Krankheiten. Duma war die Hölle auf Erden. Niemand sollte so leben müssen.

Omar stand mit eingezogenem Kopf neben Rauf, der zuerst ihn, dann seinen Pick-up wortlos von oben bis unten musterte.

„Du solltest deine Windschutzscheibe austauschen", sagte er. Omar nickte. „Das ist gefährlich. Da kann schnell ein Unfall passieren."

Wieder nickte Omar und dachte an den Vorfall vor sieben Tagen, als er das letzte Mal in Duma war und eine Rakete keine fünfhundert Meter von ihm entfernt eine Moschee traf. Er sah es nicht kommen. Schon so oft hatte er sich dieses Szenario ausgemalt, am Himmel der leuchtende Punkt mit dem weißen Streifen, er, wie er den Kopf einzog oder wie in Zeitlupe in Deckung sprang oder direkt getroffen wurde. Immer hatte er sich erwartet, dass er irgendwie reagieren würde. Richtig oder falsch. Und dann war es ganz anders gewesen. Der Einschlag war einfach passiert, ohne Vorwarnung. Er war auf dem Weg zu seinem Abnehmer in Duma gewesen und dann explodierte das Minarett der Moschee, ein Zischen, gleichzeitig ein Feuerball, ein lautes Krachen, eine Erschütterung, Rauch, Trümmer. Alles passierte gleichzeitig. Seine Windschutzscheibe barst noch im selben Moment. Er wendete den Wagen, fuhr wie ein Verrückter wieder zurück. Raufs Männer stoppten ihn. Rauf selbst war auf ihn zugekommen, hatte die Plane angehoben und auf die Ladefläche des Pick-ups geblickt.

„Da ist ja noch alles da", hatte er sanft gesagt. „Das ist nicht gut. Die Leute in Duma warten auf Omar, den guten Menschen. Du willst sie doch nicht enttäuschen, oder?"

Omar stieg aus und erklärte Rauf, was passiert war. Atemlos erzählte er ihm von der Rakete, die ihn beinahe getroffen hatte, und zeigte auf seine zerborstene Scheibe. Rauf gab ihm Zeit, ließ ihn erklären, hörte aufmerksam zu, nickte verständnisvoll, hie und da warf er seine Stirn in Falten und schüttelte den Kopf. Als Omar fertig erzählt hatte, legte Rauf ihm die Hand auf die Schulter. Dann drückte er zu, seine Finger fuhren in Omars Fleisch zwischen Nacken und Schlüsselbein. Omar sank auf die Knie.

„Du wirst umdrehen und deine Ware verkaufen. Und dann kommst du wieder und bringst mir mein Geld, ist das klar?" Omar hatte ihn angefleht, bis Rauf schließlich nach seinem Gewehr griff und Omar direkt in den dunklen Lauf blickte. Er musste sich zusammenreißen, um sich nicht augenblicklich zu übergeben.

Er drehte wieder um, fuhr vorbei an den immer noch rauchenden Trümmern der zerbombten Moschee, zu dem Abnehmer, verkaufte ihm seine Ware und überreichte Rauf anschließend seinen Anteil. Sein Leben war seitdem nicht mehr sein eigenes.

„Du bringst ihnen nur Essen, nicht wahr?", fragte Rauf nun und holte ihn aus seinen Gedanken. Omar nickte, Rauf deutete auf Duma. „Die Rebellen kämpfen noch immer. Sie geben nicht auf. Offiziell heißt es, Duma sei nicht mehr besetzt. Aber wir zwei, wir wissen, dass das nicht stimmt. Sie kämpfen und schießen. Und immer haben sie Patronen in ihren Gewehren. Wie kann das sein? Die Stadt ist schon seit Jahren unter Belagerung und doch geht ihnen die Munition nicht aus." Er blickte Omar wütend an. „Schmuggler helfen den Rebellen, hast du das gewusst, Omar? Sie unterstützen sie und bringen ihnen neue Waffen und frische Patronen. Aber du bringst ihnen keine Munition, nicht wahr, Omar Suliman? Du hilfst nur den armen Menschen, oder?"

Omar wusste, dass Rauf ihn nicht leiden konnte, dass er für ihn aber trotzdem eine zuverlässige Geldquelle war, die er halten wollte. Er wollte Rauf gerade versichern, dass er niemals Munition schmuggeln würde, als ein etwas jüngerer Soldat, vielleicht Mitte zwanzig, auf sie zukam, sich zwischen ihn und Rauf stellte und seinem Vorgesetzten etwas zuflüsterte. Rauf nickte, ein, zwei Mal, gab dann sein Okay und deutete auf Omar.

„Kennst du ihn?", fragte er den jungen Soldaten.

Er nickte.

„Sein Name ist Omar Suliman."

Omar wunderte sich nicht, dass der junge Soldat seinen Namen kannte. Bestimmt hatte Rauf seinen Leuten Anweisungen gegeben.

„Das ist Omar, der gute Mensch!", sagte Rauf, grinste und klopfte Omar hart auf die Schulter. „Omar, der gute Mensch, der allen helfen will. Er hilft den Menschen in Duma, damit sie nicht verhungern, und er hilft uns, damit wir unsere Arbeit machen können, nicht wahr?" Omar nickte. „Nur den Rebellen darf er nicht helfen, das ist doch auch klar, oder? Omar! Das weißt du doch!" Wieder nickte Omar, ohne ein Wort zu sagen. „Omar, der gute Mensch. Mein Cousin hat mir gesagt, dass man dich so nennt." Er wandte sich dem jungen Soldaten zu. „Omar hat sogar einmal einem Amerikaner das Leben gerettet."

Der junge Mann blickte ihn an.

„Brite", sagte Omar. „Es war ein Brite."

„Ein Brite! Omar, der gute Mensch, hat einem Briten das Leben gerettet!", rief Rauf sarkastisch.

Es war offensichtlich, dass der junge Soldat nicht einschätzen konnte, was für eine Reaktion sein Vorgesetzter von ihm erwartete, und so starrte er emotionslos in Omars Gesicht.

Omar, der gute Mensch, der einem Briten das Leben gerettet hatte. Vermutlich hatte Luay Rauf davon erzählt. Omar selbst erzählte diese Geschichte gern und hatte sie in den Jahren nach und nach ausgebaut und ausgeschmückt. Eine Heldengeschichte: Einige Kriminelle, eine Gang, manchmal waren es drei junge Männer, ein anderes Mal vier oder fünf, die einen britischen Botschafter töten wollten. Sie hatten ihn gegen eine Hauswand gedrängt, einer, zwei oder auch drei von ihnen, je nach Omars Stimmung, hatten sogar ihre Messer gezückt – und Omar sah das alles. Dann nahm einer der jungen Männer den Briten in den Schwitzkasten. Dieser konnte sich irgendwie befreien und verlor dabei das Jackett. Dann fiel der erste Schlag ins Gesicht des Opfers. Omar betonte gerne, dass er nicht nachgedacht, sondern lediglich aus dem Bauch heraus gehandelt habe. Er habe geschrien, Hilfe, Hilfe, Hilfe, wie eine Sirene habe er sich angehört, sei auf die drei, vier, manchmal auch fünf Männer zu gerannt, habe sich zwischen den breiten Schultern der Männer vorbeigedrängt und sich vor dem Briten aufgebaut – er habe natürlich damals noch nicht gewusst, dass es ein Brite war, aber das sei ihm in diesem Moment völlig egal gewesen –, einen menschlichen Schutzschild, an dem die Männer zuerst vorbei mussten, um zum eigentlichen Opfer zu gelangen. Der Mann hinter ihm habe sich, geschwächt durch den vorhergegangenen Faustschlag, auf dem Boden gekrümmt und sei dann auf allen vieren davongekrochen. Die Gang habe Omar angestarrt, verunsichert, einen Moment lang sogar eingeschüchtert, und habe dann, wie durch ein Wunder, die Messer wieder eingesteckt und wortlos das Feld geräumt. Omar habe sich umgedreht und als er dem Mann helfen wollte, sei dieser ächzend aufgestanden, habe die Beine unter die Arme genommen und sei ohne ein Wort des Dankes davongerannt. Doch wie in einem Märchen habe er, ohne es zu bemerken, etwas zurückgelassen. Sein teures schwarzes Jackett mit einem britischen Botschafterpass und einer edlen, braunen Ledergeldbörse darin, die neben Visiten-, Kredit- und Bankomatkarten auch eine stattliche Summe Bargeld enthielt.

Das war die Geschichte, die Omar gerne erzählte. Die Wahrheit sah ein bisschen anders aus: Er hatte damals beobachtet – das war im Jahr 2012 gewesen –, wie zwei Jugendliche, vielleicht fünfzehnjährige Burschen, die noch grün hinter den Ohren waren, versuchten, einen ausländisch aussehenden Mann dilettantisch auszurauben. Sie hatten ihn gegen eine Wand gedrängt und einer der Jugendlichen nahm den Mann in den Schwitzkasten. Dieser hatte sich befreien können, indem er sich aus seinem Jackett wand, und war daraufhin geflüchtet. Die zwei Jugendlichen gaben sofort auf und als sie sich umdrehten, erkannte Omar, dass einer der beiden der Sohn einer Nachbarin war. Als dieser Omar bemerkte, flehte er ihn an, seiner Mutter nichts davon zu erzählen. Er überreichte ihm das Jackett des Mannes und schwor, dass er so etwas nie wieder machen würde. Omar hatte Mitleid mit den dummen Jungen, gab beiden eine Ohrfeige und ließ sie ziehen. Er kontrollierte die Taschen des Jacketts und fand darin einen Pass und die Geldbörse, in der sich tatsächlich neben Visiten-, Kredit- und Bankomatkarten auch eine stattliche Summe Bargeld befand. Der britische Pass und ein Ausweis in der Geldbörse verrieten, dass der Mann zwar im britischen Konsulat arbeitete, jedoch bestimmt kein Botschafter war.

Hier fanden die beiden Geschichten – Wahrheit und Fiktion – wieder zueinander.

„Am nächsten Tag wollte ich die Sachen beim britischen Konsulat vorbeibringen“, sagte Omar zu Rauf und dem jungen Soldaten. „Doch man hatte das Konsulat wegen des Kriegs geschlossen. Genau am Tag davor.“

„Der Typ ist an seinem letzten Arbeitstag überfallen worden“, lachte der junge Soldat.

Omar nickte.

„Und Omar, der gute Mensch, hat bis zum heutigen Tage weder die Kreditkarten benutzt noch eine einzige Lira aus der Geldbörse entnommen, nicht wahr?“ In Raufs Stimme schwang Sarkasmus und Hohn, doch Omar nickte wortlos. Die lederne Geldbörse und der Pass befanden sich in der Schublade seines Nachtkästchens. Oft hatte Omar beides schon in den Händen gehalten, eine Erinnerung an seine angebliche Heldentat. Und gleichzeitig eine Erinnerung an die Tatsache, dass das gesamte britische Konsulat das Land aufgrund des Krieges verlassen hatte.

„Und wenn der Krieg vorbei ist und die Briten wieder zurückkommen“, sagte Rauf, „dann bringst du ihnen Pass und Geldbörse vorbei.“

Wieder nickte Omar. Er blinzelte, versuchte seine trockenen Augen zu befeuchten. Genau das hatte er vor. Wenn der Krieg erst vorbei wäre, würden auch die Konsulate wieder öffnen. Es wäre ein Zeichen dafür, dass das Land sicher war. Die Gewalt vorbei. Der Horror überstanden. Damaskus, die ewige Stadt. Sein Vater hatte ihm vor langer Zeit immer wieder ein Zitat von Mark Twain vorgelesen. Omar erinnerte sich nicht mehr an den genauen Wortlaut, doch es ging darum, dass man in Damaskus Zeit nicht in Tagen, Monaten oder Jahren maß, sondern in Königreichen, die entstanden, gediehen und wieder zerfielen. Genau so war es auch dieses Mal, dachte Omar und warf einen Blick auf Rauf, den jungen Soldaten, und auf das zerstörte Duma vor sich. Der Tag würde kommen, an dem sie all das überstanden hätten und er zu den Toren der Botschaft gehen würde, die Geldbörse, unangetastet, und den Pass in den Händen. Er würde sagen, dass er ihnen gerne ein Geschenk machen wolle. Es wäre ein Symbol. Omar, der gute Mensch, der einem Briten das Leben gerettet hatte und der nun das gestohlene Gut wieder an den rechtmäßigen Besitzer zurückgab. Vielleicht würde er sogar Finderlohn erhalten. Bestimmt sogar.

Im Hintergrund ertönte zuerst das scharfe Zischen eines Kampfjets. Er flog so niedrig, dass der Boden leicht zitterte. Rauf blickte ernst in Richtung der einige Kilometer entfernten Hochhäuser. Omar spürte, wie sein Magen rumorte, sich zusammenzog und panische Angst seinen Körper lähmte. Rauf deutete mit einer ausholenden Bewegung auf die Stadt hinter ihm.

„Seit fünf Jahren besetzen wir dieses Dreckskaff", sagte er, mehr zu sich selbst als zu Omar. „Weißt du, wie viele Menschen in Duma leben?" Omar zuckte mit den Schultern. „Inzwischen sind es vielleicht hundertzwanzigtausend. Hast du eine Ahnung, wie viele es noch vor ein paar Jahren waren?" Wieder zuckte Omar mit den Schultern. „Fünfhunderttausend! Die Ratten haben das sinkende Schiff verlassen. Zivilisten und Kämpfer, alle haben irgendwie einen Weg hinausgefunden. Immer wieder entkommen uns diese verdammten Rebellen. Oder sie tauschen sich aus. Alte geschwächte Rebellen raus, junge rein. Wenn es nicht so wäre, müsste ihnen doch langsam mal die Energie und die Munition ausgehen, nicht wahr? Doch das ist nicht der Fall. Sie kämpfen immer weiter, schießen und kämpfen und schießen und kämpfen und sterben. Die lassen sich nicht unterkriegen. Es gibt immer irgendwelche Schlupflöcher. Das macht die Sache so verdammt schwierig."

„Man bräuchte einen Zaun, wie ihn die Europäer haben", sagte Omar und erinnerte sich an den Bericht, den er am Morgen im Fernseher gesehen hatte. „Ein richtiger Zaun mit Stacheldraht. Einen, den man schnell auf- und abbauen kann. An dem niemand mehr vorbei kommt."

Und dann fiel ihm ein, wo er das Logo der spanischen Sicherheitsfirma schon einmal gesehen hatte. Die Müdigkeit hatte ihn benebelt. Jetzt, für einen Moment, war er wieder hellwach. Sein Gehirn funktionierte, die Gedanken griffen ineinander. In der Geldbörse des Konsulatsmitarbeiters waren vier Visitenkarten – und zwei davon trugen genau dieses Logo. Er hatte den Inhalt der Geldbörse öfters rausgenommen und alles auf dem Küchentisch aufgereiht. Geld – Dollar und Lira –, ein britischer Personalausweis – Francis Wilson –, zwei Kreditkarten, eine Bankomatkarte, drei Fotos – der Besitzer der Geldbörse mit seiner Frau, ein Bild eines kleinen Mädchens, eines von einem jungen Mann, Mitte zwanzig, uniformiert – und die vier Visitenkarten, zwei davon mit dem Logo der Sicherheitsfirma. Vielleicht könnte er Kontakt mit der spanischen Firma aufnehmen und einen Deal mit ihnen machen. Sie planten ja ohnehin, sich im arabischen Raum anzusiedeln, das hatten sie doch am Morgen im Fernsehen gesagt. In Syrien waren sie noch nicht. Er, Omar Suliman, könnte die erste Ansprechperson für Syrien werden! Er kannte viele Menschen, sehr viele. Händler, Soldaten, Offiziere und auch Rebellen. Er würde der Mittelsmann sein.

„Ein Zaun", wiederholte Rauf Omars Worte.

„Stacheldraht!", sagte Omar plötzlich ganz aufgeregt. „Viele Rollen, die niemand einfach so passieren kann. Die man auf einen Truck aufladen kann. Damit ist man mobil. Ihr könntet mobil sein!"

Rauf dachte einen Moment lang nach, Omar beobachtete sein Gesicht, auf der Suche nach einer bestimmten Reaktion. Doch sie kam nicht. Rauf zuckte mit den Schultern und rief dem jungen Soldaten zu, dass sie Omar und seinen Pick-up durchlassen sollten. Dann wandte er sich Omar zu und flüsterte grinsend: „Fahr vorsichtig. Und vergiss nicht, mir beim Zurückkommen einen kurzen Höflichkeitsbesuch abzustatten."

„Ich kann dir diesen Zaun besorgen!", rief Omar, panisch beim Gedanken daran, ein weiteres Mal nach Duma fahren zu müssen. „Stacheldraht mit Rasierklingen! Ich habe Kontakte! Gute Kontakte, die sonst niemand hat! Mit genug Stacheldraht wird kein Rebell mehr rein- oder rauskommen!"

Rauf blickte ihn skeptisch an.

„Wie viel kannst du besorgen?", fragte Rauf, das Interesse geweckt.

„Viel! So viel ihr braucht."

Rauf dachte nach.

„Das müsste ich abklären", sagte er. „Wie schnell kannst du liefern?"

„Schnell." Rauf nickte. Omar sah einen Hoffnungsschimmer, einen Ausweg aus seiner eigenen Hölle. „Aber ich will nicht mehr nach Duma." Rauf blickte ihn an. „Ich liefere dir die Waren und jemand anderes soll sie hineinbringen. Ich kann dir immer noch einen Teil meines Gewinns geben, aber bitte, nicht mehr nach Duma. Dafür bekommst du Zäune zu einem guten Preis. Damit seid ihr viel erfolgreicher. Ihr werdet die Rebellen aushungern, du wirst sehen. *Du* bist dann viel erfolgreicher. Du wirst ein Held sein. Der Held, der Duma von den Rebellen befreit hat! Ich brauche keinen Ruhm. Du kannst deinen Vorgesetzten sagen, dass du diese Idee hattest, dass du die Kontakte geknüpft hast. Ich? Ich bleibe im Hintergrund und helfe dir. Man wird dich sicher befördern."

„Und du hast wirklich Kontakte?“, fragte Rauf misstrauisch.

„Gute Kontakte“, versicherte Omar.

„Und wer bringt die Waren zu meinem Freund?“

Er deutete auf den Pick-up.

„Das kannst du entscheiden“, antwortete Omar. „Du findest sicher jemanden. Bestimmt! Ich lade alles ab und dann nehme ich gleich Kontakt mit den Lieferanten auf.“

„Ich kann meinen Vorgesetzten versichern, dass ich die Zäune bekomme?“

Omar wusste, dass Rauf seinen Bluff erkennen würde, wenn er jetzt verneinte. Und so versicherte er seinem Gegenüber ein weiteres Mal, dass er auf diesen Deal zählen könne. Rauf nickte und deutete auf den Pick-up.

„Lade die Sachen ab“, murmelte er und rief dem jungen Soldaten zu, er solle ihm zur Hand gehen. Dann baute er sich vor Omar auf und starrte ihn an. „Wehe, du verarschst mich. Das würdest du bereuen. Du und Alisar und natürlich auch deine Saida und der kleine Faruk.“ Omar schluckte und rieb sich die brennenden Augen. Luay, dachte er. „Das willst du nicht, oder?“, fragte Rauf. Omar schüttelte den Kopf. „Gut“, sagte Rauf, drehte sich um und ließ Omar stehen.

Omar fuhr auf dem schnellsten Weg nach Hause. Die Euphorie von gerade eben verflogen, die Müdigkeit und die Sorgen wieder präsent wie eh und je. Dass er drei Straßensperren passieren musste, interessierte ihn nicht, da sein Wagen leer war. Viele der Waren, die er vorher mithatte, waren nicht für den Händler in Duma gedacht, sondern Bestellungen von anderen Kunden. Sie würden wütend sein, wenn sie ihre Lieferungen nicht bekämen. Ganz bestimmt. Omar jonglierte zu viele Teller gleichzeitig. Einige waren gerade auf den Boden gefallen und zerbrochen. Als er dem jungen Soldaten erklären wollte, dass nicht alles für den Händler in Duma sei, hatte dieser keine Sekunde innegehalten, nur gelangweilt mit den Schultern gezuckt und unbeeindruckt den Rest der Ware abgeladen. Auf die Frage, wer ihm nun die Kosten erstatten würde, war die Antwort des Soldaten ebenfalls nur ein gelangweiltes Schulterzucken. Omar würde das Geld von Rauf fordern müssen. Ein Gedanke, der ihm ganz und gar nicht gefiel.

Zuhause angekommen betrat er seine Wohnung. Alisar war nicht da. Omar ging ins Schlafzimmer, setzte sich auf den Bettrand, bemerkte, wie erschöpft und leer er war. Wenn er sich kurz hinlegen würde, könnte er dann vielleicht schlafen? Sein Handy vibrierte. Er dachte an die Lieferungen, die er nicht gemacht hatte, und wagte nicht, das Telefon aus seiner Hosentasche zu nehmen. Er öffnete die Schublade seines Nachtkästchens. Die lederne Geldbörse und der Pass lagen ganz oben. Er klappte die Geldbörse auf und sah, dass das Geld darin fehlte. Alisar musste es genommen haben. Wie viel war es gewesen? Vielleicht dreihundert US-Dollar? Oder dreihundertfünfzig? Dazu noch vielleicht dreißigtausend Lira. Damals war das noch viel Geld gewesen. Inzwischen war es fast nichts mehr.

Warum hatte Alisar das Geld genommen? Sie hätte ihn fragen können. Er hätte es ihr gegeben. Omar schüttelte den Gedanken ab und griff nach den Visitenkarten. Vier Stück. Zwei davon mit dem bekannten Logo und der Aufschrift „I.P.S. – International Passive Security“.

Omars Hände zitterten. Wie eine Welle brach die Erkenntnis über ihm zusammen, wie absurd sein Vorhaben war. Was, wenn die Personen, denen diese Visitenkarten gehörten, gar nichts zu sagen hatten? Warum sollten sie ihn, Omar Suliman, einen völlig Unbekannten, überhaupt ernst nehmen? Er massierte seine Schläfen, klopfte sich mit den Fingerspitzen leicht auf die Stirn. Er musste jetzt hellwach sein. Nein, dachte er sich. Man *würde* ihm zuhören. Er würde die Spanier davon überzeugen. Letztendlich könnte es auch für diese Firma ein riesiges Geschäft werden.

Er dachte an das Versprechen, das er Rauf gegeben hatte. Und er dachte an dessen Drohung. Er würde Englisch sprechen müssen, etwas, das er schon seit langer Zeit nicht mehr getan hatte. In seinem Kopf ging er seine Argumente durch. Er würde der spanischen Firma eventuell eine Anzahlung machen müssen. Er selbst hatte nicht viel Geld auf der Seite. Beinahe nichts. Vielleicht könnte er einige seiner Partner bitten, nein, nicht bitten, ihnen anbieten, nein, ihnen eine Investitionsmöglichkeit vorschlagen. Sie alle könnten profitieren. Wenn es wirklich funktionierte, wenn er es schaffen würde, die Kontakte zu knüpfen, wenn er die Zäune nach Syrien bringen könnte, dann würde die Regierung viel Geld dafür bereitstellen. Das Geld war da, das wusste er. Er könnte reich werden. Und mit Reichtum konnte man sich Sicherheit kaufen. Ein Haus in einem sicheren Gebiet, weg von Damaskus.

Irgendwo auf dem Land. In einem Gebiet, das niemanden interessierte. Ein Haus für ihn und Alisar und eine Wohnung für Saida und den kleinen Faruk. Irgendwo in der Nähe, weit genug weg, dass sich die beiden Frauen nicht über den Weg liefen und er die Möglichkeit hatte, beide seiner Leben weiterzuleben.

Ohne nachzudenken, zog er das Handy aus der Hosentasche, ignorierte die vielen Nachrichten, die er in den letzten Stunden bekommen hatte. Unter ihnen auch eine von Alisar, drei von Saida. Er griff nach einer Visitenkarte – Roger Wilson – CFO, Chief Financial Officer. Bestimmt war das ein Verwandter des Konsulatsmitarbeiters Francis Wilson. Das würde er erwähnen. Seine Finger wählten die ausländische Nummer, Stille, Stille, dann das Freizeichen, einmal, zweimal, und dann die Stimme einer Frau, natürlich auf Spanisch. Omar hätte darauf vorbereitet sein müssen, doch er war es nicht.

„Hello", sagte er. „I am from Syria, I know Mr. Francis Wilson and I want to buy fence."

Die Stimme am anderen Ende war irritiert. Ein schlechter Anfang, dachte sich Omar und legte auf. In der folgenden Stunde überlegte er sich, was er sagen sollte, schrieb sich verschiedene Sätze auf ein Blatt Papier, ging online, googelte das englische Wort für Stacheldraht – barbed wire und razor wire –, besuchte die Seite der Sicherheitsfirma, schaute sich deren Produkte an, stellte eine Bestellliste zusammen, als wäre er in einem Geschäft und als spiele Geld keine Rolle.

Schließlich wählte er erneut die Nummer. Wieder begrüßte man ihn auf Spanisch. Omar sagte auf Englisch, dass er mit Señor – das Wort hatte er sich ebenfalls aufgeschrieben – Señor Roger Wilson sprechen wolle. Worum es denn gehe, fragte ihn die Frau am anderen Ende der Leitung. Er sei ein Bekannter, nein, ein Freund von Señor Wilson und der offizielle Zwischenhändler – der Distributor – für passive Sicherheitselemente in Syrien, erklärte er. Er habe ein Angebot zu unterbreiten. „Ein Angebot", wiederholte die Frau. Ganz genau, sagte Omar. Er wolle Zäune für das syrische Militär kaufen und er wolle jetzt mit Señor Wilson sprechen. Omar war stolz auf sein Englisch, fühlte sich selbstbewusst, sogar etwas siegessicher. Vielleicht würde ja wirklich alles gut gehen. „Einen Moment", sagte die tausende Meilen entfernte Stimme. Dann wieder Stille. Es dauerte eine Ewigkeit, Omar spielte bereits mit dem Gedanken aufzulegen und noch einmal anzurufen, bis schließlich eine andere Stimme ertönte. Härter, unverzeihlicher. Omar durfte nun keinen Fehler machen.

Was er wolle, fragte der Mann im fernen Spanien.

„I am a friend of Francis Wilson! You know Francis! Right?"

„Right", erklang es irritiert vom anderen Ende der Leitung.

Ein guter Start.

Er habe Francis das Leben gerettet. Nun wolle er mobile passive Sicherheitselemente, las Omar von seinem Zettel ab.

„Barbed wire. Razor wire. Cuchilla 25." Dann improvisierte er. „I need a lot of fence. Many miles. We pay good. We can make a deal. Syria is new for you. You can talk to me. I am the distributor in Damaskus. We can make a new deal. Good for everybody. Right. I promise. Very good.“

Wer er denn sei, fragte die Stimme am anderen Ende. Der Distributor, antwortete Omar. Ein *business man*. Mit guten Connections. Besser als andere. Viel besser. Und auch zum Militär habe er Beziehungen. Es sei bereits abgemacht. „Everybody say yes“, sagte er. „We say yes, military say yes. We need fence. Now you also. Good deal. Much money!“

Dann war es einen Moment lang wieder still, bis schließlich ein heiseres Geräusch ertönte. Anfangs dachte Omar, es sei eine Funkstörung, bis er schließlich bemerkte, dass der Mann am anderen Ende der Leitung lachte. Omar spürte, wie ihm die Schamesröte ins Gesicht stieg.

„Good deal!“, brüllte der Mann ins Telefon. „Great deal!“ Wieder dieses hässliche Lachen. Dann einige schnelle Sätze, von denen Omar nur einzelne Worte verstand. Irgendetwas mit „Assistent“ und „Kalaschnikow“. Was hatten Gewehre damit zu tun? Er wollte keine Waffen, davon gab es in diesem Land bereits mehr als genug. Schließlich legte der Mann auf. Die Stille schmerzte in Omars Ohren.

Omar legte sich auf das Bett, seine Muskeln taten weh, sein Kopf brummte, sein Magen rumorte. Er schloss die Augen. Sofort fingen seine Gedanken wieder an zu rasen. Er dachte an sein Geschäft, an Luay, der Rauf von Saida und Faruk erzählt hatte, an die große Lieferung, die er bei Rauf abgeben musste und für die er bisher kein Geld gesehen hatte. Er dachte an sein Versprechen, das er

Rauf gegeben hatte, an dessen Worte, dessen Drohung: *Wehe, wenn du mich verarschst.* Omar schloss die Augen. Der Mann ohne Gesicht schwebte über ihm. Er öffnete die Augen und blickte an die Decke. Er wollte nur noch schlafen. Nur ein paar Minuten lang. Nur ein paar Minuten. Noch einmal wagte er, die Augen zuzumachen, aber tauchte damit unmittelbar zurück in seine rasenden Gedanken. Er öffnete die Augen wieder und starrte an die Decke.

Er dachte an die zweite Visitenkarte mit dem Logo von International Passive Security. Er würde dort ebenfalls anrufen. Eine zweite Chance. Dieses Mal würde er sich besser vorbereiten. Francisco Garcia Pérez, stand auf der Visitenkarte. Und man hatte sogar per Hand noch eine zweite Nummer auf die Karte geschrieben. Vermutlich die Privatnummer. Das war gut. Gute Voraussetzungen. „Curro", stand da und eine Telefonnummer. Curro. Das war bestimmt der Titel des Mannes. Señor Curro. Er würde sich vorbereiten und ihn etwas später anrufen. *Ihn* würde er überzeugen! Seine Augen wurden schwer. Er schloss sie für einen Moment, hörte, wie sein Handy vibrierte. Er griff danach, las die Nachricht:

„*Bitte komm schnell mit der Medizin. Faruk hat Fieber. Vielleicht müssen wir ins Krankenhaus.*"

Omar wollte sich aufrichten und konnte es nicht. Er spürte die Erschöpfung in ihm. Er senkte seinen Arm, fühlte, wie ihm das Handy aus der Hand glitt. Er wollte doch nur schlafen. Nur ein paar Minuten. Um etwas Kraft zu schöpfen. Um wieder klar denken zu können. Ein paar Minuten Schlaf würden bereits helfen. Bestimmt.

Nein! Er zwang sich aufzustehen, ging ein paar Schritte, spürte Schwindel. Er ließ sich auf den Sessel in der Ecke des Schlafzimmers fallen und verfluchte sich. Er durfte sich jetzt nicht hinsetzen. Nicht jetzt. Er musste zu Saida und Faruk, musste mit diesem Curro telefonieren, musste sein Versprechen an Rauf einlösen. Er musste –

Omar hörte, wie sich die Haustüre öffnete. Schritte. Er schloss seine Augen.

„Du bist schon da?", rief Alisars Stimme vom Gang aus. Er gab keine Antwort. „Ich habe Auberginen gekauft. Sie haben eine sehr gute Qualität. Hast du die Nüsse mitgebracht?" Er sagte nichts. Die Schritte kamen näher. Er spürte Alisars Lippen auf seiner Wange. „Ich werde viel Makdous für dich machen, mein guter Omar."

Omar, der gute Mensch. Einen Moment lang spürte er, wie seine Gedanken abdrifteten, wie sich die Schwere wie eine Decke über ihn legte, weit entfernt hörte er, wie sein Handy vibrierte. Später würde er bei diesem Señor Curro anrufen und Zäune und Stacheldraht bestellen. Irgendwie würde er es schon schaffen. Irgendwie. Doch zuerst musste er Faruk ins Krankenhaus bringen. In einer Minute würde er wieder aufstehen. Nur eine Minute lang schlafen. Eine Minute lang.

Mittelmeer
September 2018

Gustav Becker

Gustav Becker stand in der Kapitänskajüte und blickte abwechselnd in die Dunkelheit vor ihm und auf den leuchtenden grünen Punkt auf dem Hochleistungsradar. Irgendetwas war da, ungefähr vier Meilen entfernt, doch was, das konnte er nicht erkennen. Das Echolot war dermaßen genau, dass es auch kleine Objekte, manchmal sogar Bojen, anzeigte. Gustav fuhr sich mit beiden Händen über das Gesicht. Er war erschöpft und ausgebrannt. Er konnte sich nicht mehr erinnern, wann er das letzte Mal das Gefühl gehabt hatte, am Morgen frisch und erholt aufzuwachen. Meist legte er sich hin, schloss die Augen und döste. Das Wissen darum, dass er jederzeit geweckt werden, dass jederzeit ein Notfall sein konnte, hielt ihn stets davon ab, richtig tief einzuschlafen. Die Tatsache, dass er während der Missionen auf See häufig auch nachts Dienst hatte und er auch so keinen natürlichen Schlafrhythmus fand, half natürlich auch nicht. Das Boot schwankte, er konnte das Stöhnen und Jammern der Passagiere durch die geschlossene Tür hören. Er sollte sofort Kurs Richtung Norden einlegen. Weg von diesem Sturm. Das Schiff war übervoll und die Leitstelle in Rom hatte ihm gestern die Nachricht gesendet, dass er nach Malta fahren solle. Kein Ratschlag, ein Befehl.

Er hatte es nicht getan. Es gab noch Platz an Bord. Sie könnten noch mehr retten.

Eine weitere große Welle traf den Bug, das Schiff kippte zuerst nach vorne, dann nach hinten und schließlich wieder nach vorne. Gustav Becker musste sich nicht einmal festhalten. Im Gegensatz zu seinen leidenden Passagieren hatte er schon immer das Gefühl gehabt, für das Meer gemacht zu sein. Er fühlte sich sicher an Bord und kannte weder Schwindel noch Seekrankheit. Sein Vater hatte ein kleines Segelboot besessen, eine acht Meter lange Jolle, und hatte ihn schon als Kind an den Wochenenden regelmäßig mitgenommen. Gustav fuhr mit vierzehn die erste Segelregatta und hatte mit achtzehn das internationale Schiffsführerpatent. Beinahe jeden Sommer war er auf einem Boot entweder an der Nordsee oder am Mittelmeer. Zu seinem Vierziger hatte sich Gustav Becker dann einen Traum erfüllt und sich selbst ein Segelboot – die *Loriette* – gekauft, das zurzeit im Heimathafen im norddeutschen Cuxhaven lag. Er vermisste das Boot, vermisste die Leichtigkeit, die er sein Leben lang mit dem Segeln verbunden hatte, das Gefühl, ohne bestimmten Grund, ohne Mission auf dem Meer zu sein. Jeder Kapitän trug eine gewisse Verantwortung, das war völlig klar. Doch es war ein gewaltiger Unterschied, für sich selbst und eventuell zwei, drei andere Personen verantwortlich zu sein, die nichts anderes wollten, als ein paar schöne Tage auf dem Meer zu verbringen, vielleicht etwas baden zu gehen und hie und da die Angelruten ins Wasser zu halten, oder ob man die Verantwortung für eine fünfzehnköpfige Mannschaft, darunter vier Ärzte, und über hundert

Flüchtlinge trug, die er und sein Team in den letzten Tagen vor der libyschen Küste gerettet, zum Teil wie nasse Säcke aus dem Wasser gefischt hatten. Menschen, die ohne ihn und seine Mannschaft entweder ertrunken oder von der libyschen Küstenwache festgenommen und in eines der Internierungslager gebracht worden wären, die von so vielen europäischen Politikern als *die* Lösung für das Flüchtlingsproblem erachtet wurden. Gustav Becker wollte und konnte das nicht zulassen. Er hatte zu viel über die Zustände in den Auffanglagern gehört, hatte mit Männern gesprochen, die man dort fast zu Tode geprügelt hatte, die es aber schafften, zu fliehen, und die, als man sie aus dem Wasser zog, gerade noch fünfundvierzig Kilo wogen. Er hatte Frauen kennengelernt, die man während der Flucht und später dann in den Lagern vergewaltigt und missbraucht hatte, die man von ihren Kindern getrennt hatte und die nichts mehr besaßen als die Kleidung an ihren Körpern.

Oft wurde Gustav Becker gefragt, warum er sich diese Tortur antat. Warum er sich entschieden hatte, seine Arbeit aufzugeben, seine Heimat und seine Freunde zurückzulassen, Geld in die Missionen zu stecken, sämtliche Ausgaben, die Flüge nach Malta oder Italien, sogar die Verpflegung an Bord selbst zu bezahlen und unentgeltlich als Kapitän für die Seerettungs-NGO *Safe Haven* zu arbeiten. Er nannte dann stets die Politiker als Grund. Ihre Art, mit dem Flüchtlingsproblem umzugehen. Die Tatsache, dass man die Menschen und auch ihre Schicksale längst vergessen habe, und er selbst einfach irgendwann nicht mehr länger akzeptieren habe können, dass ein Krieg auf dem Rücken der Flüchtlinge ausgetragen wurde, dass er es nicht geplant habe, sondern einfach an einen Punkt gekommen sei, an dem er nicht mehr zusehen konnte und selbst handeln musste. Nie erzählte er von den wahren Auslösern, von den Schlauchbooten, denen er auf einem Segeltrip in Griechenland im Sommer 2015 gezielt ausgewichen war. Er schämte sich dafür. Doch wie hätte er den Menschen denn auch helfen können? Es waren immer zu viele, auf keinen Fall hätten sie auf seinem kleinen Boot Platz gehabt, vermutlich hätten alle gleichzeitig versucht, an Bord zu kommen und ihn zum Kentern gebracht. Dann hätte er selbst zu denjenigen gehört, die Rettung brauchten. Und auch die beiden Leichen erwähnte er nie, die er bei einem morgendlichen Strandspaziergang auf Lesbos gefunden hatte. Ein Mann, vielleicht Mitte zwanzig, dunkle Haut, blaue Lippen, Handflächen, so weiß wie Papier, und nur wenige Meter daneben ein Kind, keine zehn Jahre alt, gelbes T-Shirt, dunkelblaue Hose, keine Schuhe. Daran erinnerte er sich. Die nackten, weißen Füße. Sie gingen ihm nicht mehr aus dem Kopf. Vielleicht waren die zwei auf einem der Schlauchboote gewesen, denen er gezielt ausgewichen war. Er wurde dieses Bild nicht mehr los. Sein Schuldgefühl ging einher mit einer Übelkeit, die er jedes Mal verspürte, wenn er an die Flüchtlinge auf den Schlauchbooten oder an diesen Tag am Strand dachte. Und natürlich immer, wenn das Bild der nackten, weißen Füße des toten Kindes ungewollt in seinem Kopf auftauchte. Er wünschte, er könnte es ungeschehen machen. Wünschte, er hätte den Menschen geholfen. War er ehrlich mit sich selbst, wusste er, dass es dieser Wunsch nach Vergebung gewesen war, der ihn dazu getrieben hatte, sich bei *Safe Haven* zu melden.

Doch darüber wollte er nicht sprechen und so nannte er die Politiker als Grund für sein Tun. Man fragte Gustav oft, ob er auch früher ein politischer Mensch gewesen sei, ob er als junger Mann schon Aktivist war. War er nicht. Die Politik hatte ihn nie interessiert; tat sie immer noch nicht – und mehr und mehr begann er auch an der Sinnhaftigkeit der Missionen zu zweifeln, die er in den letzten eineinhalb Jahren unternommen hatte. Der Eifer, das Feuer, das er vor Beginn der ersten Mission gespürt hatte, war längst erloschen. Natürlich empfand er sein Tun immer noch als wichtig, doch der immer stärker werdende politische Gegenwind und die öffentliche Kritik machten ihm und seiner Psyche schwer zu schaffen. Gerade hatte der italienische Innenminister Matteo Salvini getwittert, dass inzwischen 99,5 Prozent der Migranten aufgegriffen und nach Libyen zurückgebracht wurden. Gustav fand die Zahl furchterregend. Viele andere Politiker gratulierten Salvini zu diesem Erfolg und betonten, dass der einzige Grund, wieso es immer noch Flüchtlinge nach Europa schafften, illegale Schlepper seien, die sich selbst Seenotretter nannten und längst hinter Gitter gehörten. Sie versprachen, dass sie alles dafür tun würden, damit diese Kriminellen bekamen, was sie verdienten. Oft wurde auch Gustav Beckers Name genannt: ein Verbrecher, der sich wichtigmachen wollte, dem es mehr um seinen eigenen Ruhm ging als um die Menschen, die er der libyschen Küstenwache wegschnappte, um sie dann ins Wohlstandsparadies Europa zu bringen. Man warf ihm persönlich vor, weder mit Libyen noch mit der EU zu kooperieren und jeden, den er irgendwie auf sein Boot locken konnte, gratis ins gesegnete Italien oder nach Malta zu führen. Kost und Logis inklusive. Dass er die Flüchtlinge laut der Genfer Flüchtlingskonvention gar nicht nach Libyen zurückbringen durfte, spielte in keiner Berichterstattung eine Rolle.

Inzwischen waren Gustav Becker und auch das Schiff, auf dem er operierte – die *Chances* – überaus bekannt. Zu Hause in Deutschland kam es bisweilen vor, dass Menschen ihn auf der Straße ansprachen. Meist waren die Reaktionen positiv, man gratulierte ihm zu seiner Zivilcourage, dankte ihm für seinen Beitrag. Die überaus häufigeren Wortmeldungen kamen allerdings nicht direkt auf der Straße, sondern online, über Social-Media-Kanäle oder nicht selten auch unverfälscht, offen und mit echtem Namen per E-Mail. Das Internet gab den Menschen die Distanz, die sie benötigten, um ihren innersten Gefühlen, ihrem Hass und ihrem Zorn freien Lauf zu lassen. Bereits nach seiner ersten Mission erhielt Gustav Becker Hasskommentare auf seiner Facebook-Seite, persönliche Nachrichten in seinem digitalen Posteingang und wutentbrannte Mails von Unbekannten, in denen er aufs Schlimmste beschimpft und beleidigt wurde. Nach seiner dritten Mission – die Medien waren auf ihn aufmerksam geworden, berichteten in Tageszeitungen und Abendjournalen über ihn – erhielt er anonyme Drohungen. Er solle gefälligst zu Hause bleiben und die Schmarotzer ersaufen lassen. Sie hätten es nicht anders verdient. Wenn er nur noch einen weiteren Asylanten ans europäische Festland bringe, könne schon sein, dass ihm oder seiner Familie etwas passiere. Man wisse nie.

Seiner Familie. Dass Gustav Becker kinderlos war, seine Eltern tot waren und er bereits seit knapp zehn Jahren geschieden, spielte in diesen Drohungen keine Rolle. Schlecht recherchiert, dachte er damals und scherzte mit Freunden und Crewmitgliedern darüber. Insgeheim beschlich ihn jedoch ein Gefühl, das er davor nicht kannte. Eine Verspannung in Hals und Schultern, wie ein schmerzhafter Griff im Nacken. Und dazu kam, so stark wie nie zuvor, die Übelkeit, die ihn seit geraumer Zeit begleitete. Sein Magen zog sich zusammen und er dachte, er müsste sich übergeben. Auch Tage nach der Drohung ging es ihm nicht besser. Er löschte daraufhin seinen Facebook-Account und hoffte, dass er so den Beleidigungen entkommen würde. Natürlich war dem nicht so. Oft berichtete man in Tageszeitungen über ihn und *Safe Haven* und Gustav begann irgendwann, die Leserkommentare zu beachten. Er konnte die Boshaftigkeit und die Niedertracht in diesen Kommentaren kaum fassen. Von zehn Meldungen sprach sich vielleicht eine für ihn und für die Sache aus, die er unterstützte. Die restlichen neun ließen kein gutes Wort an ihm, rezitierten, was rechte Gruppierungen ihnen ins Ohr flüsterten, bezeichneten ihn als Schlepper, verfluchten ihn und wünschten ihm alles Schlechte auf der Welt. Bis zu diesem Zeitpunkt hatte er sich nicht vorstellen können, dass es so viel Bösartigkeit gab, so viele, die kein Problem damit hatten, dass Menschen im Mittelmeer ertranken und die Politiker tatenlos zuschauten. Er begann, bei jedem Online-Zeitungsartikel die Kommentare zu lesen, und hatte das Gefühl, sich in einem Meer aus Hass zu verlieren. Während seiner vierten Mission ging er auf Internet- und Social-Media-Entzug. Dreieinhalb Wochen lang griff er sein Handy nicht einmal an. Er kommunizierte über Funk, konzentrierte sich auf die Mission, sprach viel mit seiner Mannschaft und den Menschen, die sie von Schlauchbooten und alten Holzkähnen retteten, versuchte, den Wellengang, die Elemente, das Salz auf seiner Haut und den Wind in seinem Gesicht so zu genießen, wie er es einst auf der *Loriette* getan hatte, versuchte, ihr Tun in den Fokus zu rücken. Und doch gelang es ihm nur bedingt. Er half einem unterernährten und dehydrierten Mann aus Somalia aus dem Wasser, zog ihn an Bord, spürte seine dünne Haut, seine scharfen Knochen, als er ihn am Unterarm ergriff, blickte in sein dunkles, ausgezehrtes Gesicht, in dem sich Dankbarkeit, Hoffnung, Erleichterung breitmachten, und bekam trotzdem die Worte von Salvini, de Maizière, Scheuer, Kickl oder Kurz nicht aus dem Kopf. Politiker, die auf die Festung Europa pochten, die alles versuchen würden, um diesen Mann wieder zurückzuschicken, wo er herkam. Er dachte an die unzähligen Postings und stellte sich vor, wie dieser europäische Hass diesem Mann aus Somalia wie eine Welle entgegenbrechen würde. Die Unterstützer waren meist still, es gab sie, doch sie fielen nicht auf. Die Flüchtlingsgegner hingegen waren nicht zu überhören. Er dachte an die Demonstration im sächsischen Chemnitz, die Parolen der Neonazis und Rechtsradikalen, gerade mal ein paar hundert Leute, ihnen gegenüber tausende, die nicht diese Meinung teilten, deren Stimme im Gebrüll der ersten jedoch beinahe unterging.

Die Internet-Detox-Kur half ein wenig. In der dritten Woche auf See hatte Gustav das Gefühl, etwas Abstand zu gewinnen, und konnte sich wieder uneingeschränkt auf die Mission konzentrieren. Der Griff im Nacken und auch die Übelkeit verschwanden zwar nicht, wurden aber etwas harmloser.

Bis zu dem Tag, an dem sie mit ihrem Schiff, das für knapp fünfzig Leute ausgelegt war und auf dem sich 172 Personen befanden, davon 156 aus den verschiedensten nordafrikanischen Ländern, an ihrem von der Leitstelle definierten Port of Safety in Italien ankamen. Gustav hatte keine Ahnung, wie die Menschen, die am Hafen auf sie warteten, von ihrer Ankunft erfahren konnten. Es spielte letztendlich auch keine Rolle. Sie waren da, vielleicht hundert, vielleicht hundertfünfzig. Sie riefen, brüllten, hielten Schilder in die Höhe, auf Italienisch, auf Englisch, manche sogar in arabischer Schrift: *Verschwindet! Italien für Italiener! Europa für Europäer!*

Gustav Becker legte an und die durch die Internetabschottung zurückgewonnene Freiheit war schlagartig verschwunden. Er blickte in die Menge, spürte, wie die Ablehnung gegen ihn, gegen seine Mannschaft und ganz besonders gegen ihre Passagiere ihn niederdrückte, und konnte gleichzeitig jeden Einzelnen verstehen, der an diesem Tag zu diesem Hafen gekommen war. Die Wut war begründet. Italien wurde alleingelassen. Von der EU, von den Nachbarstaaten, von den Medien. Das Versprechen, die Mittelmeerroute zu schließen, war nichts als eine leere Floskel. Italien hatte selbst genug Probleme und die Flüchtlingswelle, die 2015 begann und für Italien immer noch nicht vorbei war, traf sie mit voller Wucht. Und es würden noch mehr kommen. Die Not der Menschen in den afrikanischen Staaten war so groß, dass weder die Gefahr, im Mittelmeer zu ertrinken, noch in einem Auffanglager misshandelt oder sogar versklavt zu werden, sie vom Versuch abhalten würde, nach Europa zu kommen.

Ein vielleicht vierzigjähriger Mann mit schwarzer Lederjacke am Rand der wütenden Menge blickte Gustav Becker direkt an, zeigte mit dem Finger auf ihn, suchte intensiv seinen Blick. Gustav spürte ihn förmlich auf seiner Haut, zuerst wich er ihm aus, letztendlich konnte er aber nicht anders, als ihn zu erwidern. Es vergingen einige Sekunden, bis der Mann schließlich seinen Arm in die Höhe streckte, sodass Gustav ihn gut sehen konnte, ihm seine Handfläche zeigte, eine Faust bildete, den Daumen abspreizte, das Kinn erhob und sich mit dem Finger langsam entlang seines entblößten Halses fuhr. Gustav spürte, wie der Griff in seinem Nacken noch fester wurde. Es war in dieser Nacht, in der er sich zum ersten Mal seit langer Zeit übergeben musste.

Nach dem Ende seiner fünften Mission nahm man ihn auf Malta fest. Die Polizisten hatten bereits am Hafen auf ihn gewartet und legten ihm an Ort und Stelle Handschellen an. Man warf ihm vor, nicht mit der libyschen Küstenwache zusammengearbeitet und Befehle der Leitstelle ignoriert zu haben, die der Küstenwache die Rettung eines vollbesetzten Schlauchboots mit mehr als siebzig Personen an Bord übertragen hatte. Er habe, so argumentierte man später, die Anweisungen ignoriert, die libyschen Polizisten nicht an Bord gelassen und die Flüchtlinge ohne Berechtigung in einen maltesischen Hafen überführt.

Die Behauptungen waren nicht aus der Luft gegriffen, das war Gustav klar. Er hatte tatsächlich gegen die Anweisung der Leitstelle gehandelt und die Menschen an Bord geholt. Der Grund dafür war jedoch gewesen, dass es während der nächtlichen Rettungsaktion gestürmt hatte und die Libyer gar nicht die Möglichkeit gehabt hätten, alle Menschen zu retten. Aus irgendeinem Grund konnten oder wollten sie ihr Rettungsboot nicht zu Wasser lassen und so übernahm die *Chances* diese Aufgabe. Als ihnen dann die libysche Küstenwache funkte, dass sie mit ihrem Boot an der *Chances* anlegen wolle, damit sie die Flüchtlinge mitnehmen könnten, entschloss sich Gustav wegen des schlechten Wetters und des hohen Wellengangs dagegen. Er funkte zurück, dass er dies als zu gefährlich erachtete, dass jedoch drei unbewaffnete Libyer an Bord kommen dürften. Als diese drei Männer schließlich vor Gustav Becker standen, brüllten sie ihn an, dass sein Verhalten illegal sei und er ihnen die Flüchtlinge laut Gesetz übergeben müsse. Gustav jedoch konnte es nicht ausstehen, wenn man ihn anbrüllte oder versuchte, ihn zu etwas zu zwingen. Er stellte auf stur, sagte, dass Libyen kein sicheres Herkunftsland sei und dass er laut Genfer Flüchtlingskonvention keine Erlaubnis habe, ihnen seine Passagiere auszuhändigen. Nach einiger Zeit verließen die drei wütenden Männer die *Chances* mit den Worten, er werde das noch bereuen. Wieder jemand, der ihm drohte. Und wieder hätte er diese Drohung gerne mit einem Schulterzucken abgetan, doch das konnte er nicht. Furcht machte sich in ihm breit. Furcht, Übelkeit und dieser hässliche, schmerzende Griff in seinem Genick.

Und dann, als er auf Malta ankam und tatsächlich schon die Polizei auf ihn wartete, musste er sich zusammenreißen, dass er sich nicht an Ort und Stelle vor den Augen seiner Mannschaft übergab. Er zog sich einen Moment zurück, schluckte, atmete mehrmals tief ein, beruhigte sich, trat dann vor seine versammelte Mannschaft und versicherte dieser und auch den geretteten Menschen an Bord, dass sie nichts zu befürchten hätten. Danach betrat er maltesischen Boden und ließ sich kommentarlos abführen.

Natürlich war die NGO *Safe Haven* auf derartige Vorkommnisse vorbereitet, man stellte ihm sofort einen Anwalt und Gustav konnte die Polizeistation noch am selben Abend verlassen und nach Deutschland zurückkehren. Es würde eine Verhandlung geben, das schon, er habe sich jedoch nichts vorzuwerfen. Das Gesetz sei auf ihrer beziehungsweise auf seiner Seite. Gustav dachte sich, dass das vielleicht schon stimmte, das schlechte Gefühl, die Verspannung im Nacken, die Furcht verschwanden jedoch trotz aller Versicherungen nicht.

Es folgte ein regelrechter Medienzirkus, Gustav wurde interviewt, Tageszeitungen berichteten über ihn, er wurde ins Abendjournal der ARD eingeladen, wo er über die Verhaftung und die Missionen sprach. Auf die Frage hin, was ihn dazu gebracht habe, sich *Safe Haven* anzuschließen, sich diese Tortur anzutun, seine Arbeit, Freunde, Familie – wieder hatte man ungenau recherchiert – zurückzulassen und unentgeltlich für eine NGO zu arbeiten, nannte er erneut die Politik als Grund. Wieder sprach er nicht über die zwei Leichen in Lesbos, deren Bild ihn regelmäßig besuchte.

Freunde meldeten sich und unterstützten ihn, linksgerichtete Talk-Show-Hosts sprachen sich öffentlich für ihn und seine Sache aus, sammelten Spenden für die Anwaltskosten. Die Verhandlung selbst war relativ kurz und unspektakulär. Gustav wurde freigesprochen, doch man betonte, dass es nur eine Frage der Zeit sei, bis Gesetzesänderungen derartige Aktionen als illegal einstufen würden. Gustav gab daraufhin in einem Interview an, dass, sollte dies wirklich geschehen, man auch die Bergrettung abschaffen müsse, die Flip-Flop-Touristen von den Bergen holte. Die Unterstützer freuten sich über das Urteil, die Gegner jedoch kritisierten sowohl die Entscheidung des Richters als auch die verschiedensten NGOs aufs Äußerste. Demonstranten fanden sich vor dem maltesischen Gerichtsgebäude ein und als Gustav ins Freie trat, waren wieder einmal die Stimmen seiner Gegner die lautesten. Und wieder einmal schrieben die Trolle über ihn, in Kommentaren, in Foren, er erhielt anonyme E-Mails mit Beschimpfungen. Gustav las sie alle. Als würde ihn etwas dazu zwingen, suchte er danach, ging online, googelte sich selbst, überflog die Artikel und widmete sich den Hasskommentaren.

Das war vor vier Monaten gewesen. An Internetentzug war gar nicht mehr zu denken.

Und nun, während dieser Mission, war sein Handy wieder durchgehend eingeschaltet. Er wusste, dass es ihn früher oder später kaputtmachen würde. Der viele Hass drang in ihn ein. Er hatte durchgehend das Gefühl, von einem Strudel erfasst und nach unten gezogen zu werden. Nicht selten wurde ihm richtiggehend schlecht davon. Er zweifelte an sich selbst, daran, dass *Safe Haven* oder auch die anderen NGOs eine Zukunft hatten. Dazu kamen die körperliche Erschöpfung, die ihn nicht mehr klar denken ließ, und die nicht definierbare Furcht, die ihn nicht selten nachts wachhielt. Er fühlte sich ausgezehrt, müde, schwach. Vermutlich würde dies seine letzte Mission werden. Er sehnte sich so sehr nach einem richtigen Erfolgserlebnis, einem Gefühl der Erleichterung, doch es kam nie. Lange würde er dem öffentlichen Widerwillen nicht mehr standhalten.

Wieder fuhr er sich mit beiden Händen über das Gesicht, rieb sich die Augen. Vor ihm, rund um ihn, Dunkelheit, das tosende Meer, Wellen, die gegen den Schiffsrumpf krachten, das Stöhnen der Flüchtlinge an Bord. Und auf dem Bildschirm des Echolots der leuchtende, nach wie vor vier Meilen entfernte Punkt, knapp vor der magischen 12-Seemeilen-Grenze, die das Territorialgewässer von Libyen definierte. Die nächsten 12 Meilen gehörten zur eingeschränkten Wirtschaftszone – der Bereich, in dem die *Chances*, aber auch libysche Patrouillenboote operierten.

Er sollte nach Norden fahren. Das Wetter würde noch unruhiger werden und einigen der Passagiere an Bord ging es schlecht. Die Seekrankheit an sich, die einen großen Teil der Passagiere plagte, war noch das geringste

Übel. Viele Menschen an Bord waren schon seit Wochen und manchmal seit Monaten unterwegs. Sie waren unterernährt, dehydriert, erschöpft. Die Mannschaft und auch die Ärzte an Bord taten, was sie konnten, um die Menschen zu motivieren. Die Flüchtlinge bekamen drei Mal am Tag zu essen, oft musste man speziell den schwer abgemagerten, jungen Männern die Nahrung regelrecht einflößen. Die Ärzte untersuchten alle Geretteten, legten Infusionen, verteilten Medikamente, beobachteten und hielten Gustav auf dem Laufenden. Zum Glück hatten sie auf dieser Mission bisher noch keinen ernsthaften Notfall an Bord gehabt.

Er blickte stirnrunzelnd auf den blinkenden Punkt auf dem Echolot und kniff die Augen zusammen. Und dann sah er, dass sich der Punkt bewegte. Es konnte somit keine Boje sein. Und vermutlich war es auch kein Fischerboot. Fischerboote warfen bei einem derartig schlechten Wetter entweder den Anker aus oder sie machten sich wieder auf den Weg zurück zum sicheren Hafen. Es musste ein Flüchtlingsboot sein, er spürte es. Auf dem GPS sah er, dass sich der Punkt jedoch noch immer, trotz der langsamen Bewegung Richtung Norden, knapp vor der 12-Meilen-Grenze befand. Die *Chances* war nicht befugt, diese Linie zu überqueren, und ganz besonders durften sie keine Rettungsaktion starten, ohne davor die libysche Küstenwache zu informieren.

Herbert Koch, ein vierzigjähriger Sachse und der Erste Offizier, mit dem Gustav bereits zwei Missionen erfolgreich hinter sich gebracht hatte und der inzwischen ein guter Vertrauter war, betrat das Führerhaus.

„Wie sieht's aus?", rief er gegen den Lärm des Sturms an. „Kurs Nord?"

Gustav deutete auf das Echolot.

„Noch mehr?", fragte Herbert. Gustav nickte. „Die müssten wir dann aber melden." Beide Männer mussten nicht aussprechen, dass sie dies dringend vermeiden wollten.

„Sie bewegen sich Richtung Norden?", fragte Herbert. Gustav nickte. „Sollen wir nicht lieber noch warten, bis sie die zwölf Meilen geschafft haben?"

„Ich habe das Gefühl, wir sollten jetzt hin", antwortete Gustav.

Herbert blickte dem Kapitän in das ernste Gesicht. Dieser wiederum suchte in Herberts Gesicht Zustimmung und Unterstützung. Er bekam sie nicht.

„Deine Entscheidung", sagte Herbert.

Gustav spürte für einen Moment die Übelkeit in ihm hochkommen. Er atmete zwei Mal tief ein und aus, schluckte und nickte schließlich.

„Gib der Mannschaft Bescheid", murmelte er und sie nahmen Kurs auf den leuchtenden Punkt auf dem Echolot.

Der Wind nahm noch weiter zu, der Seegang wurde höher. Dicker, weißer Schaum bildete sich auf den Wellen. Das Schiff überquerte die imaginäre 12-Meilen-Grenze und fuhr direkt auf das Signal zu. Kurz bevor sie das Ziel erreichten, schaltete die *Chances* das Flutlicht ein. Es wurde noch unruhiger an Bord. Ein Großteil der Rettungsaktionen fand nachts statt und die meisten Flüchtlinge an Bord wussten, was das Licht zu bedeuten hatte. Ein Crewmitglied suchte mit dem Schweinwerfer das tiefschwarze Meer ab und fand schließlich, wonach sie gesucht hatten. Gustav hatte recht gehabt. Es war ein Schlauchboot. Doch sie kamen bereits zu spät. Das Boot hing mit einer Hälfte unter Wasser, im vorderen Drittel zwängten sich panisch brüllende Menschen wie Trauben aneinander. Sofort fiel Gustav auf, dass keiner von ihnen eine Schwimmweste trug. Er fluchte laut auf. Er kannte derartige Schlauchboote, er hatte genug von ihnen gesehen, dass er sofort wusste, dass die Anzahl an Menschen an Bord nicht stimmte, dass es nicht genug waren, weitaus nicht, dass das Boot mit Sicherheit viel mehr Personen beinhaltet hatte, als es von der libyschen Küste ausgelaufen war.

Die Rettungsaktion begann. Die Übungen und die Erfahrung der letzten Mission hatten das Team zu einer gut geölten Maschine gemacht. Und doch gab es während einer nächtlichen Rettungsaktion auf dem offenen Meer so viele Faktoren, dass jederzeit etwas schiefgehen konnte. Der Wellengang ließ nicht zu, dass die *Chances* direkt am Schlauchboot anlegte, so ließen sie die zwei Rettungsboote zu Wasser, je vier Crewmitglieder fuhren zu den Flüchtlingen, warfen ihnen Schwimmwesten zu und zogen sie nacheinander zu sich. Panik brach aus, die Menschen kämpften um einen Platz an Bord des Rettungsbootes, das übervoll beladen zwanzig Personen fasste. Gustav übergab das Ruder, ging an Deck und sah, wie zwei Menschen im hinteren Teil des Schlauchboots ins Wasser stürzten. Einer der beiden klammerte sich am Boot fest, den anderen verlor Gustav sofort aus dem Blick. Weder dem Rettungsteam noch den Flüchtlingen war dies aufgefallen. Gustav brüllte gegen den Sturm an, immer und immer wieder. Die Menschen sprangen vom untergehenden Schlauchboot, hielten sich am Rand des Rettungsboots fest, zogen daran, rissen, versuchten sich an Bord zu ziehen. Den wenigsten gelang es. Die Crewmitglieder und dann auch die bereits geretteten Flüchtlinge arbeiteten fieberhaft, griffen nach entgegengestreckten Armen, hielten, zogen, brüllten sich gegenseitig Kommandos zu. Gustav beobachtete, wie einer der vorher von Bord Gegangenen es wieder ins Schlauchboot schaffte und schließlich ins Rettungsboot gehievt wurde, von dem anderen fehlte jede Spur. Vielleicht hatte er sich ja mit eigener Kraft wieder ins Boot ziehen können, vielleicht hatte ihm jemand dabei geholfen und Gustav hatte es einfach übersehen. Weitaus wahrscheinlicher war jedoch, dass der Mann nicht schwimmen konnte und so erschöpft war, dass er es nicht geschafft hatte.

Es dauerte knapp eine Stunde, bis alle an Bord der *Chances* waren – achtundvierzig Personen, zweiundvierzig Männer, sechs Frauen – und das erste Rettungsboot wieder vertäut war. Gustav teilte eben gemeinsam mit der Crew und den anderen Flüchtlingen Rettungswesten, Aluminiumdecken und Wasser aus, als Herbert neben ihn trat.

„Die Libyer haben uns angefunkt. Sie sind auf dem Weg."

Gustav reagierte, ohne nachzudenken. Er befahl, das zweite Rettungsboot vorerst nicht an Bord zu bringen, sondern es ins Schlepptau zu nehmen, ging ins Führerhaus, übernahm das Kommando und nahm sofort

Kurs Richtung Norden. Die *Chances* stoppte erst, als die 12-Meilen-Grenze deutlich überschritten war, und er gab das Kommando, das zweite Rettungsboot an Bord zu holen und festzumachen. Während dies geschah, sah Gustav schon klar und deutlich das Boot der libyschen Küstenwache auf dem Echolot, das Kurs auf sie nahm. Nur wenige Minuten später hatte es die *Chances* erreicht und funkte, dass der Kapitän die Flüchtlinge, die sie in libyschem Hoheitsgebiet an Bord geholt hatten, an sie übergeben müsse.

Gustav lief es kalt den Rücken runter, als er an das weitere Schicksal der Menschen dachte, die seine Mannschaft vor dem sicheren Tod gerettet hatte. Er hatte gehofft, die Aktion wäre unbemerkt geblieben. Herbert betrat die Führerkabine.

„Was sollen wir machen?", fragte er.

Gustav dachte an seine letzte Rückkehr auf Malta und konnte noch den kühlen Stahl der Handschellen auf seiner Haut spüren. Er dachte an das Gefühl abgeführt, eingesperrt, angeklagt zu werden, die Häme der Medien, die Wut der Flüchtlingsgegner, die Politiker aus den verschiedensten Ländern, die ihn persönlich als Verbrecher bezeichnet hatten, die Kommentare im Internet. Die vielen hasserfüllten Kommentare.

Und dann dachte er an die Schilderungen der Flüchtlinge, die ihr Leben riskierten, um irgendwie nach Europa zu kommen. Er dachte an die libyschen Internierungslager, an die Schilderungen der Geflüchteten, an die Wunden und Narben, die diese Menschen mit sich trugen und für immer mit sich tragen würden.

Es würde Gustavs letzte Mission sein. Die Zukunft von *Safe Haven* war ungewiss. Hier konnte er noch ein letztes Mal einen Unterschied machen.

„Wir übergeben nicht", sagte Gustav zu Herbert. Der hatte diese Entscheidung bereits erwartet und nickte wortlos.

Was folgte, war ein Hin und Her mit der libyschen Küstenwache. Sie funkten der *Chances* zu, dass sie auf ihrem Radar gesehen hätten, dass sich die Rettungsaktion vor der 12-Meilen-Grenze abgespielt habe, Gustav Becker widersprach. Es sei knapp gewesen, das schon, doch die eigentliche Rettungsaktion sei erst geschehen, als das Schlauchboot die Grenze überquert habe. Die Leitstelle in Rom schaltete sich ein und fragte Gustav, wo genau der erste Flüchtling an Bord geholt worden war. Wieder beharrte Gustav darauf, dass dies in der eingeschränkten Wirtschaftszone geschehen sei. Sie hätten zwar aufgrund des Sturms zuvor die Grenze überquert, die eigentliche Rettung jedoch habe woanders stattgefunden. Die Leitstelle gab sich damit zufrieden, die libysche Küstenwache nicht. Ein Arzt unterbrach die Diskussion und teilte Gustav mit, dass es einigen Passagieren an Bord sehr schlecht gehe und dass zwei Personen komatös geworden seien. Sie wurden im Bordkrankenhaus überwacht, sollten aber möglichst bald in ein richtiges Krankenhaus gebracht werden. Gustav gab diese Information an die Leitstelle weiter und teilte auch dem libyschen Boot mit, dass sie sich unverzüglich auf den Weg Richtung Malta machen würden. Dies habe Konsequenzen, versicherten die Libyer. Gustav ignorierte die Drohung und nahm Kurs Richtung Norden.

Es würde einen Shitstorm geben, das war ihm bewusst. Wie stark er war, würde sich noch herausstellen.

Sie erreichten Malta und standen vor verschlossenen Toren. Malta ließ weder die Flüchtlinge noch die Crew von Bord. Mehr noch, sie erteilten der *Chances* keine Erlaubnis, in einem Hafen anzulegen. Die Malteser hatten die Information erhalten, dass sich illegale Flüchtlinge an Bord befänden, die an Libyen auszuliefern seien. Gustav telefonierte mit der *Safe-Haven*-Zentrale in Deutschland. Man werde alles tun, um die Entscheidung zu ändern, hieß es von deren Seite. Wie es denn mit Italien aussehe, fragte Gustav und bekam die Antwort, dass man sich bereits erkundigt habe, die Situation dort aber genau die gleiche sei. Italien war nicht bereit zu verhandeln.

Gustav besprach sich mit seiner Crew und informierte sich beim Ärzteteam über den Zustand der Passagiere. Der Sturm hatte sich etwas gelegt und den meisten ging es wieder besser. Zwei Personen seien weiterhin aufgrund von Erschöpfungserscheinungen kaum ansprechbar und viele litten unter Seekrankheit. Man versicherte dem Kapitän jedoch, dass niemand an Bord in Lebensgefahr schwebte.

Gustav beschloss, abzuwarten, ob *Safe Haven* Erfolg haben würde, und so fuhren sie zwei Tage lang tagsüber die maltesische Küste entlang Richtung Süden, damit sie den Wind hinter sich hatten und somit möglichst wenige Wellen gegen das Boot schlugen. Nachts fuhren sie dann wieder nach Norden, da der Wind und auch die Wellen in dieser Zeit nachließen.

Gustav ging auf seinem Handy online. Immer und immer wieder. Die Medien berichteten über ihren Fall, bei den Kommentaren einige leise, unterstützende Stimmen und enorm viele laute Aussagen, dass ihm, seinem Team und ganz besonders den Flüchtlingen an Bord recht geschehe, dass man ein Exempel statuieren und alle wieder zurück nach Libyen schicken solle. Wobei Gustav auffiel, dass die wenigsten tatsächlich Libyen als Ort nannten. Die meisten schrieben einfach Afrika, einige auch Arabien. Gustav wusste, dass die Kommentare nicht unbedingt einen Querschnitt der Gesellschaft darstellten. Und doch verschwanden weder seine Zweifel, ob das, was er tat, überhaupt noch Sinn machte, noch das abscheuliche, krankmachende Gefühl in seiner Magengegend.

In der zweiten Nacht verschlechterten sich die Wetterbedingungen. Der Wind frischte auf, sie kämpften gegen Windstärken von vier bis fünf und der Seegang ging bis zu eineinhalb Metern. Maltas Entscheidung, die *Chances* nicht anlegen zu lassen, stand nach wie vor. Gustav wich auf die Ostseite der Insel aus, wo der Wind etwas schwächer blies.

Sowohl die Stimmung als auch der Gesundheitszustand vieler Passagiere verschlechterte sich. Das Wetter, der Wellengang, die mangelnde Hygiene und der Platzmangel machten ihnen schwer zu schaffen. Die *Chances* war ein umgebauter Trawler, der genug Raum für fünfzig Personen bot. Inzwischen waren jedoch zweihundertvier Menschen an Bord, die versorgt und ernährt werden mussten, die zum Teil seekrank waren und sich an Deck übergaben. Viele der Flüchtlinge halfen der Mannschaft bei der Essensausgabe, kümmerten sich um die anderen, putzten, wischten und versuchten, das Boot, so gut es ging, sauber zu halten. Es war enorm wichtig, dass die Crew präsent war und Motivation zeigte und Gustav machte mehrmals am Tag seine Runde, sprach mit den verschiedensten Menschen, spielte einige Minuten mit den Kindern, ermutigte die Mütter und unterhielt sich mit den Ärzten und Crewmitgliedern.

Am Morgen des dritten Tags ging er in das Schiffskrankenhaus und traf dort auf Eva Monderna, eine italienische Ärztin, Mitte vierzig, die sich gerade mit einer Patientin unterhielt. Es war die Frau, deren Zustand dem Ärzteteam am meisten Sorgen bereitet hatte, die anfangs aufgrund von Erschöpfungserscheinungen zeitweise nicht ansprechbar gewesen war und der es nun scheinbar weitaus besser ging. Gustav war erleichtert, dass die Frau nicht mehr wie ein Häufchen Elend auf dem Bett lag, sondern in einem Sessel Platz genommen hatte und sich angeregt mit der Ärztin unterhielt. Als Eva Monderna Gustav sah, winkte sie ihm und rief ihn aufgeregt zu sich.

„Kapitän, hier ist jemand, den du kennenlernen solltest."

Gustav Becker schaute die Frau zum ersten Mal genauer an. Er hatte das Gefühl, sie von irgendwoher zu kennen. Ihre dunklen, lockigen Haare waren offen und hingen ihr ins Gesicht. Sie trug eine blaue Jeanshose und eine dünne, grüne Jacke, die von der beschwerlichen Reise abgetragen und dreckig war. Er kannte sie. Woher nur?

„Sie sind Kapitän Gustav Becker", sagte die Frau in perfektem Deutsch. Es war keine Frage. Und jetzt erkannte er sie! Er hatte ihr Bild in den verschiedensten Zeitungsartikeln gesehen, man hatte im Fernsehen über sie berichtet und er hatte sogar schon ihren Blog besucht. „Mein Name ist Lara Said. Ich bin eine deutsche Journalistin. Ich denke, ich kann helfen, das Schiff in einen Hafen zu bekommen."

Gustav holte Lara in seine Kajüte. Er setzte Tee auf und sie unterhielten sich über zwei Stunden lang. Lara Said, der die Seekrankheit immer noch zu schaffen machte, kaute langsam und vorsichtig Zwieback, nippte an ihrer Tasse und erzählte von ihrer Reise, von dem Tag im chaotischen griechischen Flüchtlingslager, was in ihr vorgegangen war, als sie die Entscheidung getroffen hatte, sich dem Schicksal der Flüchtlinge hinzugeben, erzählte, wie man sie in ein Auffanglager in der Türkei, nahe der syrischen Grenze gebracht hatte, wie sie dort gemeinsam mit zwei Familien einen Schlepper bestochen hatte, der sie zuerst nach Syrien schmuggelte, von wo aus sie es dann später mit einem Boot in den Libanon und danach nach Libyen schaffte. Sie erzählte von Chaos, von Ausbeutung, von Gewalt, aber auch von Hilfsbereitschaft, Anstand und Menschlichkeit. Und sie erzählte von der letzten Etappe, von einem Schlepper in az-Zawiya in Libyen, der sie angesprochen, ihr ein gutes, sicheres Gefühl vermittelt hatte, der aufrichtig gewirkt hatte, sie jedoch, ohne mit der Wimper zu zucken, in den sicheren Tod geschickt hätte. Sie erzählte von bewaffneten Männern am Strand, vom Sturm, vom starken Wellengang, davon, dass das Funkgerät an Bord des Schlauchbootes kaputt gewesen war, von der Panik, als Wasser in das überfüllte Boot gedrungen war, vom Kampf ums Überleben, vom Kampf um den vorderen Bereich des Bootes. Lara schluckte und schloss einen Moment lang die Augen.

„Ich denke, dass wir ungefähr dreißig Menschen verloren haben."

Gustav schwieg.

„Der Blog", sagte Lara schließlich und räusperte sich, „das war nur der Anfang. Ich arbeite schon seit einiger Zeit an einem Buch über die Reise." Sie nahm einen Schluck Tee, stellte die Tasse mit magnetischem Boden auf den metallenen Tisch und beugte sich leicht zu ihm. „Jetzt sind wir im letzten Kapitel. Und Sie, lieber Herr Kapitän Becker, Sie werden der Held sein. Derjenige, der mir das Leben gerettet hat. Man wird Sie feiern, das verspreche ich Ihnen."

„Das Team hat Sie gerettet", antwortete Gustav leise und spürte, wie sich etwas in ihm löste. Ohne es zu wollen, konnte er die Überschriften der Berichte erkennen, die man über diese Rettung schreiben würde, sah den Inhalt, die positiven und unterstützenden Kommentare. Er hatte eine deutsche Journalistin vor dem sicheren Tod bewahrt. Lara Said war berühmt. Niemand würde ihn dieses Mal verurteilen. *Safe Haven* wäre der Retter. Er wäre der Retter. Lara Said hatte gesagt, man würde ihn feiern. Es wurde ihm bewusst, wie sehr er einen kleinen Sieg brauchte. Das hier könnte er endlich sein.

„Wie sollen wir vorgehen?", fragte er.

Sie beschlossen, langsam zu handeln, damit sich die Meldung wie eine Welle verbreiten konnte und die maltesische

Regierung mehr und mehr in Bedrängnis geraten würde. Lara hatte ihr Handy während der Rettungsaktion verloren, benutzte deshalb Gustavs, loggte sich bei Twitter ein und setzte einen Tweet mit dem einzigen Wort „Alive“ ab. Gustav beobachtete fasziniert, wie schnell sich der Tweet verteilte, er wurde geshared, kommentiert, Fragen wurden gestellt, die Lara gezielt nicht beantwortete. Erst drei Stunden später setzte sie einen weiteren Tweet: „I was saved. On board of the *Chances* now. No permission to leave. #saveus!“

Gustav schlug vor, noch mehr Details hinzuzufügen. Lara jedoch war sicher, dass diese Meldung vorerst genug war. Sie sollte recht behalten. Lara zeigte Gustav, wie man einen sogenannten Google-Alert einrichtete, der ihn jedes Mal benachrichtigte, wenn im Internet etwas über sie, ihn, *Safe Haven* oder die *Chances* geschrieben wurde. Von nun an bekam er beinahe alle paar Minuten eine Nachricht. Die Medien hatten angebissen. Es gab kritische Stimmen, die daran zweifelten, dass sich Lara Said tatsächlich an Bord der *Chances* befand. Manche bezeichneten es als einen NGO-Publicity-Act. Die Mehrheit jedoch hinterfragte den Tweet nicht und versuchte augenblicklich, entweder mit *Safe Haven* oder mit Gustav Becker direkt Kontakt aufzunehmen. Er ging, wie mit Lara besprochen, nicht darauf ein. Die Zentrale von *Safe Haven* meldete sich bereits eine Stunde später bei Gustav und fragte nach, ob es tatsächlich stimme und Lara Said sich an Bord der *Chances* befinde. Gustav bejahte und beschrieb, wie sie planten, diese Situation zu nutzen. Er musste sich zurückhalten, nicht das Wort „ausschlachten“

zu verwenden. Die Zentrale schlug vor, selbst Stimmung zu machen, doch Lara beharrte auf Zurückhaltung.

„Die Medien und die Massen werden von selbst auf unsere Seite kommen. Richtiger Support soll nicht gelenkt werden. Er muss von selbst Fahrt aufnehmen bis zu dem Punkt, an dem er nicht mehr gestoppt werden kann."

Zwei Stunden darauf fragte die maltesische Regierung zuerst bei *Safe Haven*, dann bei Gustav selbst nach, ob das Gerücht wahr sei, dass sich eine deutsche Journalistin auf der *Chances* befinde. Wie Lara ihnen geraten hatte, beantworteten sie diese Frage nicht.

„Je länger wir nicht anlegen dürfen, umso stärker wird der Shitstorm und umso mehr können wir sie unter Druck setzen."

Die Nacht brach an, das Wetter war nun auch auf der Ostseite Maltas bedeutend schlechter als am Tag zuvor. Das Schiff schwankte stark und wieder hörte Gustav das Stöhnen der Passagiere durch die Tür seiner Kajüte.

Am nächsten Morgen bekam Gustav die Nachricht, dass Malta damit einverstanden war, Lara Said von Bord zu lassen.

„Das kommt gar nicht infrage", antwortete sie laut. Ihr Gesundheitszustand hatte sich, im Gegensatz zu vielen anderen Passagieren, inzwischen deutlich verbessert. Sie sprühte vor Energie. „Wir werden sie darum betteln lassen! Und außerdem ist es nun erst einmal Zeit für ein Interview."

Lara hatte die Nacht genutzt und mit verschiedenen Vertretern der Medien Kontakt aufgenommen. Allen hatte sie persönlich geschildert, wie sie von Gustav

Becker gerettet worden war, wie sie ohne ihn und sein heroisches Team mit Sicherheit ertrunken wäre, und wie sie nun gemeinsam mit über zweihundert Personen unter unmenschlichen Bedingungen auf einem Schiff eingezwängt war. Und beinahe allen hatte sie ein persönliches Interview versprochen, was das Interesse natürlich noch stärker erhöhte. Am Morgen des vierten Tages berichteten sämtliche deutschsprachige Medien über ihren Fall. Natürlich hatten auch italienische und maltesische Zeitungen die Sprengkraft der Story erkannt und nahmen sich des Themas an.

Wieder meldete sich Malta, schlug vor, Lara Said und die Flüchtlinge, die nicht in libyschen Hoheitsgewässern gerettet wurden, von Bord gehen zu lassen – und die Sache schnell und unkompliziert zu beenden. Gustav, der sah, wie vielen Menschen an Bord es inzwischen sehr schlecht ging, war anfangs gewillt, das Angebot anzunehmen. Er war überzeugt, dass es früher oder später auch eine andere Lösung für die restlichen Flüchtlinge geben würde.

Lara jedoch beharrte darauf, nicht auf den Deal einzugehen. Sie selbst war eine der Personen, die während der letzten Aktion gerettet worden war. Warum sollte für sie anderes Recht gelten als für den Rest?

„Alle oder niemand“, sagte sie selbstbewusst. „Und jede Stunde gibt uns noch mehr Macht!“

Gustav nickte.

Am Nachmittag des vierten Tages legte ein kleines Boot mit einem Journalisten der ARD und einem Filmteam an und interviewte Lara über eineinhalb Stunden lang.

Sie filmten die Menschen an Bord, machten Bilder von dünnen, zum Teil abgemagerten und ausgezehrten jungen Männern, die zusammengekauert auf dem Boden schliefen, von Müttern, die mit ihren Kindern spielten, von der Crew, die gemeinsam mit den Flüchtlingen Essen ausgaben. Danach interviewten sie noch Gustav, was jedoch nur zehn Minuten dauerte. Er beteuerte, dass sich die Rettungsaktion hinter der 12-Seemeilen-Grenze abgespielt hatte, dass er laut Genfer Flüchtlingskonvention gar nicht dazu ermächtigt sei, die Menschen wieder in das Land zurückzubringen, aus dem sie geflohen waren, und wiederholte Laras Aussage: „Alle oder niemand."

Der Journalist nickte zustimmend.

„Das wird groß", sagte er.

Kurz nach diesem Interview schaltete sich Italien ein und gab bekannt, dass die *Chances* in einem ihrer sizilianischen Häfen anlegen dürfe und man die Flüchtlinge – sämtliche Flüchtlinge – aufnehme.

Die Crew und auch Gustav jubelten, als sie diese Nachricht bekamen. Daraufhin bat Lara Gustav um ein Gespräch unter vier Augen.

„Wir dürfen dieses Angebot nicht annehmen", sagte sie leise und legte ihre Hand auf Gustavs Unterarm. „Die Story wird noch viel größer, wenn wir noch etwas warten."

„Die Story", wiederholte Gustav.

„Die Mission! Eure Mission! Malta wird bald knicken. Wenn schon Italien klein beigibt, dann bedeutet das, dass sich die Stimmung geändert hat, dass sie den Ruhm wollen. Sie müssen mir glauben! Nur noch etwas länger und ganz Europa wird Sie unterstützen. Das öffnet völlig neue Türen! Und sollten wirklich alle Stricke reißen, dann können wir immer noch nach Italien."

Gustav dachte an den Zustand der Menschen an Bord. Vielen ging es schlecht und doch hatte ihm das Ärzteteam gerade vor einigen Stunden noch versichert, dass niemand in Lebensgefahr schwebte.

„Wir könnten sagen, das Wetter ist zu schlecht für eine Überfahrt", sagte Gustav halbherzig.

„Das ist perfekt!", rief Lara.

Die ARD sendete ihren Bericht am nächsten Tag, beinahe alle größeren europäischen Tageszeitungen griffen den Fall auf. Verschiedenste Fernsehsender schickten Journalisten nach Malta, die nun von der Küste aus die kreuzende *Chances* filmten und auf eine Interviewmöglichkeit warteten. Gustav verfolgte den Medienzirkus auf seinem Handy:

„Gestrandet vor Malta", hieß es in der einen Online-Zeitung. „Alle oder niemand" in der anderen. Und wieder in einer anderen hieß es: „Verhandeln mit Verbrechern." Kurz spürte Gustav wieder Übelkeit in ihm hochkommen, doch diese verschwand augenblicklich, als er in den Kommentaren las, wie schön es sei, dass der Kapitän diese deutsche Journalistin gerettet hatte.

Er – Gustav Becker – ein Held.

Der Wind und der Wellengang wurden noch stärker. In der fünften Nacht wurde Gustav von einem Schiffsarzt geweckt, der ihm mitteilte, dass einer ihrer Passagiere vor

Kurzem ohnmächtig geworden war. Es ging um einen jungen Mann, der in den letzten Tagen keine Nahrung hatte behalten können. Er atmete selbstständig, doch der Arzt befürchtete, dass sich sein Zustand noch verschlechtern könnte.

„Wir sollten ihn so bald als möglich an Land bringen", betonte er.

Gustav überlegte angestrengt, wog hin und her. Wenn er jetzt Richtung Italien fahren würde, wären sie in wenigen Stunden auf Sizilien. Man würde sie ohne größere Probleme an Land lassen und die Sache wäre vorbei. Und doch hatte Lara recht. Mit jeder verstreichenden Stunde verbesserte sich ihre Position, der Medienrummel würde immer noch stärker werden, Malta würde klein beigeben, die Massen wären auf seiner Seite.

Er fragte den Arzt, ob er ein Problem sehe, bis zum nächsten Tag zu warten. Es sei mehr als nicht ideal, antwortete dieser.

„Ist er in Lebensgefahr?", fragte Gustav.

„Nein", antwortete der Arzt. „Aber er sollte so schnell wie möglich in ein Krankenhaus."

„Morgen", sagte Gustav. „Bis morgen hält er es aus."

Es war keine Frage. Der Arzt nickte.

Gustav weckte Lara und berichtete ihr von dem Mann in der Krankenstation. Er erklärte ihr, dass, sollte sich sein Zustand nicht stabilisieren, er spätestens am nächsten Tag nach Italien fahren werde. Lara verstand.

Am Morgen des sechsten Tages besuchte Gustav das Bordkrankenhaus. Der junge Mann war nach wie vor nicht ansprechbar. Man hatte ihm eine Leitung gelegt und überwachte ihn durchgehend.

„Wir werden Italien anfahren", beschloss er.

Bevor er jedoch das Kommando geben konnte, fing ihn Lara ab und sagte ihm, er solle die Webseite einer deutschen Tageszeitung besuchen.

„Irgendeine!", betonte sie.

„Malta setzt Menschenleben aufs Spiel", hieß es da. „Malta = Mörder." Man berichtete, dass, obwohl mehrere Menschen an Bord der *Chances* in Lebensgefahr schwebten, Malta nach wie vor darauf beharrte, die Flüchtlinge nicht von Bord gehen zu lassen. Der Kapitän des Seerettungsbootes, Gustav Becker, würde angeben, dass es momentan aufgrund des hohen Wellengangs und des Zustands vieler Passagiere nicht möglich sei, nach Italien überzusetzen. Hier gehe es um Menschenleben und Malta habe sie in der Hand.

„Das stimmt nicht!", rief Gustav.

„Es stimmt beinahe!", gab Lara zurück. „Jetzt geht es nur noch um Stunden. Wenn wir jetzt noch durchhalten, sind wir die Gewinner."

„Es geht doch nicht ums Gewinnen!", rief Gustav.

„Es geht immer ums Gewinnen", antwortete Lara.

Am Nachmittag verschlechterte sich der Zustand des Mannes. Die Ärzte befürchteten, es könnte zu einem Atemstillstand kommen. Sie hatten zwar die Möglichkeit, ihn zu intubieren und künstlich zu beatmen, doch beides sollte in einem richtigen Krankenhaus stattfinden.

Gustav machte sich unglaubliche Vorwürfe. Wäre er in der vorigen Nacht nach Italien gefahren, wäre dieser Mann längst in einem Krankenhaus. Er war wütend auf Lara Said und noch viel mehr auf sich selbst, auf seinen Stolz, auf seinen Wunsch nach Beachtung. Er würde nicht zulassen, dass dieser Mann starb. Er ging zur Führerkabine, Lara fing ihn ein weiteres Mal ab. Sie hatte bereits vom Zustand des Mannes erfahren und hielt Gustav das Display eines Smartphones entgegen. Ihr Twitter-Account war geöffnet. Dort standen die Worte: „A man is going to die. Malta watches and does nothing. #saveus!"

„Zwei Stunden!", flehte sie und zeigte Zeige- und Mittelfinger. „Zwei Stunden!"

Gustav Becker willigte ein.

Es dauerte nicht so lange. Nach einer Stunde und vierzig Minuten bekam die *Chances* von Malta die Genehmigung, am nächsten Hafen anzulegen, damit dort sowohl die Besatzung als auch sämtliche Flüchtlinge von Bord gehen konnten. Diese hundert Minuten waren vermutlich die schlimmsten in Gustav Beckers Leben. Er saß in seiner Kajüte, fragte sich immer und immer wieder, warum er nicht längst den Befehl gegeben hatte, entweder Maltas Angebot anzunehmen und klein beizugeben oder nach Italien zu fahren. Er hörte die jammernden Menschen an Bord durch die geschlossene Tür, wusste, dass die Crew seine Entscheidung nicht nachvollziehen konnte, dass jeder diese Mission endlich beenden wollte. Es war eng, es stank, die Menschen waren verzweifelt und verunsichert. Im Bordkrankenhaus lag ein komatöser Mann, der vielleicht sterben würde. Es wäre seine Schuld. Seine und nur seine Schuld, die er sein Leben lang mit sich tragen würde. Immer wieder würgte es ihn. Es war nicht das Wetter, der Sturm oder der Wellengang. Es war die Schuld, die ihn beinahe zum Erbrechen brachte.

Und doch erhob er sich nicht. Er stand nicht auf und verließ seine Kajüte nicht, er gab keinen Befehl zum Handeln. Er wartete hundert Minuten lang und alle zweihundertdrei Personen an Bord warteten mit ihm. Ausgeliefert.

Als die *Chances* in den maltesischen Hafen einlief, sah Gustav vom Führerhaus aus schon die Menschenmassen. Lara hatte ganze Arbeit geleistet. Mehrere Reisebusse, Reporter und Fernsehteams – sämtliche Kameras waren auf sie gerichtet, die Journalisten warteten bereits mit dem Mikrofon in ihrer Hand –, Sanitäter, drei Rettungswagen. Dazu kamen noch über hundert Menschen, vermutlich Malteser, die aus eigener Sache gekommen waren. Und natürlich waren auch viele Polizisten vor Ort. Gustav spürte wieder, wie ihn leichte Übelkeit überkam. Dieses Mal war es jedoch nicht so stark wie sonst so oft. Man würde sich nicht trauen, ihm an Ort und Stelle die Handschellen anzulegen. Als sie nahe genug waren, hörte Gustav bereits den Sprechchor der wartenden Menschen: „Lara! Lara! Lara!“

An Bord der *Chances* standen eng aneinandergedrängt die Flüchtlinge, manche lachend, viele jedoch nüchtern, irritiert, müde, erschöpft, lehnten an der Reling, warfen sich verunsicherte Blicke zu, sammelten ihre wenigen Habseligkeiten zusammen, schulterten

Rucksäcke und Taschen und machten sich bereit für die nächste Etappe. In allen die Hoffnung, dass es die letzte sein würde.

Gustav legte das Schiff an, beobachtete die wachsende Hektik in der Menge am Hafen, wie sich Menschen aneinanderdrängten, sah, wie seine Crewmitglieder die Taue an Land warfen und zwei Männer am Hafen sie an den Pollern festmachten. Lara stand neben Gustav, unter ihren Arm hatte sie eine graue Wolldecke geklemmt, und blickte ihn von der Seite an.

„Das wird Ihr großer Moment", sagte sie und berührte seinen Oberarm.

Das Ärzteteam befand sich bereits in den Startlöchern. Direkt nachdem die *Chances* festgetaut war, trugen sie den jungen Mann auf einer Trage von Bord. Die Menschen bildeten eine enge Gasse, die Ärzte zwängten sich an ihnen vorbei und luden ihn in den Krankenwagen. Das Blaulicht leuchtete auf und der Mann wurde abtransportiert.

„Wir sollten als Erste an Land gehen", sagte Lara. Üblicherweise war Gustav der Letzte, der das Schiff verließ. Wieder berührte Lara ihn am Arm. Dieses Mal griff sie jedoch sachte zu und zog ihn langsam zur Tür. Kurz bevor sie ins Freie traten, drückte sie ihm die Wolldecke in die Hand.

„Legen Sie sie mir über die Schultern", sagte sie leise und trat aus dem Führerhaus. Er folgte ihr. Sämtliche Blicke waren auf ihn und Lara gerichtet. An Bord wurde es leiser, an Land begannen die Menschen zu applaudieren.

„Jetzt", sagte Lara und berührte Gustavs Arm.

Er schüttelte die Wolldecke aus und legte sie ihr über die Schultern. Die Menschen jubelten. Lara nahm Gustav an der Hand. Die Flüchtlinge traten zur Seite, ließen den beiden genug Platz. Sie gingen über die steile Treppe an Deck, vorbei an seiner Crew, die ihn stolz anlächelte, über die kleine Brücke an Land. Der Applaus schwoll an, die Menschen lachten ihm und Lara zu, sie erblickte ein bekanntes Gesicht, löste sich von Gustav, stürmte auf einen bärtigen Mann mit langen, zusammengebundenen Haaren zu und umarmte ihn. Die graue Decke rutschte von ihren Schultern und landete auf dem nassen Boden. Der Mann legte ihr die Hände auf die Schultern, betrachtete sie einen Moment lang von oben bis unten, schüttelte den Kopf, lachte und zog sie wieder an sich. Die Kameras und Fotoapparate hielten jede Sekunde fest.

Mehrere Reporter kamen auf Gustav zu und umringten ihn. Alle stellten sie ihm die gleichen Fragen: „Wie fühlt es sich an, endlich wieder an Land zu sein?" – „Rechnen Sie mit juristischen Konsequenzen?" – „Wie genau haben Sie Lara Said gefunden?" – „Haben Sie Lara Said vor der libyschen Küstenwache gerettet?" – „Wussten Sie gleich, dass sie es ist?"

Gustav fiel es schwer, sich auf die Fragen zu konzentrieren. Aus den Augenwinkeln sah er, wie die Flüchtlinge von Bord gingen und von Polizisten in Gruppen aufgeteilt wurden.

„War Lara Saids Leben in Gefahr?", fragte ein Reporter auf Deutsch und hielt ihm das mit Fell überzogene Mikrofon vors Gesicht.

„In Gefahr?", wiederholte Gustav.

„Sie befand sich in einem Schlauboot, das fast untergegangen wäre, nicht wahr?“ Gustav nickte und bejahte leise. „Bitte erzählen Sie von der Rettungsaktion.“

„Die Mannschaft“, sagte Gustav und blickte wieder zu den Flüchtlingen, die langsam in Richtung der Reisebusse geführt wurden. „Es befinden sich fünfzehn Crewmitglieder, darunter vier Ärzte, an Bord der *Chances*. Sie haben fantastische Arbeit geleistet. Alle haben unglaublichen Einsatz gezeigt. Der Dank gilt ihnen.“

Lara trat neben Gustav und legte ihm den Arm auf die Schulter.

„Ich verdanke Kapitän Gustav Becker mein Leben“, sagte sie. „Er hat mich vor dem sicheren Tod bewahrt. Es herrschte ein fürchterlicher Sturm! Unser Schlauchboot hatte sich bereits mit Wasser gefüllt. Minuten später, und ich wäre mit Sicherheit ertrunken.“ Gustav dachte an die dreißig Menschen, die sich ebenfalls auf dem Schlauchboot befunden hatten und die sein Team nicht mehr hatte retten können. Ihre Leichen trieben mit tausend anderen im Mittelmeer, den Strömungen und den Gezeiten ausgeliefert. Einige von ihnen würden an einen Strand gespült werden wie die zwei Toten, die er drei Jahre zuvor auf Lesbos gefunden hatte und die ihn dorthin geführt hatten, wo er heute stand. „Kapitän Gustav Becker ist ein Held!“, sagte Lara Said. „Dank ihm ist meine Odyssee endlich zu Ende!“

Gustav sah, wie der erste mit Flüchtlingen vollbesetzte Reisebus abfuhr.

„Mein Held!“, rief Lara Said ein weiteres Mal und umarmte Gustav. Die Kameras waren auf sie gerichtet,

Fotoapparate knipsten, Blitzlichtgewitter. Wieder begannen die Menschen zu applaudieren. Von Weitem hörte Gustav ein Donnern. Er hatte vor einigen Stunden den Wetterbericht angesehen. Bald würde ein wirklicher Sturm aufziehen. Regen, Windstärke sieben und acht, bis zu fünf Meter hohe Wellen. Schlauchboote wurden bei einem derartigen Wetter einfach vom Wasser verschluckt.

„Und nun?", fragte ein Reporter.

Gustav wusste nicht, was er antworten sollte. Lara kam ihm zuvor:

„Und nun gehe ich nach Hause! Dank Gustav Becker ist meine Flucht vorbei und ich bin endlich in Europa angekommen!"

Applaus. Begeisterung.

Es gilt dir, dachte sich Gustav. Ein Held. Heute bist du ein Held. Er schüttelte fremde Hände, ließ sich auf die Schulter klopfen, genoss den Applaus.

Ein Blitz am Horizont. Einige Sekunden später ein dumpfes Donnergrollen. Dann spürte Gustav den ersten Regentropfen. Das Unwetter würde jede Minute beginnen.